U0934961

THE ALMOST MOON

近 月

〔美〕艾丽斯·西伯德 著
史宽克 译

南海出版公司

新经典文化有限公司
www.readinglife.com
出　品

献给格伦

永远

1

当一切仁至义尽，杀掉我妈便是理所当然。突如其来的痴呆，往往暴露出一个人的核心。我妈的那部分早已腐坏，像是放了几星期的花瓶瓶底发臭的水。与爸初相识之时，她曾是那么美丽，虽老来生下我，然爱人的能力尚在。但那天她抬眼望我，这一切都已随风而逝。

如果我没有接起电话，我妈那总不走运的邻居卡斯尔太太便会顺着贴在我妈杏仁色冰箱上的紧急电话名单往下打。但实情是，不到一小时，我已奔回我出生的房子。

正值十月凉爽的早晨。我一进门，就看到我妈直挺挺地坐在扶手椅上，身上裹着条马海毛披肩，独自喃喃自语。卡斯尔太太说，早上她拿报纸到门口，我妈竟认不得她了。

“她想把门摔上，”卡斯尔太太说，“尖叫着好像我在拿热水泼她，你可以想见这一幕有多惨。”

我妈坐在那把红白两色的铺棉扶手椅上，像是化身为了图腾。自我爸死后二十几年来的多数时间里，她都在这上面度过。她在椅子上慢慢老去，先是读书做针线，后来眼睛不行了，便盯着公共电视台，从天亮一直到晚餐后睡着为止。最近这一两年，她甚至不再吵着要开电视，只是坐在椅子上。我大女儿艾米莉每年圣诞节都会寄来纱线，她经常把一团团纱线放在大腿中央，像有些老妇人拍猫一样轻抚它们。

我向卡斯尔太太道谢，请她放心，事情我都会处理好。

“你知道时间到了，”她在前门的台阶上转过身说，“她一个人住这房子实在是太久了。”

“我知道。”我把门关上。

卡斯尔太太走下台阶，带回三个她在厨房找到的大小不一的空盘子，说都是她的。这我相信。我妈的邻居都是神的子民，我小的时候，她还抱怨过附近的东正教教堂，毫无理由地把人家唤作“那些狂热愚蠢的波兰人”。但正是他们会召集会众，确保这个住在年久失修的房子里的怪老妇人还有吃有穿，看看她有没有遭盗匪威胁。噢，女人独居就是不妥。

“有人住在墙壁里。”她不止一次这样说，直到我在我曾经的童床边找到安全套，我才把两件事串起来。原来是偶尔来帮我妈修东西的曼尼，会把女孩带到楼上。我跟卡斯尔太太说这件事，也找了个锁匠。但我妈拒绝搬家并不是我的错。

“妈。”身为她唯一的孩子，也只有我会这样叫她了。她抬头看看我，笑了。

“狗娘养的。”她说。

有时你会感觉那些被痴呆所折磨的人手中握着引爆真理的拉发线，他们有看穿皮相的本事。

“妈，我是海伦。”我说。

“我知道啦！”她对我咆哮。

她双手紧握扶手的弯处，熊熊怒火像不受控制的兽爪冲我而来，我知道她克制得很辛苦。

“那好。”我说。

我站在那里好一会，直到意识到有个事实改变不了：她是我妈而我是她女儿。我想这只是开场，碰面常有的不愉快还没上演。

我走到窗边，拉起破布绳把金属百叶窗打开，外面我小时候的院子杂草丛生，曾经的灌木丛和树木已难分辨，和伙伴们玩耍的地方也难再寻。其实我妈的行为传开后，我就没有了玩伴。

“她是小偷。”我妈说。

我没有转过身去。我望着一株攀上院子角落高大冷杉的藤蔓，它吞噬了我爸曾经做木工活的小屋。待在那里最让他快乐。难熬的日子里，我就想象他在那里费力地磨木头圆球，别的什么都不干。

“谁？”

“那个贱女人。”

我知道她在说卡斯尔太太。但人家可是每天都来看我妈醒了没有，帮她拿《费城问询报》，还时常从自己院子摘花放到装冰红茶的塑料壶里，这样就算我妈打翻也不会摔坏。

“哪里呀。”我说，“卡斯尔太太人好，对你又这么照顾。”

“那我那个蓝色的皮金福尔碗呢？”

我知道那个碗，都好几个星期没看到它了。小时候，它总是装着核桃、巴西坚果、榛子这些在我看来被囚禁的食物，我爸会砸开它们，然后用小叉子挖出。

“妈，是我送给她的。”我没说实话。

“你什么？”

“我知道她喜欢，她人又这么好，所以有一天你打瞌睡时，我就拿给她了。”

我想告诉她的是，别人没有义务帮忙，他们不欠你什么。

我妈看着我，无法看透的表情令人心悸。她撅起嘴，下唇往前伸，然后发颤——她要哭了。我离开房间往厨房走。每次回来，我都预备耗上几个小时，只是别在她待的那个房间。我从小听到大的呜咽声又开始了，她能用精心编排的声调博取同情。我爸一直是那个跑去她身边的人，自他死后，这角色就落在我头上。二十多年来，我已极尽所能地呵护她，只要她一通电话说心脏快爆炸了，我就赶回家，她年纪大了，看病越来越频繁，也都由我带她去。

下午晚些时候，我在装了纱窗的后门廊清理草垫，我把门开了一条小缝，好听见她的动静。在漫天灰尘中我闻到明显的大便味，一定是我妈需要上厕所却站不起身。

我丢下扫帚冲过去，她没有死（我大概无时无刻不在盼望），但大小便开始失禁。她应该希望死在家里吧。然而她还是好端端地坐在椅子上，只是把自己弄脏了。

“是大号！”她说，这次的笑跟“狗娘养的”那次不一样。“狗娘养的”还带点人味，现在却完全陌生，里面没有恐惧，也没有不怀好意。

每当我把这些事讲给小女儿莎拉听时，她都会说不论她有多爱我，当我老去，她都不会帮我脱光换尿布。“我会花钱找人。”她说，“人生没什么比及时行乐更好的吧。”

才几秒钟，整个房间就臭味弥漫，我顾不得灰尘，两次跑回后门廊大口呼吸，让自己静心去想怎么按照她想要的样子去做。我知道我还得叫一辆救护车，我也清楚，妈的人生迟早要走到尽头，但我不希望她到医院时满身大便，应该说是我知道她绝对不想这样，所以她一辈子最重视的东西——外表，也就成为我最在意的事。

我在后门廊最后吸了一口气，然后走回去。她已没了笑容，情绪非常激动。

“妈。”我叫她，虽然我很肯定她听不懂这称呼，也不认得我这个女儿了。“我先帮你清洗干净，然后我们再打几个电话。”我忍不住想，你再也无法打电话了。如此说并非我残忍无情，只是就事论事为何常常被这样解读？屁话跟真话是两回事，不就是这样？

我跪在她面前，直视着她的脸。我恨她，我从没这样恨过一个人。一切静止，我靠近她，手指掠过她长长的银色发辫，好像那是某件我终于得以触碰的宝物。“妈。”我低声说。我叫她，因为我知道一切都静止了，不会有回音，不会有响应。

不过湿湿的感觉让她不太高兴，她像只阳光下的蜗牛，急着要摆脱痛苦的环境。我的姿势从跪立换成半弯腰，肩膀小心翼翼地靠着她的肩，避免压到她。我做出橄榄球运动员阻截的样子直起身子。她比我想的更轻，也更重。

我试图让她轻松地站着，但才直起来，她就瘫在我的怀里，我用尽全力不让她往下瘫，结果却是两个人都跌坐在地。我找寻着能支撑起她重量的平衡点，一边却忍不住想起我爸，他如何年复一年承受此重担、跟左邻右舍赔不是、忙着止住她流不完的眼泪，他又如何一次次把她当成自己，直到他们再也分不清彼此。

我觉得自己快要哭了。我们，以及这房子的秘密，就快要落幕。我今年四十九岁，我妈已八十八岁，而我爸在我小女儿莎拉四岁刚过几个月就死了。莎拉永远都不会知道他人有多好，也不能跑到工作屋，在他那些做工精良的木工作品中间玩耍。我一想到那匹自制的木马在小屋朽烂，抱着我妈的双手就几乎无力。他一撒手人寰，整个房子和我的生活都变了。

我把我妈拉往通向浴室的楼梯，我能感到她也想帮忙，但我还是质疑自己的脑筋。我怎么就会觉得这没问题？她体重至少有一百磅，而中年的我，即使身体保养得当，也从没能拿起超过六十磅的东西。这根本行不通。我整个人垮倒在楼梯上，被她又脏又湿的身体压住。

我在铺了地毯的楼梯上喘气，但并没有放弃，我是下了决心要在叫救护车之前把我妈弄干净而且换好衣服。我跟她一起躺着，此情此景似曾相识，是情人倚着自己打盹的奇特感觉。我转念一想，我可以把她带到后面的浴室，在洗脸池那儿冲洗，要不厨房也可以。但我要怎么撑住她，如何一边抓着她，一边帮她冲水？况且到时地上都是水，我们随时都可能头着地滑倒。

我妈开始打鼾。她的头往后歪，靠在我肩上，所以我能看到她长满斑的脸和脖子。我看着她的颧骨，还是这么高耸，但此刻也跟着身体一起枯槁。*我没人爱了？*天色逐渐昏暗，我望着外面桦树的叶子排遣心中的困惑。我一整天都待在这儿，也没打电话跟韦斯特莫尔那边请假，我仿佛看见一〇一写生教室空荡荡的讲台，而学生们手握炭笔对着画架，因我的缺席干瞪眼。

我知道如果我不动，我妈大概会睡上几个小时，到时天都暗了。我想象我朋友娜塔莉跑遍艺术楼的大厅没找到我，去班上问学生也没结果，她可能又打电话到我家，甚至自己或和她儿子哈米什直接开车过去，按了门铃却没人回应，娜塔莉很可能会以为不是我就是莎拉、艾米莉出事了。

我在下面用双手抬起我妈，总算在台阶上微微移动起来，我一次动一边，像是在操控一个真人大小的玩偶，不过要做到对她控制自如，根本不可能。我必须得靠自己去做，不去惊动女儿们。我转身钻出来，坐在她身旁的台阶上，她的呻吟声像是漏了气的充气袋。我知道这房子的沉重和逼迫会把我毁灭，我得挣脱这一切。忽然，我想到小屋里的一堆木马中有个澡盆。

我留她独自打盹，转身往楼上跑，冲进她凌乱的卧房拿几条毯子，然后去粉色的盥洗室拿毛巾。对着洗脸池上的镜子，我看了看自己。眼睛显得比平常更小也更蓝，像是会随着情况的紧急程度改变颜色与外观。几年来我一直都剪非常短的头发，几乎能看到头皮。所以每次一踏进门，我妈就会看我一眼，然后说："别告诉我你也得了癌症，这年头人人都有癌症。"我只解释说，短发让生活很方便，不管是运动，修修花草还是工作。不过她的话中有话也不禁让人想，若我真得了癌症，她会在意吗？还只当是在赶时髦？她的语气听起来更像后者。一个母亲会这样实在令人难以置信。

我拿着毯子与毛巾，停在楼梯最上方的台阶上，努力不去想她可能再也看不到这任何一个房间，以后，它们于我就只是堆满杂物的空壳子。楼上过道里一片沉寂，我看着墙上的图片，这些大概很快就看不见的图片。我想象从此以后这里只剩常年不见天日的阴暗角落，以及没有窗帘的防风窗与厚泥砖墙之间大大的回音。我唱起歌，从猫食广告到儿歌乱唱一通，唱儿歌是从我妈那里学来的习惯，以驱走紧张的情绪。总之我需要点声音。不过往下走时，我又恢复了平静。我妈还是同样卧倒在地，下面露着酒红色的旧波斯毯。

“不，妈，不。”尽管知道这比跟一只狗说话还没用，但我还是说了。狗还会晃晃脑袋，给个表情，而我妈毫无反应，不过一具有骨头的臭皮囊。

“为什么会这样？”我想问。我抱了一堆毯子与毛巾，站在她身旁哭起来。我轻声祈求别有人来敲门，卡斯尔太太别来探头探脑，虽然这个时间大可以找做杂工的曼尼来帮忙。

我把毛巾放到下面几级台阶上，拿出爷爷红黑相间的哈德逊湾羊毛毯，铺到她身边的地上，然后盖上条墨西哥白色婚毯，这样羊毛才不会刺到她。其实我脑子并不清醒，只当作自己在卷鱼或包春卷，又或者，在包超级妈妈卷饼。

我弯下腰，吸气，调整好身体，把两只手都插到我妈的胳肢窝下，真的感谢世界健身房的史黛。

我妈的眼睛忽然睁开。

“你在干什么？”

我愣住了。跟她这样面对面，我觉得她随时都可能张嘴吸掉我的眼睛，到时我就和蜥蜴的尾巴或只剩一截的河粉一样，抖一下旋即消失无踪。我双手绷紧。她从来不曾全身无力吧？

“丹尼尔！丹尼尔！”她大叫。

“妈，我爸不在。”我回答。

她看着我，脸色先是一沉，随即又像黑暗中闪烁的火柴一般亮起来。

“我要那个碗。”她说，“现在就要！”

像这样随时陪着她，扶着她，去理解她已不中用的脑袋，我承担的已够多了。所以让她说她的吧：叫艾米莉“漂亮小宝贝”（事实上艾米莉已满三十岁，孩子都好几个了），她爸小木屋旁的葛藤该用镰刀锄一锄了（小木屋在大烟山脚下，早就没人去了），邻居都不值得信任，偷东西还满肚子坏水。我只用毯子把她的身体包好，把她的头露出来，好继续说话。最后我把毛巾放在她胸前，慢慢呼吸，数到十才开口。

“我们要坐雪橇喽。”我对她说。我把毯子的两头紧捏在手心里，总算将她的身体稍微抱离地面。我沿着餐厅地毯，吃力地把她挪进厨房，最后停在侧门外。

“嘟！嘟！嘟！嘟！”她喊了几声，然后就安静下来盯着外面，像孩子在看圣诞节的灯海。我很想问一问她。有多久没走到后院了？有多久没闻到花香，修剪灌木，或是到那把生锈的白铁躺椅上坐坐？

我越发悲伤起来。外面有新鲜空气，能远离我妈的臭味和一股密闭房子的樟脑味。幸好格子篱笆上爬满藤蔓，即使一墙之隔的邻居也不会清楚地看到她裹得像蚕茧，躺在这个有点高度的侧门门口。

走下侧门前的三个台阶便是一地煤渣，我就在这后门廊踱来踱去。小时候我坐在这里，两条腿晃啊晃，现在换我妈躺着，看上去倒像是个平板架。我全身是汗，感受后背上阳光倾斜的角度，我想一小时之内，这四周的房子就都看不到太阳了，我们两个还得共度漫漫长夜。

我又摸了摸她的宝贝辫子。多年前，她的头发忽然从粗硬变得柔软，从此秀发便一直是她的骄傲。在认识我爸之前，她曾经做过一阵子内衣模特，这让我从小到大一直很是忌妒。且不论别的，单就长相而言，她永远是邻里之间最漂亮的妈妈，她的容貌让我理解什么是美人，同时也发现一个痛苦的真相：继承母亲基因的女儿不见得延续她的长相。血统的各种意外突变，不是让鼻子变塌，就是叫额头歪了，结果美人胚子也便成了邻家女孩。

到外面吹了吹风，她身上的便味已闻不出来，我也回到了现实。我根本不可能把她弄到工作屋，我是怎么想的？光是下这三级台阶、拖离门廊就会让她受伤，还有，那个老旧澡盆要装什么？直接拿后院水管的冷水？何况澡盆一定很脏，粘满积年累月的朽木渣子。上一次待在小屋，我注意到爸爸的工具板和工具的各种模型已经从墙上掉落，正好摔在澡盆边。我到底在想什么？

“妈，到此为止吧。”我说，“我们只能到这里了。”

这次她没笑，没说“狗娘养的”，也没哭。现在想想，我愿意认为那时她正忙着呼吸花园的空气，感受脸上的午后阳光。至于没再开口，也许是她忘了自己有孩子，而且多年来她都得假装自己很爱她。

我希望我能说出这些话——趁她躺在门廊上，趁着风越刮越猛，还有停在树梢的乌鸦都飞走时——她让我变得轻松了。她漫长人生犯下的所有罪愆均历历在目。

她已八十八岁。她闭着双眼，呼吸紊乱，脸上的皱纹仿佛是古细瓷器上的交叉影线。我望着空荡荡的树梢，清楚地知道，接下来做的并不需要任何理由，我甚至没去想篱笆或后廊那边说不定有目击者。我拿出原本要帮她洗澡的柔软毛巾，用它使劲蒙住她的脸。她死命挣扎，布满青筋的双手紧抓着我的手臂不放，手指上的钻石与红宝石颤动着一闪一闪的。但我没有松手。为了防止偷窃，这些戒指她从不离手。我更加用力地往下压，结果毛巾一动，她露出了眼睛。我一边瞪着她，一边按着毛巾不放，直到感到她的鼻尖没了气，身上的肌肉也忽然松垮。我知道，她是死了。

2

我妈生下我之前的生活，我的线索并不多，有斯托本的玻璃镇纸、纯银相框、她两次流产前收到的十多个蒂凡尼摇铃。我过了很久才注意到这些东西几乎不是有缺角、凹痕，就是裂开或变脏，因为它们大部分都曾经或可能被往墙壁或我爸身上摔过。我爸条件反射性的闪避功夫，常让我想到在透湿的人行道轻快地边跳边唱《雨中曲》的金凯利。我妈越霸道，我爸就越包容，我很清楚他这样逆来顺受，也是为了避免她直面青春的流逝，于是她眼里的自己，就像入夜后我溜下楼看到的那些被她视若珍宝的照片上的她一样，永远不会变。

他们两人初次相识时，我妈刚从田纳西的克诺斯维尔小镇出来，在做内衣与塑身衣的展示模特，不过她比较喜欢说：“我是衬裙模特。”我们有很多同这有关的照片。镶了框的黑白照片里，我妈穿着或黑或白的衬裙，正值青春年华。“那可是薄如蛋壳。”她会一整个下午都不跟人说话，却忽然从客厅的角落蹦出这样一句。知道她是在说某张照片的某条衬裙，我会过去选我认为是蛋壳的白色衬裙。如果选错，一切就毁了，她会跌坐在椅子里，脆弱得像个吹出来的闪闪发光的泡泡。而如果选对了，我就会把相框拿来给她。不知不觉中，我对它们简直烂熟于心，钢圈、生丝、基本款，以及我最喜欢的粉红玫瑰花瓣。贪恋她难得绽放的笑靥，我总是陪着她掉入时光隧道，仿佛自己是坐在脚椅上的孩子，听她讲摄影时的其人其事，或者收到什么作为酬劳之一的礼物。

粉红玫瑰花瓣是指我爸。

“他刚当上水检员，”她说，“根本不是什么摄影师。穿着一套借来的衣服，口袋方方的。不过我当时并不知情。”

时光悠悠。那时我妈正值盛年，还不会一一计较岁月必然留下的缺憾。等到我进入青春期，而她五十岁前的两年，她开始用厚布遮住所有镜子。我建议干脆把镜子全部取掉，她不同意，偏要放着，仿佛是对自己年华老去提出的沉默控诉。

这些穿着粉红玫瑰花瓣衬裙的照片中的她，真是足以令她自豪。她的这种自爱，让我得到一点暖意。虽然不愿承认，但我明白这些照片根本就是我们小镇的历史记录，它们可以证明，从前一切有希望多了。她那时笑得那么自然，毫不做作，眼睛里没有一丝恐惧，以及随之而来的痛苦。

“他是摄影师的朋友，”她说，“正好到城里来逛逛，衣服也是他朋友设的局。”

千万不能问：“什么局，妈妈？”这会让她感觉很糟，好像她又臭又长的婚姻只是两个同学间的一场午后骗局。所以我都会说："那次是为谁拍？"

"是才子约翰·沃纳梅克。"她说，脸上闪着光，似一盏被点亮的老式路灯，屋子里的其他东西像是被烟雾笼罩，踪影难觅。我当时没想到，这些回忆里没有孩子。

沉浸于往事之中是她最幸福的时刻，而我则在一旁忠心耿耿地守候。她的脚冷了，我拿东西给盖上，房间的光线太暗了，我就去悄悄打开书架上的灯，以洒下小小的光圈，又绝对不能太亮，只要她的声音不至于成了黑暗中怪里怪气的吓人回音。外面，我们屋子前的马路上会有工人路过，他们来给新的东正教教堂装彩色玻璃（不知为什么不装最便宜的那种绿色），声音大到很难忽略。每当这时，我妈就会喃喃自语，眼神呆滞空洞，似乎陷进更深的如梦往事之中。

"走秀的女孩有五个，不是八个。"我会跟着附和。

或者，"他姓奈特利，非常有魅力的姓。"[①]

回首往昔。我想这听起来一定很可笑，竟学我妈那种思春少女的口气，不过那时候在我们家，最珍贵的莫过于，即使每件事都不合常理，但在这屋子里，我们三个还是让自己尽量向普通的男人、女人和孩子靠拢。所以不会有人看到我爸回家后系着围裙做家务，或看到我哄着我妈吃东西。

"我之前根本不知道他不是时尚业的人，直到他吻了我。"她说。

"那吻功如何？"

每次说到这里她就激动起来，接吻以及接下去的几个礼拜一

①奈特利（Knightly），意为"骑士般"。

定是什么都好了。但她就是不能原谅我爸竟把带她到了凤凰城。

“不是纽约，”她垂头丧气地看着自己外八的脚丫，“我都没去过。”

在我们家，我妈大大小小的失望事不胜枚举，都可以做成一张贴在冰箱上的清单了。有我之前如此，有我之后也没改善。

对街已看得到电视发出的蓝光，我这样轻拍她的头，应该有好长一段时间了。爸妈初搬到凤凰城时，这附近刚刚发展起来，几乎全是年轻的小家庭，如今这些占地四分之一英亩、建于一九四〇年代的房子，只能租给运势不好的夫妻。我妈说只要看房子坏了还不修，就知道它是租给房客了。我倒是认为，还好有这些人，才让这条街不至于变成独居老人等死之地。

天色一暗，凉意也跟着起了。看着我妈裹了两条毯子的身体，我想气温天色再变幻，她也是不会有感觉了。

“结束了，”我对她说，“都结束了。”

头一遭，我的四周一片空无。头一遭，不再有如影随形的攻击、责骂和卑劣之感。

我妈的生命走到尽头之处，世界是如此空白，我呼吸着这样的空气，听到厨房的电话响起。我溜出门廊，又沿着篱笆往回走。隔壁家的门廊并没有人，只看到一只当地的公猫在梳理自己，莎拉小时候，总是叫这种猫“橙色果酱”。邻居家的纸垃圾袋全折叠得好好的，上面斜斜地放了个旧金属盖，我提醒自己别忘了把妈的垃圾拿出去。我打小就被她再三叮嘱怎样折袋子。“要把纸袋、蜡袋当作自己的床单，折成和医院里那样的紧密贴合的三角形。”

电话铃响个不停。我走上那三级木阶回到门边，妈的两只脚都伸到台阶外面了。我曾给过她电话答录机，但她老认为它用不了。娜塔莉说：“她应该是怕吧。我爸还认为自动取款机会吃掉他的手哩。”

为了把妈弄回屋去，我先把她的身子往旁边挪。我闻到空气中有异味，是打火机油夹着煤炭的味道。这时候的电话铃声，简直像是脑子里有只锤子在敲打，或者噩梦中传来的叫唤。

走进厨房，我第一眼就看到那把脚踏凳，因为电话挂在它上方的墙上。它是我第一把儿童椅，用了有十年之久，红色塑料的部分三十五年前早就裂了又补。在厨房看到它，就像看到一头被冷落的狮子。它跟着铃声吼叫着，朝我猛扑过来，让我想到爸爸把我放在上面的一幕。当时还年轻的他咧着嘴笑，我妈则抖着手，把捏得烂烂的桃子和香蕉送到我的嘴里。她尝试得那么辛苦，却是打一开始就没喜欢过。

我抓起电话，把它当成是救生艇。

“喂？”

“你没事吧？”

老年人的声音气若游丝，但我心惊胆战，即使此人是站在门外，也不过如此吧。

“什么？”

“我看你待在门廊好一阵子了。”

后来回想起来，我可能就是从这一刻起开始恐惧，才意识到以外在世界的标准衡量，我的所为有失公正。

“是莱弗顿太太吗？”

“海伦，你们俩还好吧？克莱尔有什么状况吗？”

“我妈好得很。”我说。

“我可以叫我孙子来，他很乐意帮忙。”她说。

“我妈刚才想去院子里。”我说。

透过厨房水槽上的小窗子，我可以看到整个后院。我记得我妈费尽心思种藤蔓，这样在莱弗顿家楼上卧房就看不到我们家了。“你的卧室会被那男人看得清清楚楚。”我妈边说边把半个身子悬在窗户外面打理藤蔓（我的房间在厨房正上方），冒着生命危险就为了确保莱弗顿先生啥都看不到。不过，无论是莱弗顿还是藤蔓，都早就不在了。

莱弗顿太太又问：“克莱尔还在外面？天冷了。”

这让我心生一计。“她在对你挥手呢。”我说。

“好一副纯洁相。”我妈曾这样说她，“就会假正经，白痴一个。”

但电话那头一阵沉默。

莱弗顿太太慢慢地说：“海伦，你确定你们没事吗？”

“怎么了？”

“我们都知道，你妈不可能朝我挥手。”

显然还不是太笨。

“不过很高兴你这样说。”

事情很简单，我必须把我妈的身体拖进来。

我大着胆说：“你看不到她吗？”

“我现在在厨房。五点了，我都是五点钟做晚饭的。”莱弗顿太太解释。

莱弗顿太太什么都是第一。九十六岁的她，在这一带最长寿，并且生活还能完全自理。我妈没一点能跟她比。不过说真的，女人之间的竞争即使到最后，也一样愚蠢与不客气。谁先有胸，谁就跟白马王子在一起，谁嫁得好，谁家就更漂亮。至于我妈和莱弗顿太太，最后要一较高下的就是谁活得久。我实在很想说，莱弗顿太太，恭喜，你赢了！

不过我说的是："莱弗顿太太，我真佩服你。"

"海伦，多谢。"可能已听出是恭维？

"我会催我妈进来，不过要她高兴才行。"我说。

"是啊，这我知道。"她说话一向都很小心，"有空来坐坐。替我向克莱尔问候。"我没说破，这跟我妈挥手一样不可能。

我把电话挂回竖立的支架上。莱弗顿太太也许跟我妈一样，坚信有线电话才最好用。其实我知道她上一年就大不如前，但她还是告诉我妈她每天都在运动，甚至背得出各州首府和历任总统。

"不会吧。"我自言自语，听到黄绿相间的油布毯传来隐隐的弹跳声。我本想冲出去告诉我妈电话的事，但从纱门望出去，原来是那只"橙色果酱"跑到她胸口，像小猫一样玩着她发辫的缎带。

我体内的那个一直保护着母亲的孩子，早就跑到纱门外把"橙色果酱"赶出门廊，然而看着那只被我妈叫作"坏小子"的大丑猫整个儿压在她胸口上，用前爪不断拍着她的发带，我却一动也不能动。

经过这么多年，我妈终于还是走了，而且是我亲手送走的，就像掐掉残烛摇曳暗淡的灯芯。她挣扎的那几分钟，实现了我毕生的梦想。

"橙色果酱"玩着玩着，竟把发带解开了，它在空中飞舞，然后落在她脸上。那只猫伸出爪子去抓那红缎带，我也伸出手，盖住嘴巴，以免尖叫出声。

3

我坐在厨房的地板上，我妈的尸体还在门外。我很想打开她上面的驱蚊灯泡，但我没有。我想象自己和邻居说，你看吧，事情最终就是这样。

其实我真的没有料想过。我只懂我妈挂在嘴边的话：人有他们和我们两种，他们是快乐、正常的人，我们是神经病。

记得我十六岁时，她被我当面泼过水。我记得自己不跟她说话，就是要看一个从没试着学习说抱歉的人，如何因此崩溃。然而看着她认错，真是我一生中最无奈的时刻。我们俩谁都不开口。我坐在房间椅子上克制着自己，她用脚尖踢着地毯的边缘，我真有帮帮她的冲动，谈谈最近我化学和几何考砸了的事都行。

突然间，透过我妈庭院四周厚厚的篱笆，我看到卡尔·弗莱契端了一盘牛排出来，他把纱门砰的一声关上，然后慢慢走下三级木台阶到草地上，一手拿啤酒，一手拿便携收音机听体育频道。我想象在一圈提基火炬中，一些围着腰布的白种人跳动着，高抬我妈的尸体，放到专门邮购来的适合各种气候的火葬柴堆上。

“我喜欢隔壁那个男的，”卡尔·弗莱契六年前搬来时我妈曾这样说，“他真可怜，我是说他就一个人。”

现在他和我们只隔着篱笆，院子当然也不像刚才的空荡荡。

如果希尔达·卡斯尔晚一天打电话来就好了，因为莎拉周末可能过来，她会帮我把妈抬到楼上的浴室。不过不对，莎拉应该会打电话，任何正常人都会只打个电话。我实在无法想象我的小女儿站在一旁，看她外婆脏兮兮地瘫在沙发椅上，然后说：“妈，我们让她走吧。这是唯一的选择。”

我手脚并用，一路爬到纱门，视线越过我妈的身体，穿透篱笆一直看到隔壁的后院。曾住在这里的唐奈森先生几年前还跟我妈求过婚。“大家都走了。”他说，“克莱尔，咱俩凑一对吧。”他后来被家人送到疗养中心去了。

他看着我妈出来拿报纸，几分钟后拿着一束淡紫色的郁金香上门。“这可是他老婆种的花呢。”我妈再三强调。连我也被他的求婚吸引，在他被断然拒绝后，我就差点登门问他，我是否可以取代我妈。

他死的时候，我妈还在幸灾乐祸。“本来以为至少还得等上五年他才会一命归天，才能让我耳根子清静。”她说。下葬的那一天，她拿出用手工磨制的传统削皮刀切洋葱，大骂洋葱让她泪眼汪汪。

当彼得·唐奈森的房子被他三个女儿卖掉时，我妈一副天快要塌下来的样子。即使这地区多年来已是明显没落了，她还在烦恼会不会跑来一个凤凰城的暴发户。她担心她那些长到唐奈森院子去的高大枫树，也担心被吵到，想象着每天每时都有孩子尖叫。她叫我去打听隔音设备，考虑把窗户都改成一整面的灰砖。她说：

“这样可以整一整他们的货车。”而此时我通常做的，就是去把电水壶装满水，然后听着它发出嗡嗡声。

结果是，卡尔·弗莱契一个人搬了进来，什么变化也没有发生。他在电话公司上班，每天一大早就出门工作，除了星期五，每天回家时间都一样。周末他会拿着报纸和书，坐在院子里喝啤酒，而且一定带着一台便携收音机，听的不是球赛就是谈话节目。偶尔他的女儿玛德琳会来，我妈叫她“马戏团怪物”，因为她身上有文身。其实我妈抱怨的除了她摩托车的噪音外，还有“出现在院子里的所有活人”，不过她从来没跟弗莱契讲过话，他也不曾上门介绍自己。所以我对我妈邻居的这些了解都是在路上碰到卡斯尔太太时听来的，是和冷冻汤或罐装果酱一样的加工货。

弗莱契正翻着牛排，我听得到油滴到火上发出嘶嘶声，比球赛还响。我跪下来往外爬，再度回到我妈的尸体旁，因为很伤膝盖，我在韦斯特莫尔早就拒绝任何跪姿。我想起我曾读到有人像甘地一样只围着一块布，拖着耶稣的十字架，跪着走遍柏林。他觉得这样才够虔诚。

她的脸颊已留下微微的伤，双眼则围着黑紫的眼圈。我记起她结肠癌手术后，为避免长期卧床导致的褥疮，我得不时帮她翻身，调整下面的羊皮垫。

弗莱契把牛排放在一个盘子上，然后带着盘子和收音机回到屋里。我明白，他是那种可靠的人，因为他只看眼皮底下的事。烤架的煤炭还红荧荧的。

就算哪天要大喊“着火了”以引起注意，我也不指望这个人会是莱弗顿太太或住在沿着马路往下的弗瑞斯特先生。凤凰城钢铁公司关门大吉后的几年，附近街道就变得越来越凄凉，房子空置是稀松平常的事。那时从我爷爷存放枪的客房望出去，我能看到隔着两条街的那栋美丽却荒废掉的维多利亚风格的房子。后来，尖顶塌陷，只剩灰烟飘在隔壁略显寒酸的屋子上空。

我曾经试着将我妈送到老人之家，但她态度很坚决，这点我还有点欣赏她。如今故旧多半零落，只剩后面的莱弗顿太太、五座房子以外的弗瑞斯特先生，以及长年守寡的托勒弗太太。

其中被妈妈认定为朋友的是弗瑞斯特先生。他没有家室，只身住在这一带的边缘，房子跟我爸妈的一样大，房间里全是书。我每次开车经过他家，总会想起他和我妈共度的那些午后时光，他们会在五点时喝鸡尾酒等着我爸六点回来。我去开门时，弗瑞斯特会递给我一个纸袋，里头可能是腌橄榄、新鲜乳酪或者法国面包。他进门不到三十分钟，整间屋子都是我妈的笑声，我则是躲到楼梯顶端的角落。

我身子靠着我妈，拿起刚刚闷死她的毛巾盖到她脸上，然后画了个十字。“你实在非常不像天主教徒！”娜塔莉从小就这样跟我说。我试着模仿她，但我画的十字还是更像在打“×”。

“妈，对不起，真的对不起。”我轻声说。

我爬回屋里，把毛毯下的砖块放好，我们都用这个抵住敞开的门。我想到曼尼，他每个月都会从大卖场送来日用品。那回我待在客厅，转过身去跟他认识，他的目光扫过我的胸部，虽然就一下子。我妈后来还怪我穿紧身衣。

“是高领毛衣。”我辩解。

她笑出声。“我想你没错，这孩子是个怪胎。”她说。我记得当时我狐疑这个词她从哪里学来，是不是曼尼教她的。我知道他有时候没地方去，就会带着影碟过来跟她一起看。我都数不清我妈看过几次《教父》。

我站着，双手放在腰部两侧往后仰，娜塔莉称其为“建筑工人式”。我明白我将不得不像在做模特时那样调整一下自己，我做的以及打算做的所耗费的能量，可能会多于一千堂舞蹈课的体力支出。

我往回走上台阶俯视着她。如果莱弗顿太太用她老公的双筒望远镜在后面楼上观看，她会怎么解读眼前的一切？如果她跟她儿子讲，他会不会认为自己的母亲脑子终于坏了？我对着母亲微笑。她肯定会喜欢，喜欢莱弗顿太太因为揭发我在处理她的尸体，而终于从云端跌落，成为痴呆老人的一员。

我用爵士平底鞋的鞋边轻轻推着妈的身体，然后就只是不断边用力边咒骂。

“妈的。”我重复着，把这当成呼吸，一边收腹准备去抬。我的手隔着毯子放在她的腋窝下，紧紧抓住她，以免她往下滑。我咒骂个不停，硬拖着她回厨房，最后一使劲，总算把她整个身体拖进门，放在我两条腿之间，然后我慢慢往地板上坐。“进来了。”我说着顺势踢走砖块。门顺着链子关上了一些，我又补上一脚。门在它底部胡子般的黑色橡胶密封条的摩擦声中关上后，我才意识到我妈在响，她的胸腔发出一种拖长缓慢的刺耳声音。

那天早上在我自己家里，我还一板一眼地掸掉玻璃地球仪和上了漆的木头鹭鸶上的灰尘，它们被我用透明线绑在卧室窗户上。此刻想起来，这些振翅的鸟儿像是在警告我，当我再看到它们时，我会是完全不同的人了。

我望向厨房门口的钟，过六点了，距离我和莱弗顿太太说话，已超过一个小时。

我抱紧妈妈的身子停了一下，想象艾米莉和她老公约翰带着孩子们爬楼梯，约翰带重一点的四岁的珍妮，艾米莉则护着两岁的利昂。我想起这些年来寄过的圣诞礼物，送对的并不多：粉色与蓝色连袜睡衣很合心意，而硬邦邦的游戏弹珠就被嫌弃，说不适合那个年龄的。

我直起身子，想着利昂从婴儿床伸出手抓着我的样子，但随即想到一件跟我妈有关的事，她伸手去抱他，却让他摔了下去。

我拖着她的身体往炉子边靠，然后把水槽的水打开到最凉。我用双手接着，一遍一遍泼在脸上，其实也不是泼，而是把脸贴在尚存于手掌里的小水洼上。暑气未消的夜晚，我的前夫杰克会用冰块在我的肩膀与后背上滑动着抚过，然后转到肚子，再往上到乳头，弄得我四肢起鸡皮疙瘩。

我展开她身上的包裹布，先是外层粗粗的红黑哈德逊湾羊毛毯，然后是里面比较柔软的墨西哥白色婚毯。我绕着她转了一圈，把边角拉好，但不动她脸上的毛巾。

利昂当然不会弹回来，我妈坦白说她以为可以，还好他撞到餐桌椅的边缘，没继续往下掉，虽然额头上因此留下一辈子的疤。但椅子总归应该救了他。否则就是更硬的地板了。妈的表情既惊讶又受伤。艾米莉很生她的气，用蓝色羊毛毯包起号啕大哭的利昂，对她破口大骂。我杵在中间，随后跟着艾米莉沿着陡峭的人行道往下走向我的车。我没回头，也不想知道她有没有在门口看我们。

“到此为止。”艾米莉说，“我已经厌倦替她找借口。”

“当然。”我说。“没错。”我说。“我认得路。”我边说边坐进车子的驾驶座。那天前往宝利医院的一路上，我们沿着弯路全速前进。我开得比往常都要好。

我把我妈的裙子掀开，露出她的小腿、膝盖和肉乎乎的大腿，她刚才出状况时留下的味道扑鼻而来。

“腿倒是没变。”有一次我们一起看电视上的露西尔·波尔，她曾如此说道。波尔的头发那时红得不真实，看起来不像是小丑的假发，而根本就像个小丑。她穿着一套剪裁特殊的西装，好像一个大沙漏，后摆拖得很长，但穿着网眼袜和高跟鞋的腿，始终如一。

记得我有一回从威斯康星打电话回家，艾米莉那时大概也有四岁了。接电话的是爸，我听到一个声音。

“爸爸，怎么了？”

“没什么好担心的。”

“你听起来怪怪的。怎么了？”

“我跌了一跤。”他说。

我听到爷爷的钟在客厅里发出低沉的合唱报时。

“你躺着吗？”

“我身上盖了条旧被子，你妈很尽力。我把电话给她。”

听筒发出一片噪音，妈还没拿好电话的那段时间，我在电话这头陷入焦虑的无人之境。

“他很好。”她脱口就说，“他刚吃了药。”

“我能再跟他说说话吗？”

“他现在讲不出什么话。”她说。

我问她到底发生了什么。

“他在楼梯上跌倒了，是托尼·弗瑞斯特过来带他去看的医生。

说是伤到髋关节等，还引发了静脉曲张。托尼说女诗人米蕾就是这样死掉的。”

“因为静脉曲张？”

“不，楼梯。她从楼梯上摔了下去。”

“我能跟他说话吗？”

“你这礼拜晚点再打来，他现在要休息了。”

我恍惚觉得咫尺天涯。我想象盖着旧被子的爸爸沉沉入睡时，妈妈在屋子里手忙脚乱，以干谷物片和罐头玉米当作三餐。

关得严严实实的屋子令人直流汗，但我连扇窗户都不敢开。我怕我妈胸腔再次发出声响，把和她一样的女人通通吵醒。独居就怕遇到这些事情——晚上有人入侵把你杀了，孝顺的女儿忽然拿毛巾捂住你的脸，像是要把它压碎，自幼起隐藏在心里的恨，终于得以释放。

我又把厨房水槽的水龙头打开，等水变热。我看着碗盘架上卡斯尔太太一大早洗好放好的杯碟，想着是什么让她到我家帮助我妈这样的老女人，而且数十年如一日。

卡斯尔一家在我十岁的时候搬到这里。卡斯尔先生是公认最英俊的丈夫，太太则是最勤快的老婆。他们会一起登门拿走木马，放到教会义卖会上去。我爸妈会跟他们夫妻一起待在客厅，一副心不在焉，但颇为开心的样子——我爸因为卡斯尔太太，我妈因为卡斯尔先生，或者说她口中的阿利斯泰。她叫阿利斯泰时，那“泰”字总显得缱绻留恋，好像他的名字就是一个遗憾。

我忽然明白自己要做什么。我还是想帮妈清理一下，只是这次她没办法反抗了，她的眼睛也不再眨巴，像那早年的洋娃娃，瞪着亮闪闪的蓝色眼珠控诉。我不在乎地板是不是会湿得一塌糊涂，反正说三道四的人都死了。我要及时行乐！

我朝右手边弯腰，打开有些年头的金属柜，里面有一大堆杂货店的塑料罐，都盖着盖子，用来储放凤凰城沿路上所有人的心和肺都绰绰有余，不过我找的是别的东西，某个让我有特别印象的东西。我朝里面翻，把塑料罐往旁边、前面扔，在很深处，很久没有人动过的地方，终于找到了那个从医院带回来的病号碗。

它跟外科医生穿的刷手衣一样，是淡淡的绿色。再次看到它，我不寒而栗。“他几乎没命了。”总是这个事件的结语。多年来我都在想，为什么即使事情讲的是爸，最后所有焦点也都会变成妈。

我用这个小容器装满滚烫的热水，挤了一点洗洁精。这样我妈再怎么满身油垢，绝对都能清理干净。我把水关掉，拿起洗碗用的海绵与抹布，跪下来准备干活。

我准备从下往上进行。

我脱下她脚上的蓝色男士抗血栓袜，把它们揉成一团，我本来想扔在通往客厅的过道上，但我没有。其实只要对准了，上半身用点力，便可以直接丢进她椅子旁放毛线球的篮子。不过我也没这么做，我只是放到一边，等一会再弄。

她露出来的脚趾还是这么漂亮，它们是我这么多年来非常熟悉的部分。因为她不让卡斯尔太太修她的趾甲，所以每个月会有一个星期天，我负责保养身体的这些小小部位，帮她清理她自己够不到的地方。照顾她的双脚成了我们重返往昔的特别方式，我就这样静默地回到这房子，让自己做她的手。我帮她涂上露华浓的珊瑚色指甲油，虽然和她四十年来一直用的不完全相同，但很接近了，所以她没说什么，也没拒绝。

我把抹布浸入热水，取出拧干，先包住一只脚，然后换另一只。和美甲师一样，弄一只脚时，会把另一只脚先打湿。我拿着海绵又搓又擦，一会用软的，一会则用粗的那面。妈腿上暴起的青筋，在我身上也有，是最近开始悄悄爬上来的。

“你确实谋杀了自己的母亲，但她身上没有一点脏污！”我好像看到一出音乐剧正唱到女巫摘了苹果，用线穿着挂在自己的脖子上。

“海伦，今天辛苦了。”我妈可能会说。

“甜心，不会有事的。”我爸可能会说。

我爸去世的那天，我一到家就看见妈妈坐在楼梯最低的那一级台阶上，我爸的头枕在她大腿上。之后有好几个礼拜，她不断说爸爸得了静脉曲张，他为此又吃了多少苦头。他在早上如何全身僵硬，时常因地毯的一点皱折就被绊倒在地。她打电话给杂货店老板，一直在讲爸笨手笨脚的事，老板还是照常送食物给她和爸爸的理发师乔。她打电话给我后，也莫名其妙打给乔，我到达后没多久乔也跑来了，他担心我妈身边没人。他站在正门口，张着嘴，一个字都说不出来。我们对视，他举手画了个十字便转身离开。对我爸后脑勺的那个洞，以及溅到墙上的血迹，乔始终绝口不提，是基于尊重，抑或出于恐惧?

我慢慢地清洗到了妈的膝盖。“它们对着我笑呢。”有一次唐奈森先生悄悄跟我说，因为难得看到妈穿短裤而开心。

又过了一会，我开始擦她大腿上的粪便，想到有个晚上爸爸在二楼的墙壁上钉了张草草写就的字条，上面是一些注意事项：

楼上的壁橱锁起来
别在屋子里留火柴
酒精饮料要盯起来

我继续想着他们常常有的争执——她已换上睡袍，而他还穿着工作服。

等我回过神，发现有人在敲前门。我整个人僵在那儿，听着响亮敲门声。

我没弄出一点动静，从海绵渗出来的肥皂水从手腕流到手肘。此刻哪怕是一滴水掉进碗中，也会像一枚炮弹在空旷处爆炸。

敲门声又来了。这一次有节奏，像是一首似曾相识的友好歌曲。

等到声音停了，我才发现我的肌肉很像做模特时偶尔会有的状态。不过要长时间保持同一姿势，身体必须要一点点静止下来，而不是忽然僵住。我知道那个人就站在门外，我试着想象自己身处韦斯特莫尔，就在艺术教室铺了地毯的讲台上：把脚趾缩进斑白的棕色粗绒布里，用因长期摩擦而受伤的手肘撑着身子。

敲门声又响起。还是很愉快的音调，而且不多不少就七个音。不同的是，这次后面还跟着“砰、砰、砰”三声。

不管是何许人，我明白在第一次与第二次，甚至之后的第三次敲门之间，他都留给我妈时间来应门。然而，一切都太迟了。我看着她，她是如此老迈。她都能让睡袍拉高到屁股处睡觉。

“奈特利太太？”

是卡斯尔太太。

"奈特利太太，你在家吗？我是希尔达。"

她还能在哪儿？我有点不高兴。她正躺在家里厨房的地板上。走吧！

客厅的前窗传来一阵咔咔声，是她沉甸甸的白金结婚手环碰到玻璃的声音。我曾问她离婚后为什么还戴着，她答道："它提醒我别再结婚了。"

听到她那种故意大声讲悄悄话的声音后，我才发觉她竟然从外面把窗户推开了。

"海伦。"她的悄悄话非常响，"海伦，你在吗？"

贱人！我立马跟妈站在同一阵线了。你有什么权利把窗户打开？

"海伦，我知道你还在。"她降低音量，"我看到你的车了。"

好个彼得·温姆西勋爵[①]，我想。

听到窗户关上了，我的肌肉才放松下来。又过了几秒钟，我听到卡斯尔太太沿着水泥路回去了。我盯着妈的双腿双脚。

"哪些东西你不得已都给出去了？"我问。我想的不是物质的东西，而是对我妈来说一直都非常珍贵的隐私。过往好像都拿去抵押成卡斯尔太太的日常探视了。

我知道卡斯尔太太早上会再来，她的悄悄话像绳索一样套住了我的脚踝，我很清楚这一点。

显然我需要有人帮忙。我慢慢起身，跨过我妈的身体走到电话边。我吸了一口气，闭上眼睛，仿佛看到一部影片，里面邻居

①英国作家多萝西·塞耶斯笔下的业余神探。

与警察像是快进中一般，手脚并用地想进屋子，结果因为太挤而塞在门窗动弹不得。他们身穿制服或是有褶皱的粗毛衣，四肢扭曲，姿势怪异得好像马莎·葛兰姆舞团的舞者。

我从来没有喜欢过电话。十年前，有段时间听说人需要自我修炼，于是我在卧室与厨房的电话上都贴了笑脸贴纸，还打了两张标签贴在听筒上，上面写着：来者是福，不是祸。

我所知道的杰克的最新地址是瑞士伯尔尼的一所大学，但那至少已是三年前他还是一个客座教职时。要找到他最简单的方法，是先找到他的学生、助手、工读生与崇拜者。我知道这会花上几个小时，但又清楚他是我唯一的希望。即使在凉爽的十月，尸体也只需一个晚上就会变味，但单靠我自己，是不可能完成弃尸的。

我在电话边至少徘徊了三十分钟才拿起电话，奈特利家的人从来不求助于人，而我妈娘家的科宾一支，更是宁可拿叉子戳喉咙。我们总是暗自处理事情。不管弄伤的是手指、脚，或者双手双腿，甚至有生命危险，我们也不会求助，永远不。请人帮忙像是什么杂草，或者病毒和霉，一旦开始，就会一发不可收拾，就会被控制住。

拿起话筒，我感觉自己好像又回到小时候，走到雪中，躺在雪堆下躲着，听爸爸妈妈四处呼唤我。这感觉如此相像，我全身僵冷，无法动弹。

4

十八岁那年，还是大一新生时，我认识了杰克。他那时二十七岁，是我艺术史课的老师。

他说，他能明确说出是从哪一刻起，忍不住在心里画起我的私处。

他当时正在讲解卡拉瓦乔以及失传作品的概念，转身背对黑板，就看到我笨手笨脚地摆弄着新眼镜。我像一只祈祷的螳螂一样捧着眼镜的金边，它于我似乎既陌生又脆弱。

“那天晚上，我梦见了你。我走进卧室，你就坐在里面，戴着金边眼镜读书，一头乌黑的长发。当我对你伸出手，你就消失了。”

“对不起。”我说，紧靠着身边的他。我们躺在我宿舍的双人床上。

“你不见了以后，出现一只被我叫坦克的狗，我爸妈不让我养它。”

“汪！”我说。

我是在第一次当他模特的时候，知道了这个梦。

我记得我穿了一条粉色羊毛连衣裙，马海毛贴着皮肤，感觉非常柔软。我用最好的行头打扮好自己，就只为去那栋暖气有烧线香味道的老旧艺术大楼，进了房间便脱掉。后来，他只帮我穿上外衣，内衣与衬裙他拿在手上，因为我们回宿舍后还得脱一次。他那宽得像抹刀一样的手指灵巧得令人难以置信，然而当他拿着缎面的内衣与衬裙时，我却有种莫名的格格不入的感觉。他被炭笔和颜料弄黑的啃咬过的指甲贴着我在马歇尔·菲德百货垂涎很久的蕾丝边，看上去是那么刺眼。此后我想到自己失去贞操的场景，经常浮现的便是这个图像。

准备帮艾米莉的第一个房间上油漆时，杰克想起小时候祖父在他房间墙上画的那头驴。它驮着一个皮肤黝黑的大老粗，一侧还绑着个放花的大篮子。虽然嘴上套了嚼子，但杰克记得很清楚，它看起来似乎在微笑，眼睛半睡半醒般地微睁。

艾米莉还蜷缩在我肚子里，不时踢着，杰克在一旁着手画壁画，先用炭笔在墙上勾勒。我们还没正式结婚，两人都暗暗担心这样做是个错误，但我们又绝不承认。

“他们说最好是形体大、五颜六色的，”我指点着杰克，“有助于刺激宝宝的大脑但又不会有过重的负荷。”

杰克把床垫拖到地板中间，好让我躺在那里看他一边画一边发表高论。他非常着迷于我肚子的大小，着迷于艾米莉如何一点一点宣布她的到来。

“好强大的能量，”他边说边用手触碰我，“这都还没到眼前呢。有时候我认为这是玩笑。”

“是啊。”我就事论事地说，“圆形对宝宝有镇静作用。”我大声念着一本弗瑞斯特先生送的书。

“我们干吗忽然这么守起规矩来了？”杰克问。

“那好，”我说着把书扔到地上，它滑了好几英尺才停下来，“锯齿状才会让宝宝快乐。”

“那就对了。”

“刀、枪以及任何暴力性的描绘都会让宝宝安睡。”

杰克走近床垫待在我身边。

“莉兹·波顿[①]是宝宝最喜欢的卡通人物了。为什么不让宝宝快乐一点，画她全身是血的样子？”

“继续说啊。”他回应。

“需要的话，墙壁都铺上软垫，印花布永远是个好选择。还有钉子，要很多钉子。”

“我想上你。”杰克说。

“画画去。”

结婚后，我也曾有过假装自己喜欢下厨的短暂时光，把滑溜鸡胸肉白花花的脂肪挑去，然后平铺在烤盘上，只是不免联想到我妈的心脏。我盯着窗外，看着那些停在红绿灯前的车列，它们像动脉里成排奔涌的血球般一路从校园而来。我知道其中一辆要到教职员临时宿舍的载的就是我丈夫，他快到家了，所以我唯一能做的就是回过神，把烤盘推入烤箱。

我总是小心翼翼洗刀与砧板，把双手浸到水里，直到它们被

---

① Lizzie Borden，1892 年，当时 32 岁的莉兹·波顿被控用斧头砍死其生父及继母，却因缺乏证据被无罪释放。

烫得又红又疼。我很害怕让杰克中毒，或不小心碰到艾米莉的奶瓶和装苹果泥的蓝碗。

等到我确认每个容器都一一洗过擦干，整个厨房也开始飘香了。这些香料都是一位同情我们的教授夫人给的。然后我就会心满意足地走进艾米莉的房间，坐着等杰克进门让我新来的家人活过来，因为躺在婴儿床上的艾米莉，最喜欢摆出死人般脸朝下的姿势，尿布则像顶做坏了的纸帽子般露在后面。在尽力完成了妻子的任务之后，宝宝熟睡丈夫未归的这段静寂，是我最放松的时候。连学校都变得很遥远，那没拿到的学位我也一点都不在乎。

我背靠着我妈的身体，拨起电话。我多少觉得自己对她不忠。我担心一旦转过身，尸体会坐起身把裙子拉好，然后又对我发脾气。

我从报上得知，杰克在麦大的最后一位研究助理艾弗利·班克斯，现在已是宾州泰勒大学雕刻专业的副教授。我绞尽脑汁回想报道提及的他们夫妻买房的小镇，我也记得他有两个孩子，都是女儿，但要找到他，我还得搞定这乱无章法的电话查询服务。我一共打了三次，最后在德国城总算有相关数据出现。

“请问是艾弗利·班克斯吗？”对方一接通电话我就问。

“请问您是……”

“海伦·奈特利。”我把手指放在电话的基座上，轻轻触着上面的数字，默默地数数让自己平静下来。

“我不认识什么海伦·奈特利。”他说。

“你是艾弗利吗？”

他没作声。

“你认识的是海伦·特雷弗，杰克的妻子。”

“你是海伦？”

“是的。”

“海伦，听到你的声音真是太好了。你好吗？”

“我需要吃点东西。”我回答。从我到妈妈家、到后来杀了她，我还没吃过任何东西。

“你没事吧，海伦？”他问。我想象他站在电话旁，戴着滑雪面罩的样子。艾弗利在冷天和杰克一道出门时，都喜欢把全身包得密不透风。

“是出了点状况。”我说。我能感到自己想要倒下，跟谁坦承我做了什么、人在哪里，我身后的地板上躺着什么。“艾弗利，你等等。”

我赶紧转身，把话筒放在一把组合式的儿童椅上，走近尸体。她没有动，我松了口气。一动也不动。我又走回电话边，把头上的灯打开，重新拿起话筒。莱弗顿太太现在应该睡了吧，我需要光线让自己缓和一下。日光灯在我妈头上形成光圈，我深深吸了一口气，控制住自己。我不希望对方听到我抖成那样的声音。

“我有事要跟杰克联系。”我说。

“我有段时间没跟他联系了。”他说，“不过我是有一个他的电话，你要不要？”

“请给我。”

艾弗利告诉我号码，我一字一字地重复，这个区号我不认得。

“谢谢，感激不尽。”我说。

“我希望你不会介意我讲下面这些，海伦。”他说，“杰克没拿到终身教职不是你的错。我一直很担心你会责怪自己。”

我想起艾弗利站在我们麦迪逊家客厅里的样子，他和杰克沉默地打包装箱，把箱子放到艾弗利的福特汽车上。艾弗利正把用过的摇篮拿到白色货车上。

“莎拉，我们最小的孩子，现在正在纽约的一家夜总会唱爵士乐。”我说谎了，“她这方面倒挺拿手。”

“太棒了。”

我们俩都陷入沉默，没有人开口打破它。

“再次谢谢你，艾弗利。”

“保重。”他说。哔的一声响，他挂掉了电话。

我闭上眼睛，耳朵贴着话筒，直到有个人工录音告诉我电话没有挂好。我好像又看到自己在威斯康星，从绕着杰克冰雕龙的树后走出来。大学里所有的教授，甚至连院长都赶在融化前来看，而我却把它毁了。我不小心把它背上透明的脊骨折断了。从那个晚上起，我们就一直闹分手。我忽然无法想象再打电话给他。

我的手指沿着墙，摸索着把烦人的光圈关掉，拿起不断滴水的海绵，跪下来重拾任务。我的手已经在我妈的贴身衬衣边缘来回擦。

我褪下她的老式短衬裤，拿在手上看，两条腿的松紧带都松了。我从小便习惯她的味道，一种排泄物加上樟脑丸，又夹杂着爽身粉的味道。

为图方便，我把内裤扯破了，她的身体跟着轻轻抖了一下。我想到艺术家展现人类日常生活的栩栩如生的铜像。你会遇到在草地上打高尔夫的人，在城市公园里跟你坐一条长椅的情侣，还有两个在地上玩青蛙跳的孩子。在这里它则变成了家务：中年妇女给去世的妈妈脱内裤。这对我而言似乎很棒。也许就摆在学校操场上，一上午的数字、文字课过去后，学生会从大楼跑出来，在我们两个身上爬来爬去，或者用我妈眼底蓄积的露水淹死苍蝇。

然后，我看到它了，那个生下我的洞。这道裂缝，有我父亲四十年的爱之谜。

这不是我第一次和我妈的私处面对面。十年来，一直是我在帮她灌肠。她平躺的姿势和现在没什么不同，我总是先帮她按摩大腿，跟她保证不会疼，才会把她两腿分开。遵照医生的指示迅速做完后，我会一个人上楼，机器人一般走向冰箱，把剩下的莱姆果冻一口气吃掉，然后盯着窗外的后院。

我把海绵放到淡绿色的病号碗中，站起身把脏水倒掉，换上干净的热水，又挤进更多洗洁精。接着我从水槽上的磁吸式刀架里拿了一把厨房用剪刀，跪下来继续干活。

唯一与我做伴的是炉子上的夜灯，以及窗外洒进来的月光。我拿着剪刀从下摆往腰间把裙子剪开，将它摊开在她身体两侧。我开始非常轻柔地清洗她的屁股、肚子、大腿和几乎没有毛的阴部。我不断把布、海绵浸到烫手的肥皂水中，一次又一次地停下换水，把病号碗当作是工作屋的那个澡盆，一个待得下我们两人的地方。我仿佛又回到了小时候，她跟在我后面踏进澡盆。

终于，我把她“意外”的所有证据都抹掉了。我从冰箱上又拿了一块新的海绵，解开她宽松棉衬衣的纽扣，取下灰旧的胸罩。我挤挤海绵，滴一些干净的水到她胸脯上。

没有胸罩支撑，她剩下的一边乳房往下垂，乳头几乎要碰到地板。另一边切除了的乳房，原先深深的疤痕如今几乎成了一道皱纹。“我知道你很痛苦。”我说。我亲了亲自己的指尖，然后轻抚那道疤痕。

我那时一定只有十几岁，我爸还有好几年可以活，我妈也还没有叫我摸摸她腋下的硬块。我站在门口看着他们。

“你知道这么做对我有多难。”我妈满脸泪痕地对我爸说，“只有你知道。”

她解开上衣的纽扣,打开给他看。“克莱尔！”他倒抽一口气。她在自己的胸前弄出了一个流血的伤口。我一直把这个视为我们在学校玩的“孬种”游戏的成人版。这个游戏通常是一个人用指甲挠另一个人的手腕两百次，当然并不是恶意的，直到出现血痕的人再也无法忍受、大喊“孬种”，这也是游戏名称的由来。

“帮你妈拿热毛巾来。”我爸对我说。我低下了头。取到藏起来的毛巾壁橱的钥匙，我拿了条干净的毛巾，打开浴室里的水等它变热。

因为这条疤痕，杰克称她为“殉道者圣痕”，我无法触摸它，更不用说擦干净了。

我抬起她的手，擦拭没有毛发的腋窝，然后把手放下，让海绵划过她的肩膀。我另外一只手就放在那个孤零零的乳房下。曾经是她引以为傲的地方，如今只是一个孤单的粗布袋，像个老旧羽毛枕头塌掉的一角。我托着它，忽然有股强大的欲望涌来，就像婴儿想吃东西那么纯粹。

我六七岁时，我们屋后的蔷薇花架枝繁叶茂、花团锦簇。花架刚好把我卧房的两扇窗户围上了，春天一到，我妈就会娴熟地修整花与枝丫，我喜欢看她做这事。后来我发现，我爸也喜欢，所以他们都是一起到我房间来。她会在手臂上挂个篮子，里头放着剪刀和手套。

“高空园艺时间到喽。”我爸说。他们会先走到第一扇窗前，在我的床旁边的单人床上面。我躺在柔软的床垫上，看我爸盯着我妈，她有大半身体都在窗外，头、手、手臂，甚至连肩膀都不见了，有时她屁股顶着窗沿，身子往后仰，我爸会过去扶着她，那样子我那时就觉得性感十足。偶尔他的手还会在她的大腿上滑动。有一两次我想我听到她一边笑，一边警告他别这样子。

外面树叶一阵撩动，传来猫的低吟声，大概是“坏小子”和我们家附近的另一只猫再次冤家路窄了。

我起身走到厨房水槽边，把水倒掉换新，我想到卢旺达或阿富汗那些被曝街头及野外无人收尸的人体，我想到会有成千上万个子女跟我有一样的处境。知道自己的母亲撒手人寰，总有段时间孤立无援独自伴尸。

我听着工作屋旁边的树丛里断断续续传出猫儿的吵闹声。我小时候，每年都有只猫头鹰歇在里面的橡树上叫。我爸会把我扛在肩上，站在院子里响应它，如果那时天色已晚，连我妈也会加入，给我一杯柠檬水，他们则一人一杯纯威士忌。

我想还是速战速决吧，但才一转身，电话就响了。我扔下碗，热肥皂水溅得地板到处都是。

“喂？”我轻轻地说，好像屋子在睡觉一样。

“你真在这儿！”

“杰克？你怎么知道？”我说。

“我打你家没人接，我电话本上还有你妈的电话。你还好吗？”

我看着我妈的尸体，她似乎在幽暗的厨房中发亮。“也许吧。”我说。

“艾弗利刚刚打给我，他说你可能有点状况。”

“所以你打到这里？”

“似乎只能从这里找起。”他回答，“海伦，怎么回事？是女儿们出事了？”

“我妈死了。”我说。

他在那头陷入沉默。我们在一起的八年中，他一直支持我反抗母亲。

“噢，海伦，我很遗憾。什么时候的事？”

我发现我根本说不出话来，只是哽咽。

“我知道她对你的重要性，你在哪里？”

“我们在厨房。”

“还有谁？”

“就我妈和我。”

“噢，天哪！海伦，你需要打电话叫人来。发生什么事了？你需要挂上电话拨九一一，你确定她死了吗？”

“非常确定。”我说。

“那么打九一一，把这事告诉他们。”

我想挂了电话，重新回到我的无名之境，那里没人知道任何事，只有我和我妈在一起。接下来实在太难启齿了。

“我杀了她，杰克。”

为了打破沉默，我又说了一次。

“我杀了我妈。”

“告诉我这是怎么一回事。”他说，“慢慢说，我要知道一切。”

我告诉杰克卡斯尔太太打电话来、皮金福尔碗以及我妈的意外。当我说到“她出了意外”，他打断我，声音听起来充满希望，他问："海伦，什么样的意外？"

"她大便失禁了。"

"噢，天哪。之前还是之后？"他问。

"然后她开始说卡斯尔太太是妓女，乱说别人偷她东西，说个不停。"

"海伦，是真的吗？"他问道。他很慎重地引导着，要让我清醒起来。

"不是。"我说，"她现在就躺在我正前方的地板上。我把她的鼻子弄断了。"

"你打她？"我知道我吓到他了，这让我感觉很好。

"没有，我压得太用力了。"

"海伦，你疯了吗？你知道自己在跟我说什么吗？"

"她就快死了，去年一整年都是要死不活的样子。难道她应该去收容所，口吐白沫，死在自己的排泄物中吗？我至少不会让她这样，至少会帮她净身。"

"你在干吗？"

"我在厨房，帮她洗澡。"

"海伦，等我一下。别走开。"

我听到杰克的狗发出的声音。艾米莉跟我说过每次她跟孩子们去看他，之后整个星期珍妮都会学狗叫。

"海伦，你听好。"

"你说。"

"我要你把你妈的尸体盖好，然后待在房子里等我，好吗？我会找人照顾我的狗，然后从机场打电话给你。"

"卡斯尔太太早上会过来。"

“她有钥匙吗？”

“我想没有。”我说，“几个月前出了桩事，有个常来做零工的人私自闯入，所以我们换了锁，我想卡斯尔太太还没拿到新钥匙。”

“海伦？”

“嗯。”

“你听好我的话。”

“好。”我说。

“你不能再和任何人说，也千万别出门。你必须跟你妈待在房子里，等我到达。”

“杰克，我不是聋子。”

“你刚刚杀了你妈呀，海伦。”

他的狗在后面呜咽起来。

“你那里现在几点钟？”我问。

“还来得及赶搭今晚的飞机。”

“在哪里？”

“圣塔芭芭拉。我在这里有个委托作品。”

“谁的？”

“是自家用的。我没见到人。海伦？”

“嗯。”

“那里气温多少？”

“我不知道，所有窗户都关起来了。”

“尸体现在……还是软的吗？”

“什么？”

“对不起，我的意思是你妈变硬了没有？你是多久以前……

很抱歉。”有那么一阵我以为杰克挂了电话，但是狗项圈的刺耳声宽慰了我。

“她什么时候死的？”

“就在天黑前。”

“那里现在几点？”

我看了看钟。“六点四十五分。”

“海伦，我有另外一通电话，我得接一下。我一会儿打给你。”

电话挂断了，我想大笑。

“艺术买卖可绝不能停。”我转身对着妈说。有那么一刹那，我期待有人回应。

我盯着她，一边在电话旁等着。我忽然感到困惑，我妈被毛巾盖着的脸一定都湿掉了。我双膝一跪爬到她身边。我没有看她，我还没准备好去看她的脸，只好手腕一用力，一把将毛巾扯掉。我听到她大叫着。我听到她在叫我的名字。

我跳起来飞快地离开房间，穿过小小的走廊来到客厅，回到了今天的起点，但感觉已过了一百万年。

卡斯尔太太的电话之前我在做什么？我去了城里的绿色市集，在一对亚美尼亚的老夫妇那里买了四季豆，他们的小货车后面总共只有三样东西卖。我还去上了舞蹈课。

我看到火炉旁有个装灰的垃圾桶，是黄铜做的，便过去站在它前面。要是能吐就好了。

然后我意识到这件事可以依靠别人的想法真的是狗屁不通。杰克在一户有钱人的家里，距离这里三千英里，他能做什么？我站在厨房里，陪着死妈妈，他竟然还会去接另一通电话！“一人做事一人担。”这是从什么时候起成为我的哲学的？

杰克一直问我温度、时间，以及尸体僵硬的问题，他显然是担心尸体的腐烂。他常去世界各地的几个重要的寒冷城市做冰雕，当然会知道一些我没想过的事。我怎么能想到这些？我试着回想去年秋天跟娜塔莉一起看的一部电影，探讨的就是谋杀和过失杀人的案子。我还记得女演员的长相，她出庭作证时崩溃的样子真是清纯动人。只除了这个，别的都不记得了。

我妈已经死得太久了，很难再做什么掩饰，更要命的是，我还弄断了她的鼻梁。走出厨房不再面对她时，我才明白我的麻烦大了。

我一直都做不好杰克的那套冥想练习。我每回坐在小小的黑色圆垫上，试着发出“嗡”，但手脚总是难受得发麻，我的脑袋里会有奇怪的人进进出出，好像那里是个顾客盈门的咖啡店。

我站在我妈的房子门口，双脚立定。透过我爵士平底鞋柔软、潮湿的皮革，我能感觉到擦鞋垫上的草。我想起那座维多利亚风格的老房子爆破的事。我慢慢地吸气、吐气，一共十次。我发出我在瑜伽课上经常搞笑发出的呼气声。接下来我要做的事不容有错，因为一旦做了，就再无法回头。

天色已经暗了，知了还在树上唱个没完。我听得见好几英里远的公路上卡车行驶的声音。我很清楚，无论如何，今晚我都不能留在这房子里了。我不可能枯等几小时，等杰克赶来。况且，时间一分一秒过去，他并没有打电话来，我注意着呢。

我一边呼吸，一边睁大眼睛数着，我凝视这座房子，看着它的前廊、通往三个小卧室的台阶，以及娜塔莉的儿子为防止跌伤而铺上去的厚厚一层地毯。

“我们必须确保发生在你先生身上的事，不会在你身上重演。”

哈米什说了颇愚蠢的话。他是听过娜塔莉的说法——我爸是在硬木楼梯上跌死的。那天我安静地站在一旁，只顾着点头，完全无法看我妈。

我想，他们应该会用轮床把我妈的尸体送出房子，在下陡峭的门前台阶时，他们会把她几乎直立起来。她应该只是另一个死在家里的独居老妇。悲伤，无助。在人们的同情曲线图上，她肯定很靠前。

但我肯定，这些都不会发生。

我走进屋。不想在客厅多作停留，我像是行军一样大步走。虽然刚才在厨房地板上跪了太久，让我肌肉僵硬，但有韦斯特莫尔做模特的经验，我深知如何从糟糕的状况中恢复。我上楼拿了一条白床单，然后两阶并做一步下楼。

我站在我妈脚边，尽量避免看她的脸。我迅速弯下腰把她的双脚并拢，然后做起以前晚上给艾米莉以及后来的莎拉盖被子时她们都会求我玩的游戏。它可是我爸特别为我设计的。

我们叫它“飘飘”。我会站在床尾，床单在手里握成球状，然后朝她们扔出去，让床单慢慢飘到她们身上。莎拉尤其喜欢，如果可以的话，她大概能永无止境地玩下去。“我喜欢空气从我身边逃走的感觉。”她有一次曾这样说。

而对我妈来说，这是唯一一次“飘飘”。我特意挑了超大号的床单，好盖住她的脸。床单粘在她潮湿的身体上，看起来更加诡异可怕。我再次飞快地用墨西哥白色婚毯与哈德逊湾羊毛毯把她包上，似乎她是一件要被我退货的礼品。

我站起来，走到后面小小的过道，打开地下室的门。我架住她的两个胳肢窝，把她往楼梯口拖。

在几乎伸手不见五指的漆黑中往下走了几步后，我用手沿墙壁拍打找到了开关，打开楼梯底部的灯泡。我继续往下走。小时候，这些阶梯对我和邻居家的孩子们可是一大考验，因为下了三阶之后，两侧就没遮拦了，而不管需不需要，这些年来就是没装过一根栏杆。哈米什在铺完地毯后，曾自告奋勇要拿些旧管子来装上。“这些楼梯可真是死亡陷阱。”我带他到地下室选一把我祖父留下的旧枪当作酬劳时，他悄悄对我说。

即便如此，我还是会壮胆进入这黑漆漆的地下室，因为底下有个超级大的棕色冰箱。我妈在里头放了好几罐酒心糖，一大堆贺喜巧克力棒，好几个玻璃罐的胡桃与杏仁，以及很多圣诞礼盒，里面都是吃剩的花生糖，每次节日都要拿给我们的、用雪莉酒做的恶心水果蛋糕，还有莱弗顿家送来的每人一盒“八点过后”薄荷巧克力，至于唐奈森太太健在的时候，每次都会拿火腿来给我妈。

火腿和其他肉类都另外摆在一台又长又矮的肉类冰柜里，在一下楼梯的右手边，上面分门别类放着我妈保存的衣物以及整叠的杂志。我爸在世时，冰柜上放的东西像游行队伍一样经常变动。他曾希望她做点艺术与手工艺活，所以曾放过几篮子的绿色海绵板、普通的葡萄酒大空瓶，等她找时间做几个漂亮的玻璃容器。还有橡子、七叶树种子、酿酒的箱子、形状独特的树枝，以及我爸工作屋里打磨过的溪石、搜集来的怪异漂流木，也曾只放过一整袋经济包的爱丽魔丝彩色笔。

给枪，是我妈的主意。

“他要枪做什么？”哈米什在清洗的时候，我偷偷问她，“为什么不直接给钱？”

“他是个大人。”我妈说，“艾米莉都生孩子了。”

等到我跟上我妈的思维，意会到她指的是哈米什与艾米莉都是三十岁，我才渐渐不再心神不宁，带着他到地下室看那一整排枪。

我们就站在冰柜前。每一把枪他都拿在手里掂了掂。

“我只知道枪很酷，别的什么都不懂。”他说。

我也帮不上忙，只能看着他从木架上取下每把来复枪，很外行地握着枪托，好像这是他从地上拔的特别粗的草。哈米什和娜塔莉一样，总是如此阳光，反衬着我的阴暗，因为娜塔莉是一头金发——后来头发变白了，她才跑去染成我觉得很像外星人那般的红色，不像我是黑发。我跟她儿子站在一起，发现他不仅有同样的褐色眼睛，连笑起来都一样自在。

“她为什么不卖掉这些东西？可以换一大笔钱哪。”哈米什问道。

我几乎没听到他在说什么。他从皇家威士忌的毛绒袋中拿出唯一的一把手枪，分开双腿，动作像是在学牛仔。他瞄准对面墙壁的某个点，把手指放在扳机上。然后我开始大叫，抓着枪管不放。

他没放手，我们撞在一起，他伸手搂住我的右肩。

“怎么了？你看起来很不舒服。怎么回事？”

我的话已到嘴边。我从没跟谁说过，除了杰克。

“我爸说不能拿枪对着人。”

“我对的是灯罩啊。”

他把手枪放到身后的冰柜上，手掌碰碰我的脸颊，好像他是父亲，我是孩子。“没事，没人受伤。”他说。

我惊魂未定。他转身把手枪放回紫色袋子，系上开口处的金色穗带。

“我就拿这个。”他说。

哈米什帮我把那些更值钱的来复枪放回架子上。用袋子装的手枪放在冰柜上，下面垫着一叠我折起来的硬挺的亚麻餐巾。我记得回头看到它，想象它黯淡的白金枪管，被磨损的枪托，想起我爸举起它、上膛、对准自己的头。

往下走了三个台阶后，我站着调整好我妈身体的位置，就抓着她的肩膀一股脑儿地往下走，只能用脚感觉每一步。有我的身体挡着，她才不至于滚落到下面的无人之地。

我吸气，试着让自己的肌肉有力而不僵硬。我拖着她的上半身，沿着楼梯一步一步往下走，她的重量使每一步都倍增艰难。她头发的百合花香味从床单透出来，我眼里已都是泪，却不能眨一下。两步、三步、四步、五步，她捆起来的双脚，每下一阶就“砰”上一声。

我妈的茧就快散开了，这里可没人会医院那种床单折叠法。原本干净的脚才到半途就露在外面了，我从没看过她的脚趾这么铁青，没准是地下室的光线在戏弄我。我继续走，一步，又一步。我知道总共就是十六步，因为从小到大我不知道数了多少次。我看到冰柜就在左侧嗡嗡响，上面是一整叠《日落》杂志，都是卡斯尔太太给的二手物品，她在西岸有亲戚。左边则成排放着之前所有圣诞节的应景礼盒，华丽的缎带与蝴蝶结都褪色了。我能想象卡斯尔太太帮她拿这些东西下来的样子，或许其实这个人是我。我妈应该确实曾让我把东西拿下来，放进她一年只有一个月才会去碰的大塑料袋。出于某种原因，我总是不放，但我会利用这段时间，跑到洗衣机与烘衣机附近，坐在一把用柳条和铁条编成的旧躺椅上，计算自己应该在多久后现身楼上陪她。

我妈一直到八十六岁时都还固执地要自己去地下室。想到她会越来越痴呆，或没有力气再爬上来，我便买了手机给她。就是到那时候，我妈都还会一口气先下三级台阶，然后手撑着墙壁，即使没人帮忙也要自己下去。她会一脸不服输的样子，一级一级，侧着身往下走。这样走到下面就花掉三十分钟，等她到了那儿，她可能又忘记自己下来是要做什么了。

正如娜塔莉的父亲认为自动取款机会吃掉手一样，当我把一部手机递到她手上庆祝她八十六岁生日时，她先看了看电话然后看着我，说："你是给我手榴弹吗？"

"妈，这是电话。"我说，"你到哪里都可以带着它。"

"我为什么要这样做？"

"你就可以随时跟我联系啊。"

她坐在高背沙发椅上，我做了她最喜欢的饮料曼哈顿，结果她说，我毁了她做的吉士条。"海伦，我真不知道你到底是怎么办到的。"她优雅地把嘴里的吉士条吐到小纸巾上，"你真的很有才。"

在棕色冰箱旁，一个旧的桃花心木衣橱上，我看到了那部手机，它已经放在那里两年了。八十六岁生日之后的那个早上，她就把它留在了这里，那也是她最后一次下来。过去两年，我每个星期至少会看到它一次。我总是在承受她不理性的拒绝，我只能想，也许为了避免跟我说话，她才不再到这一层来了。

即便我放慢了速度，下到一半时，我妈的身体已经左摇右摆地变成弧形，我看到裹着她下半身的床单都松开了，在后面纠成一团拖在磨石子地上。我没有停下，拉着她一路冲到底，不去理会像气泡膜破裂般不断发出的声音。

就在此时，我听到厨房的电话响了。

我把她的身体整个拖离楼梯，移到冰柜旁。我让她沿着冰柜躺下，然后再次快速地尽力把她包好。床单都已经在她身下打结了，不管我怎么叠怎么包，她的软嫩膝盖还是会露出来。她躺在那里，无言而又有伤，让我意识到，恐怖终于来了。

我十九岁的时候，以为每个孩子在汗流浃背的夏日午后，都会做做白日梦把妈妈剁成碎片，然后分寄到不知名的地方。而我，不仅爬楼梯时如此想着，在屋子里做任何其他事情时也都一样。当我出去倒垃圾时，我砍掉她的头，在院子里除草时，我挖出她的眼睛、割下她的舌头，替架子掸灰尘时，我会让她碎尸万段。我相信其他孩子会就此打住，不会像我想的这么细，但我实在无法想象他们为什么不去探索这片领域。

“如果你想恨我，乐意之至！”我对艾米莉这样说过。

“好，妈妈。”她回话。她六岁时，就以相当的理性和钢铁般的耐性，获得“小小参议员”之名。娜塔莉这样称呼她，是因为在沙箱的世界中，艾米莉就能务实协商，而与她同龄的哈米什，动不动就发怒，又经常一屁股坐下大哭。

我抓起冰柜上的礼盒，一次一个或几个地往地下室的不同角落扔，要这些诱惑离我远一点。即便长大之后，礼盒的包装纸褪色了，蝴蝶结打了又掉，掉了又打，里面还是没有我最想装的东西。比如我妈的小腿骨，就寄给密歇根马基诺市的印刷厂。她的脚，寄到波特兰近郊的鳟鱼养殖场。邮差不小心跌倒在滑溜的地面上时，礼盒会被摔烂，或者从边缘露出这些东西。当然在我这些白日梦中，她丰盈的红头发我都是自己留着。

我小心翼翼地把《日落》杂志都放到阶梯旁，不用看也知道，冰柜里有一些瘦肉饼，是她五年前开始用史卡斯戴尔减肥法时买的，另外还有两块陈年火腿，是唐奈森太太给的。

我转动钥匙把冰柜打开，果然，几乎是个空冰窟。

杰克之前问我淤青、僵硬的问题，都可能是她死因的征象，但是生米已经煮成熟饭。我不仅打断了她的鼻梁，还刻意要对之后的验尸做障眼法。不去完成我小时候的梦想，实在是没道理。

“什么让你放弃？”我大声自问，声音却吓到了自己。对面墙角有个金属柜，里面都是我爸的旧衣服。有深色格纹衣、夏天穿的泡泡纱，以及法兰绒、有点扎人的深色羊毛衫。我还记得好几年前的一天，我打开柜子要整理衣服，但人一爬进去，就好像回到了小时候，我的上半身罩在他的旧外套中。我拿起一件花呢外套，用它手肘处的麂皮补丁摩擦着脸颊。

从冰柜迎面吹来一阵冷风，感觉很好。我发现洗衣机上方的窗台放了一些琥珀色及紫色的玻璃瓶，大概是为了防止小偷爬进来。

我从来没想过要怎么肢解尸体，只想过能“事后处理”的随心所欲，至于锯、砍等真实景况我从没好好想过。像《家有仙妻》里的魔术那样，动动鼻子就让我从母亲的奴役状态中解脱，这只是一瞬间的事。事实上如果可以的话，肢解完全不够，液化甚至汽化才是更好的选择。像水一样蒸发，从此远离我的生命，还一切完满如初。

我妈曾说："小心，否则一失足成千古恨。"十一岁到十三岁这三年，我总是出现在厨房，整个人贴着冰箱看有什么可以吃的，每样食物我都会仔细研究一番，直到我确定它是安全的。大部分时间我得装出吃东西没什么意思，好像还很烦人似的。"哦，喂。吃东西？哼。"把头伸进冰箱时，我却成了不折不扣自投罗网的猎物，然后在她一一列举我的缺陷时，诸如屁股像吹气球，大腿同中年妇女的差不多,走起路来两条手臂像是"抖动的肉棒"……我总是盯着冰箱上的小灯，想，我能搬来这里吗？我能就这样躲在新鲜乳酪罐和浓缩橙汁后面吗？冰箱被她关起来后，里面一定很安静。我就消失在那里吧。

我凝视着冰柜，它的两侧结着几百万个冰晶，两块火腿与瘦肉饼上也好像覆了一件闪闪发光的冰貂皮。当我移开视线，眼角的余光却瞥见了那个蓝色的皮金福尔碗。

我好像听到我妈在说："卡斯尔太太，你能把那个带下楼吗？也许带点什么别的上来。"

我走到折叠桌边拿起那个碗，从旁边墙上的挂钩上拿了一把剪羊毛用的剪刀，沉甸甸而又锈迹斑斑。我把碗倒扣在桌上，以剪刀柄为锤子用力一击，蓝色的碎瓷片四散开来，落到桌上和地板上。

我下不了手。走到她的身体旁，在她头边弯下腰犹豫了一下，我还是把她脸上的毛毯扯开了，她蓝白分明的眼睛正直直盯着我。我右手捏着剪刀，翻出她银色的发辫，一把将整条剪下。

5

我妈躺在几步之遥的地板上。我打开棕色的旧冰箱，坐在楼梯底下有光线的地方。

我没看金属罐上头打着的年代久远的标签，只盲目抓几个，扯下磨损的盖子，把它们全锵的一声扔到水泥地上，像钹一样打转。直到看见那些用了再用的蜡纸，我才放慢下来，把最上面的那张轻轻拨掉。底下放着照田纳西的外婆的食谱做的酒心糖，以及红糖味的胡桃蛋白饼。甚至最近，我们都还会一起做点心，但为了我的身材以及她的健康着想，我只能先放冰箱一阵子，然后再拿去扔掉，不过会假装都送给那些她从没搞清楚谁是谁的邻居了。

我拿了一块蛋白饼，用手捏碎，淡褐色的碎屑和小粒的核果掉到地上。我总是被警告别像火鸡似的狼吞虎咽，而是要先用盘子掂掂东西有多重，想象这些都跑到腰围上的样子。

我小时候第一次故意让自己生病，是在八岁那一年。我的武器是奶油糖。我跑到厨房，像吞子弹的军人不紧不慢地吃光了一整盘奶油糖。我因此病了两天，我妈大怒，我爸只觉得好笑。他一回到家，把夹克挂到门后的衣帽架上，帽子（上面缎带中插着的修整过的小羽毛经常换）则往前面桌上一放，就往餐厅来了。

“你一个人在这里做什么？”他问。

我一直想躺下来哀号，但被逼着坐到餐桌旁。

“她正在接受惩罚。”我妈边说边飞快地过来接过他手上的公文包，“我做的奶油糖，全被她吃掉了。”

我爸把眼镜摘掉，这是他很特别的小动作。金属和塑料混制而成的镜架压着鼻梁两侧，所以他一进家门就会取下眼镜。他大概会让自己有三十分钟完全看不到东西。不过看不清楚也没关系，因为这通常是晚餐前半小时，喝上一杯的时间。

那一天他也一样这么做，但不同的是他笑了，发自内心地笑。他边笑边把我妈抓过来，在脸颊上用力一吻，然后弯下腰，贴着我稀疏的刘海，亲亲我的额头。

我爸在皮克林水厂工作，负责测量水位、分析地方的蓄水量，因此附近的几座城市他都会去，一直要到伊利湖。

“这有点像你坐下来，决定吃掉一整盘沉淀物，”他说，“任何人都会生病。”

我请他待在餐桌旁陪我，讲讲水，讲讲显微镜下的每滴水都各不相同。他没有戴眼镜的眼睛迷茫空洞，我就想他有多看不清、他看我的时候都看到什么。

我沿着地下室的阶梯上来，回到厨房，手里的辫子晃动着。我拉开电话机旁的抽屉，里面放着一叠锡箔纸，以及回收下来的绳子。我找到一个一加仑大小的密封冷藏袋，把辫子放进去，封好。

环顾厨房，地板上都是我妈一团团湿漉漉的衣服。

我三岁时，有一次在厨房发现我妈坐在地上，双腿往前打开着，这是我第一次看到她的内裤。她正盯着脚边散落的白面粉。

“姆姆不乖乖。”我说。

她站起身，抓起台子上的五磅重面粉抱到胸前。她整只手往下挖，让面粉雪一般从指间掉落。

我高兴地尖叫起来，朝她奔去，但只要我快追上，她就躲开。她从袋子里抓出更多面粉，这一次是能撒多远就撒多远。我追着她团团转，笑得上气不接下气，声也越来越大。

我一直到跌倒了才停下来。那一刻我抬头望着她，她正站在我的儿童椅旁笑着。我注意到她不仅额头和下巴都是面粉，手臂的汗毛也粘上了一层，我要她过来把我抱起来，所以我放声大哭。

我的皮包就立在餐桌上，我把放着银色战利品的密封袋塞进中间的夹层。我转了一个三百六十度的圈环顾四周，好像怕自己忘了什么，却看到弗莱契先生在一扇点着灯的窗户后盯着我，我猛地一惊，但随即发现他看的不是我，而是电脑，因为我根本没把餐厅的灯打开。他脸上闪过一阵青一阵蓝，我想，他可能在上网或者在玩《拜占庭》，就是艾米莉的老公喜欢的那个游戏。

我走到我的车边，回头望通往前门的石砖路，唯一能证明我在地下室待过的就是胸口与腿上淡淡的白色粉末，混着胡桃蛋白饼的糖粉，以及墨西哥结婚薄酥饼的面粉。

我想哭，但我没有，我只想能上哪里去。我得让自己放松。除了杰克没有人知道，其他人，包括接过我电话的艾弗利，来问候的莱弗顿，以及叫我名字的卡斯尔太太，都一无所知。此外，没有我，谁都进不去那房子。

我坐进这辆老旧的萨博车，把车窗摇上，皮包放往副驾驶座，差一点给它像孩子一样系上安全带，但我克制住了。我转动钥匙发动车子，开得很慢，整个人趴在方向盘上，好像街上起了浓雾一样。

莱弗顿太太的房子早就一片漆黑，只有她儿子装的照明定时器有点亮光。我仪表盘上的时钟显示八点十七分，我开车经过弗瑞斯特家，看到他还在客厅读书。这个时间老女人都上床了，但老男人显然还没有。他对暗处一向疑神疑鬼，以前至少还养了几条狗，现在只能每盏灯都开着。我心想，他这样的老人，很容易招致歹徒和小偷光顾。

那是我十六岁时的某一天，在弗瑞斯特家，我第一次看到各式各样没穿衣服的女人的彩色图片。

“海伦，大家把她们叫作缪斯女神。”他看到我在翻一本非常大的就叫《裸女》的书，这样对我说，“这些女人启发了很多伟大事情的发生。”我当下想到家里摆得到处都是的照片，我妈的照片，穿着过时的塑身内衣或若隐若现的睡衣，对着镜头楚楚动人地微笑着。

我妈家和我家之间有三十分钟车程，总是成了我自言自语的借口。有些人是在家里对着镜子说，为自己打气或想办法自我改善，但我几乎都在车上跟自己说话，从凤凰城一路到我在弗莱泽郊区那座仿殖民建筑的房子。每次一过皮克林溪上的单行道小桥，心理上就觉得走了一半路了，虽然实际上并非如此。

杀掉我妈的这个晚上，我轻声哼着歌，试图在自己与自己做过的事之间，制造出某种白噪声。我一遍遍说“你没事，你没事，你没事”，同时方向盘越抓越紧，感觉指尖都快挤出血来了。

在皮克林，我在凤凰城这一头让一辆破烂丰田先过，轮到我爬上桥了，修补过的路面让我的车稍稍倾斜，在另一头，我的车前灯好像照到残留的石灰岩上有什么东西在动，看起来像是一个发光的人在黑色的岩石上跳舞。我浑身不寒而栗。

皮克林的另外一头，树木长得细瘦一些，排得也密一些，白天的时候挣扎着吸取从上头茂密的树冠中透下来的阳光。十年前，这里常看到来挖树的人，我开车路过时曾看到百来株桦树树苗被挖出来放在地面上。我不大喜欢提起的，是娜塔莉家就在我妈家和我家中间，那房子也是在这片林子里开拓出来的豪宅之一，因而突兀地坐落在树林里，还有着故事里的可笑尖塔与十五英尺高的大门。

自控告丈夫卡车的轮胎制造商胜诉后，娜塔莉跟现年三十岁的哈米什住在这栋华而不实的宅子里已有八年。她丈夫当时在皮克林桥上慢悠悠地开着，忽然看到另一辆车，于是踩了油门，结果前轮爆胎，导致轮轴断裂，他被弹出挡风玻璃，头撞上荒废已过百年的旧石桥，当场惨死。

开发者离开后，这里又长出一些小小的白皮树，穿过树影我看到哈米什躺在自家车道上，给他的一辆车装棘轮，前面挡泥板上安了一个亮晃晃的吊灯。我减速让车子停下来。其实我不知道看到他要说什么，但我还是让车子离开马路，开上娜塔莉家的车道。我似乎正在做杰克嘱咐别做的事，但我控制不住自己。

一看到我的车灯靠近，哈米什便连忙从他的机械玩具中翻身出来，示意我把灯关掉。

我关掉引擎走下车，在砂石道上摇摇摆摆走了几步。

哈米什赶紧靠过来，一边把头发往脸侧撩。

“我妈出去了。”他说。

我从来没有忘记，这个在我家那条街尽头的小区公园里和艾米莉一起玩沙箱的小男孩哈米什。老哈米什死后多年，娜塔莉曾说：“哈米什哪儿都没去，他一直都在。”她显得很快乐，似乎虽然失去了一个哈米什，但还有这个哈米什在身边。

“去哪儿了？”

“她有个约会。”哈米什笑着说。他的牙齿白得就像体育场的探照灯。娜塔莉对我说过，他每半年就去洗一次牙。

我搞不清楚到底哪件事比较怪，是发现自己杀了母亲后竟还跑到老朋友家的车道上，还是娜塔莉去约会没告诉我。

“我只知道自己不能多嘴。”他说，“所以海伦，别告诉她，我不希望她对我大发脾气。”

“别担心。”我说，这可笑的说法是跟韦斯特莫尔一位澳大利亚裔的行政官员学的，他不论遇到什么事都这样说。“炉子爆炸了。”“别担心。”“我要取消星期四的写生课。”“别担心。”“我杀了我妈，此刻她的尸体正在腐烂。”

“海，正经点。”哈米什说。他这种叫人绰号的习惯是从福吉谷军事学院学来的，老哈米什要他去那里修身养性。

“哈米什，我觉得不太舒服，我要坐一下。”我说。

我再次把车门打开，人还站在砂石道上，但身子已经挺不直。

我弯下腰，手肘撑在膝盖上，以免自己倒下去。

哈米什在我旁边蹲下，问道：“你还好吧？要不要叫我妈来？”

吊灯的光从我敞开的车门钻出来，把地面照得清清楚楚。我看到哈米什的鞋子上有灰尘，而我的爵士平底鞋更是脏得彻底。我顾不得他在看，脚趾使劲蹭掉鞋子。我想起那天在地下室，他用手掌轻拍我的脸颊。

“你可以躺在我身上吗？”我问。

“什么？”

我抬头，看着他皱纹初现却英俊的脸，看着鼻子与脸颊上因日晒过多而引起的雀斑，以及他那一口发亮的白牙。

“你信我，是吧？”我说。

“当然。”

我没多想自己是一副什么德性。我起身，他也跟着站起来。我打开后座车门，爬了进去。

“进来啊。”我说。

我想到我妈还在冷冷的水泥地上，我自己也索性平躺下来，两只脚往驾驶座一挂。哈米什也爬进来，坐在后座边缘，身后的车门没有关。

“我没怎么弄明白。”他开口。

“我冷。”我说，“只是想体会你的身体在上面贴着我的感觉。”

我想跟他做。

我闭上眼睛等着。一会儿，我感觉到哈米什轻手轻脚地趴到我身上，他太过谨慎，身子紧靠着后座，大部分重量还都留在地上。

“我不知道你要怎样。”他说。

“我要你整个人都在我身上。”我睁开眼睛说。

“海，”他说，“我……”他话没说完，眼睛扫视自己的身体。

“就把你全部的重量放上来吧。”我说，“没问题。”

然后没多久，他的身体整个压了上来，有一百八十五到一百九十磅吧？我感觉到他勃起了，我的脚贴着他小腿中间的位置，他的脸在我右侧，像贝壳口一样的耳朵贴着我的耳朵。我想起我妈厨房里的电话。它都是响几次才停？

我举起右手滑过他身侧，摸到他T恤的下摆，然后钻进去摸他的皮肤。他闷哼一声，像一头等待被抚摸的动物。莎拉长大后曾非常迷恋哈米什。

“我们做什么都可以。”我说。

我似乎是转动了钥匙。他扬起头。我从来没看过我最好朋友的儿子流露出这般梦幻迷离的眼神。

“当然，宝贝。”他轻声说。我试着不去听他的语气，我知道他都是这样对搭他摩托车的女人讲话。这些女人穿着可笑的短裤，紧紧贴着哈米什被凯夫拉料子的衣服包裹的身体与大腿。我试着想象自己黏着他的样子。事实上他不止一次邀约我，但我总是没什么兴趣。“他很哈你哦。”有一次我和娜塔莉开车去参加某个严格的训练课程时，她这样说，结果我们两人都放声大笑。而哈米什已骑上他的日本死亡机器，往反方向而去，不见了踪影。

他的双唇迟疑着，如此好笑，如此年轻，我抬起手臂把他的头拉下，吻着。我开始感觉到他的重量，我们骨头贴着骨头。事情应该不是这个样子的，可我居然能毫无意识地跟我最好朋友的儿子做爱。此刻我已经越陷越深，也明白再怎么想都于事无补。道德只是一种不存在的安全防护。而且，我做过与正在做的事，并不是在把我往悬崖边带。我早已纵身跃下。

我用力把哈米什连人带衣往上拉，让他脱掉衣服。他长得英俊，也有胸肌和浓密胸毛，但他的英俊还很嫩，他的生命还有很多未知。一阵悔意涌上我的心头。

我没看他的脸，径自解开裤子。他猛地想出手帮忙，头却一把撞上副驾驶座门的内侧，发出可怕的空洞声音。我想起六个月前，在自家门口摔倒在地的莱弗顿太太，她是如何隔着灌木丛向我妈呼救的。一对冤家很快就解了结，她们多渴望在自己的房子里独立自主地活下去。

莱弗顿太太认为，作为人妻，我去做人体模特简直是堕落、失败，但事实上她又很羡慕我妈。莱弗顿太太有个想帮她做任何事情的儿子，所谓任何事就是安排收费昂贵、配有辅助设备的临终关怀医院。“任何事”就是用钱帮她铺好死亡之路，在通往坟墓的道上嵌黄金。但她只想死在家里。

“老天。”哈米什说。他摸摸后脑勺，把我的长裤褪到脚边，又是一个情势逼人的时刻。

我咬着唇，苦恼着。“上我。”我说。我希望没有谁的神在看。

这让他回过头。他盯着我说：“哇。”最后一使劲，把我的长裤扔到车道上。他脱我内裤时，我畏缩了。不是因为它是高腰、薄纱或是旧式的手工纸内裤，而是他这一脱太像我刚才对我妈做的事。我往前抓住哈米什的阴茎，它已经从内裤的裤腰上伸出来了。

我伸出手，顺势把他用力拉近拉低。我张开双腿盘住他，他发出了愉快的呻吟，哀号着：“啊！爽！啊！”我太吃惊了。他射精在我肚子上，我黏糊糊的手指还在拼命挑逗、挤压。“唉，哎。”他叫出声，一手抱住我的腰，“放开吧。”

他用屁股压着我的一边膝盖，费力地转过身坐在我双腿后面的椅子上，拱着两条腿叠在我的腿上，好像在搭帐篷一样。我闻到后座有股恶臭，混杂着我在绿色市集买的杂货的新鲜味道，以及陈年运动包的潮湿气味。

“妈的，很抱歉。”他说，“太激烈了。”

我躺着没动，刹那间我以为自己躺在地下室我妈身旁，莱弗顿太太正端着一个旧瓷盘下楼，上面漂漂亮亮排了一圈“八点过后”薄荷巧克力。厨房的电话也响了，而曼尼从楼上扔安全套多如雨下。

“你会带我去利莫瑞克吗？”我问，一副自愿要进附近山丘上的收容所的样子。我没看他，也不想看见他的脸。我只是盯着副驾驶座后面一个四角形的破洞，不停地想它到底是怎么来的。

哈米什人很好，即便是出于不必要的羞赧。“你想要洗一洗吗？”

“我想待在这里。”我回答。

我能感觉到他想说什么但又吞下。“我拿条毛巾给你。”他说。我朝他点点头，我需要毛巾，但同时也需要他马上走开。

夜里各种声音都来了，我躺在后座，想着以前在麦迪逊和杰克在大众甲壳虫里亲热的事。艾弗利来陪孩子们的时候，我们就会在校园边缘找个阴暗角落，一边小声地播放 AM 广播，一边做爱。

我想看看天空，却只看到萨博车的格纹车顶，微凉的晚风从敞开的车门灌进来，吹着我的脚。我打了个冷颤，起来转身，用婴儿的姿势躺下，盯着前头副驾驶座的后背，我的包还在那里，里头有我妈的辫子。

我曾读过一本莎拉留在家的纪实犯罪书，讲的是一个叫阿瑟·萧克斯的连环杀手，里面描写最生动的是一个显然他本计划要杀掉的聪慧过人的女人。她年纪一大把却还在赚皮肉钱，并会吸毒让自己亢奋。萧克斯在车上强暴她并且企图勒死她，这之后整整三天她都很亢奋。通常挑了妓女后，凶手会把她载到荒凉地点，无法办事就灭口。她知道该怎么跟对方周旋，知道如何应对能让他勒着脖子的手在要弄断她气管时无法发力，她更知道，能不能活完全要看他能不能勃起。据她说，总共花了好几个小时，实在累人，所以这家伙感激得不得了，不仅没有狠下杀手，还把她载回接她的地方。

“这东西你怎么读得下去？”我在电话中问莎拉，边挥着这本一个晚上就能看完的书，好像她看得到一样。

“它很真实啊，”莎拉回答，“没有胡说八道。”

哈米什回来了，我尴尬地闻到他身上有CK诱惑男士香水的味道。他把身子探进后座，拿出一条蓝色小手巾，这让我充满惊恐，没有伸手去接。

“不用了，”我说，“我很好。”

他又露出不解的神情，但什么也没问，只是笑笑。

“原来你喜欢在下面。”他说。

“哈米什，”我起身爬到车外找长裤和内裤，“你不是来让我吐的吧。”

“真严厉。”他说。

“我的意思是说，我还是你妈的朋友，而你要引诱的，应该是年龄比我小一半的女人。”

“最好是那样。”他说。

“一点没错。”我边说边拉拉链，穿上平底鞋。

“你得承认这不是我们平常的关系。”

“搭我的车吧。”我说，“我载你，你坐旁边。”

“甜心，我妈都让我开车。”

我在方向盘后坐下，赶紧把皮包从副驾驶座拿走，塞到一边。我想象八岁的哈米什满脸笑意地跑到我车子旁的模样。自从他和艾米莉两岁初遇后，艾米莉就一直让他神魂颠倒。我看着窗外走向副驾驶座的成熟男子，刚刚差一点我就跟他“做”了。我真不懂自己是谁，到底在做什么。

他冲进来，吻吻我的脸颊。

“安全带系上。”我说。我僵硬的脊背贴着柔软干爽的坐椅。

我倒车开出车道，轮胎咯吱辗过底下的砂石。乘客座后面的洞是利昂的婴儿车弄出来的，就是我妈让他摔下去那天，我拼命要把婴儿车塞进车里，想让艾米莉知道一切有我。杵在人行道上的她把利昂抱在怀里，一边大叫：“妈，没关系！算了，不要紧！”一直到我推进婴儿车摔上门，她才停止。我在车内一回头，看到利昂的蓝色婴儿帽已渗出一点血。我第二次怀孕打电话告诉爸妈时，我妈只是打了个大呵欠，说：“你还不嫌烦啊？”

“娜塔莉跟谁出去的？”我问。车子摇摇摆摆到了马路，开始前行。

“妈的。”哈米什说，“别套我话。”

但我并不想谈刚才发生的事。“好，那我们谈谈你父亲？你曾庆幸过他死了吗？”

“大姐，你到底怎么啦？刚刚的事我很抱歉，但冷静点，好吗？我只是想要让你高兴高兴。”

“对不起，我刚从我妈家过来。”

“噢。”

很多人都知道，我跟我妈彼此不合，但我还是会尽本分去探望她。不过我知道我做了蠢事，我让哈米什知道我先前的行踪了。我是个糟糕的罪犯，而他是个大外行。看来我们还挺般配。

“跟我妈还好，”哈米什说，“我们处得来，一起生活没问题。跟我爸就难多了。”

“你不需要讲。”我觉得有罪恶感。

“如果你想听的话我就讲。”

我记得哈米什才刚会走路时，就很听从艾米莉的差遣到处走，我实在是不喜欢她那种占人便宜的样子。那个小男孩还是没变。我想知道，他就告诉我，就像他会不断送我女儿玩具，或者听她的话提来一篮又一篮的沙子盖芭比的城堡。我和娜塔莉很快就不再觉得他们两个长大后会结婚了，就某一点而言我们都意识到，我们从不了解一段美满婚姻最重要的是什么。

“你知道我跟你父亲处不好。”我说。

我们已经穿出有豪宅藏身的桦树区，正经过一长排无人的平房仓库，还有破败的五十年代活动中心。

“这对你也不稀奇吧。”哈米什看着前方说。

“什么？”

“如果你把‘无视我的存在’当成和睦相处的话。”他说。

“我从来没有这样对你。”我说。

“你怎么看我，我心知肚明。”

“怎么说？”

“就是懒惰，我妈的拖油瓶，之类的。”

我没说话，因为他讲的都是真的。车子下了凤凰城公路，开上摩霍尔路。我正在绕远路。

“我真是贱，是吧？”我说。

哈米什笑了。“算你有自知之明。是有那么一点儿。”

我把车速放慢，在玛碧烧烤店那边找娜塔莉的车。

“他开了一辆四驱的丰田来接她。”他说。

我清清喉咙，把车转向指示“往耶洛斯普林斯”的方向。

“我爸的很多方面实在太可怕了。”哈米什说，“我不怀念他们俩，以及我跟他的对吼。他恨我吧。”

这个时候应该说“不，他没有”，或者“我相信事情不是这样的”，但我什么都没说。哈米什也许还需要有人教他性的定义，但什么是真实他完全清楚。

“我妈很高兴吧，”哈米什说，“虽然她也不会这样跟我说。毕竟我爸的梦想是哪天搬回苏格兰。”

“她怎么能忍受住得离桥这么近？”我问。

“我告诉你我的想法，”哈米什说，“她想待在那里，我想是因为如果我爸的灵魂从皮克林溪跑出来，她才能迎头痛击。”

“我对我妈也是这种感觉。”我说。

“我知道。”哈米什说，伸手摸摸我的头发。

杰克到宾州要花多少时间？光飞机就要五小时，也许不止。毕竟他是从圣塔芭芭拉来，而不是从洛杉矶或旧金山。有太多太多我不了解的事。但有件事我想告诉哈米什，杰克见到我妈的那天下午，就跟我说：“你为什么没告诉我她是个疯子？”那就像整个世界第一次出现了一道帘幕，我的亲情与爱情之间开始有极大的鸿沟。如果我放任这种力量，它早已将我撕碎。

“跟我妈约会的人，是在网上认识的。”哈米什说，“是唐宁镇的承包商。”

“什么？”

“她怕你对她说三道四的。我想她有再婚的打算。”

我们经过了几个铺着砂石的庭院，以及一两栋低洼地里的房子，自我住在此地以来，从未看过任何人出入。房子有电子栅栏防护，呈波浪状的外墙上没有窗户，只有两个醒目的大“V”。

“记得吗？”我说着朝钢筋房子点点头。

“他们越是不让人进去，我就越想一探究竟。”哈米什说，“但不是要偷东西。”

“四驱的丰田，是吧？”

“海伦，说三道四？海伦从不说三道四。她什么都爱！”

“贱货一个？”我问。

“顶级的。”

“谁想是低级的？”我笑着说。

“所以老爸要我去念福吉谷军事学院。”他过了一阵子才开口。哈米什最辛苦的时候我都看在眼里，包括他如何企图取悦他父亲却又不断失败，一家三口来我家吃晚餐时，他说椅子只坐边缘，“要像真正的军人一样”，还有他递羊排给艾米莉时笑容满面的模样。“你不是真正的军人。”他父亲一边说，一边往盘子上堆薄荷酱，整个餐桌忽然陷入一阵尴尬的沉默。

先锋企业的那一头有个残存的小镇，是独立战争前就形成了的，周边一直零星发展到十九世纪末期。目前仅剩七栋建筑，全都在马路的同一边，对面的建筑则是在一次暴风雨中被冲走的。也是这场暴风雨暴露了一条砂石的主矿脉，于是有了拉普林采石场。

哈米什和我漫行路过时，小镇的一切都关上了，甚至一家还没倒闭的杂货店，连带其附设的只供应喜立滋啤酒的小酒馆也在晚八点打烊了。隔着窗户，我看到酒吧灯火昏暗，老板那同我差不多年纪的独子尼克·斯托福兹正在打扫清理。

在门窗全被木板钉起来的铁匠旅馆，我忽然右转，多年来探寻一样隐秘捷径的技巧已然娴熟。

我是开车载着娜塔莉时发现利莫瑞克核能厂的。那是在八十年代一个漫长、潮湿的午后，我拖着艾米莉去看我爸妈，莎拉则和杰克留在麦迪逊。

每次从威斯康星回宾州的家，我都会打电话给娜塔莉，叫她去开车兜风，但两人都不开口说话，这是我们非独自但又独处的方式。对我妈、杰克、娜塔莉的丈夫，这成了个合理的借口，能从这些说好听是家务事，其实是情绪的温床中稍微脱身一下。

我们会故意一起迷路，或是自陷死路，走早已荒芜多年的老旧农道，或是在教堂已不复见的孤零零的葡萄园里，往此地唯一常客钱鼠留下的缺口一脚踩进去。即使我们下车分头四处游荡，不知身在何处，我们都深信还会找到对方。所谓找到她，其实是躲在一棵枯死的栗树后听着她哭泣。在那些时刻，我往往感受到成长经历在牵系着我，我没有被教育着去拥抱、安慰或变成别人家庭的一分子，我受的教育是要保持距离。

车子经过鸡笼与黑漆漆的后院，撞到了古老的拱顶石隧道，是从前用来分隔城镇、农地和开发中的郊区的。我发现哈米什睡着了，看着他点头如捣蒜，我想没理由去叫醒他。虽然我很想告诉他，我说他妈说三道四，就像我妈对我一样，只是一种表达爱的浑蛋方式。我终其一生都在试着翻译这样的语言，如今我明白到，我自己倒说得很流利。你是什么时候发现自己跟至亲之间关系的缺憾，如糖尿病和骨质疏松一样，已经深入到你的 DNA？

十年来，我带着哈米什到我妈家做过各式各样的工作，比如沿着路边架设树篱和常春藤的洒水系统，也曾勉强挤入狭小的空间救一只野猫，而每次干完活，我妈都会给他东西吃。下午我去看看事情进展如何，都会发现他坐在餐桌旁，身边全是饼干罐，那可是我妈的走私货。

有一次，我妈走进厨房，不情不愿地帮我端了一杯茶，哈米什看到我脸上的表情。“她说你一直不怎么会保持身材。”

他拿出一个奶油糖罐，在我妈年纪大了，大小事也由我帮忙后，这些锡罐里都换成了砂糖。

“不，谢谢，哈米什。”我说。

“那多拿一点给我。”他把一粒奶油糖塞进嘴里，对我眨眨眼。

我记得以前会带着孩子们到隧道另一头参加各种小朋友派对。和妈妈们站在厨房里，我总是想着是怎样邪恶的共同心性才会发明出这种游戏，让孩子蹦蹦跳跳地把气球踩破，跌在地板上，然后跑到指定点领糖果。有一次半夜，有个噪音清脆的妈妈跑来叫我，说艾米莉在睡衣晚会上尿床了，我到那儿接她时，她一个人坐在走廊的塑料狗垫上，头发还粘着果酱。艾米莉撒尿时，莎拉在打人、踢人，管其他小朋友叫大屁、巨婴，还有她最喜欢说的：

浑蛋。我觉得她们俩是同极的苏格兰犬造型的磁铁。

我看着哈米什，一边想着选择永远不离家的男人是怎样的。这样的选择对我而言一点都不明智，然而最终，我却也是选择了它。

车子爬上最后一座山丘，往下俯瞰就是那栋房子。在那里，莎拉的额头被彼得·哈珀的长钉子弄出一个疤，而艾米莉的初吻则是在棕色的格子沙发上，和一个吹萨克斯的高中生完成的。我关掉大灯，在黑暗中把车开到路边，然后关掉引擎。哈米什的头往后一仰碰到椅背，眼睛睁开，又闭上。

远处发着光的利莫瑞克核电塔，刚建好就变成一个不祥的东西。这么多被束缚的能量。大片如洁白乳房的山丘切除了，只剩火山口般的开口。

我坐在车上伴着沉睡的哈米什，看着田野和树梢轮流被电塔四周的光照亮。我和娜塔莉曾提到要来一次核电厂考察之旅，看看能走多近，但事实上这个计划只是提提便罢。我们彼此似乎早已默认，远远看着最好，事情的真相只会是让人失望。我们一直把这种观点称作“不是未来的未来”。

发现怀上艾米莉的时候，我打电话到办公室找我爸。我已经在学校的健康中心做过血液检查，打电话来通知结果的护士建议我去接受避孕咨询。我坐在一群女孩中间，她们中的一些也怀了孕，一些是差点怀孕，但只有我一个人面带微笑。因为我想要，不管是男是女，肚子里的孩子都是我与杰克的一部分。

“不是每个人在那么年轻的时候都会想要孩子就有孩子。”我爸说，“海伦，我很开心。是杰克的吗？”

杰克坐在我们摇摇晃晃的餐桌旁，给我无声的支持。

“是。”

“男孩还是女孩？”他问我，“你喜欢哪个？”

“老爸，这无所谓。我想过这个问题，但两个我都一样对待。”

“那，我要自私地说我想要外孙女，以后就有个小海伦来看我们啰。”

下一通是打给我妈。我打到家里的时候，隐约听到费城KYW电台的声音。她一整天都在听这个新闻台，不是杀人放火，就是一堆离奇命案。

“噢，你很得意吗？”她问。

“什么？”

“你知不知道，你是在浪费生命。把它打掉。”

我盯着杰克。

“妈？”

“怎么了？”

“我要把孩子生下来。”

“可没人会颁奖给你。”她说。

我脸上的表情让杰克站起来，把我手上的电话拿走。

“奈特利太太，”他说，“这消息不是很棒吗？我很高兴要当爸爸了。”

我坐在他起身的位子上，吃惊地看着他。虽然我又被我妈弄得糊里糊涂，但我明白，只要我看着他的脸，听着他的声音，我就能回到我们共同打造的新世界，一个不属于我妈统治的世界。

大概八年后，我找的还是我爸，他当时正在当地的天主教教堂。我打电话的时候，没有告诉我妈我在城里。除非能先跟爸说话，否则我不想见她。

和我爸一起工作的人曾跟他提起，圣保罗教会的保养费用一直居高不下，于是我爸建议教会养羊。这些古老的墓碑东凸一块西凸一块，排列得并不整齐，羊比除草机会更有用，而且草还能都吃了。我爸说“都不用动剪刀”。他甚至自告奋勇有空就去照顾羊群，即便他跟教会毫无瓜葛。

我和孩子们从教会停车场朝他走去。我抱着四岁的莎拉，虽然在麦迪逊我已经告诉她，她够大了，妈妈没办法带着她到处走。至于艾米莉，从我把她们两个以及三件行李放进甲壳虫后，才第一次有了笑容。

“外公！”她大喊。我们一走到教堂墓地的围墙边，莎拉就从我身上溜下来。我爸转过身，看到是我们，连忙丢下钉耙。艾米莉蹬上跳马的台阶后开始爬墙，我刚把莎拉举起来让她也跟着爬。

等一一介绍过叫莎莉、艾蒂丝与菲莉斯的羊，我爸便让她们看怎么照顾羊，比方清理木棚，把碗里的食物、水装满，还和艾米莉说到她很害怕的一个恶霸。孩子们在坟墓间玩得不亦乐乎。

我和爸爸在旁边散步。

“我看出你有心事。”他轻声说。我们走出墓地，来到比较新的区块，这里维护这些平卧着的墓碑的就不是羊了，而是除草机。

“我们要离婚了。”我说。

两人都没说话，坐在由一户家庭捐赠的白色大理石长椅上。一场车祸夺走了他们三个家人。

我们沉默了好一会儿，我哭了起来。

“我总是在想墓地的生命力多旺盛啊，”我爸说，“这里的花花草草长得比哪里都好。”

我把头靠在他肩上。我发现我对杰克还有感情，也知道自己会念念不忘。我很快察觉到我爸不太舒服，虽然他只稍微移动了一下。我赶紧坐直。

“你见过你妈了？”他问。

“我受不了。”我说，“我是打公用电话给她的，然后知道你在这儿。”

“你会搬回来吗？”

“我很想离你近一点，”我说，“但我想孩子们需要……”

“当然，”他说，“当然。”

我知道他在想什么，就跟我希望的一样。我想起他衣橱上放的一口玻璃基座的时钟，黄铜齿轮在四片斜斜的玻璃里运转着，总让小时候的我看到入迷。

“弗瑞斯特有个朋友，是房地产中介。”他说，“有个地方我和你妈曾去看过，那附近又有新的住宅建成了。很不错的两层楼房子，不是错层式的。”

“但是……”

“这是我的一点心意。”他拍拍我的手。

我站起来拉拉裙子。从威斯康星开车过来，天热路远。他要回头找他外孙女去，我看着他走向墓地的背影，内心充满罪恶感。我不想再依赖他了。

6

我没注意哈米什是什么时候醒来的，我只是一直盯着黑暗中的利莫瑞克核电塔，一边想着我爸。

晚上不一定什么时候，会有那么一小时，利莫瑞克先是闪绿光，然后是红光，两个颜色彼此交相呼应。娜塔莉和我总是把这想象成求救讯号，好像一片漆黑之中那些被困在熔火核心的人，正在同外面的陌生人沟通。

哈米什伸过手来。为什么来这里，怎么到这里的，我几乎是全忘光了。

“我一直相信，在世上的某个地方有我的一个双胞胎姐妹。”他说。

我茫然地盯着他，他手压着我大腿，让我回过神来。

“这不是胡扯，”他说，“我不用这当台词。”

我慢慢吻着他，好像童年的梦都是真的——我们都是被领养的，从天上掉下来的，父母不是真的父母，只是虚拟的全像投影，同时也证明了还有另一个世界可以去。

远方的灯火闪烁明灭，哈米什靠向我，我感觉到他的重量、呼吸与身体的弹性。他探向驾驶座的一侧，拉起控制杆让我的椅子往后倒。没有人开口说话，虽然得应付碍事的变速杆和方向盘，但两人还是同心协力坚持着，没有半途而废。我知道我们的空虚要是没有得到满足，我大概不会离开这座山丘了。性，成了决心与意志，就像登山，或刚刚拟定的清单上，一项需要超越极限去完成的目标。缺氧、时间有限，以及不言自明的悖德，都是激情之由来。

我们就像两个疯狂追逐渴望的病人，总算到达我们在找寻的目标。我身子往后座仰，头几乎成九十度角。他用两只手臂撑着，以免全身的重量压在我身上。他的头朝车顶上仰，我往前看也只能见到两人又热又湿的下腹，我闭上双眼，迎向他臀部的撞击。我希望时间停住，永远不用下车。从很小的时候起，对于危及我妈生命的所有动物，我都会追着跑，直到今天我才终于明白，我内心天真的冲动某种程度上和脾性一样，都是我的一部分，不是绝对必要但总是存在着。

哈米什的锁骨和左边的二头肌之间，有个我以前从没注意过的文身。在我看来，文身很是愚蠢，是缺乏方向的人在世上宣告身份的一种方式，跟点杯乱七八糟的星冰乐没两样。我盯着文身，五脏六腑一阵青一阵白。它是圆形的，不用问就知道是在汽车钣金厂旁“萨德的店”文的，图案风格是那种郊区购物中心里的“东方味”。顺着极浅蓝的龙尾巴，你一下就会碰到咬着它的龙头。

“天哪，去你的。”哈米什在我旁边喘气，“操。”

“谢谢你，哈米什。”我说。

“你也太客套了吧。”

“我该回家了。”我说。

哈米什转头看看手表，坐起身子。我惦记着娜塔莉。我想象她跟唐宁镇承包商约会的场景，我想起年轻时她引用过艾米莉·狄金森的一首诗。“因为我无法为死神驻足／所以承蒙他为我驻足。”每一行最后，她都要假装脚上蹬着包头鞋踮一下脚尖。我们偷了她妈的白兰地，都有点微醺昏眩，她在床上转圈，然后跌到我怀里。

“死神？”她抬头看我，如是说。

“这位妹妹，幸会。”我用柔柔的男中音回答。

哈米什下车后，我方寸大乱，不知道该恭喜自己，还是拆冰袋冷静一下。我已经超过二十年没跟男人在车上做爱，而且对象还没到一醒来就咳嗽、吐痰或哀叫的年纪。我们都含糊同意再见面，他的双眼就像戴上了柔焦镜片，定定地热切地看着我。他看中的是性与体验，而我愁云惨雾笼罩的心境，看着他，仿佛在看着美好人生的残羹。

夜深沉，当空无月。我住的这一带，不像娜塔莉家，户外照明还没有上演感应器和太阳能的竞技，只是偶尔出现一盏仿马车灯，以及街区尽头穆洛维奇家前门口挂的一个用以监视家里那个吸大麻的儿子的灯泡。而我家草坪和其四周围的草坪，都是一片漆黑。

房子是我爸和弗瑞斯特帮我找的，我十多岁时我爸就在这一带找过房子。搬进去那天，他开车带着我们三人过去，在房屋中介给钥匙时帮忙拍照存证。尽管房子的墙壁需要重新粉刷，地板也要打扫，但走进屋里根本不会注意到这些，因为他早在前一天就特地为孩子们送来两张床，也为我送来了床垫与衣橱。

我打着赤脚下车走到草坪上，草踏起来又冷又干，露水还得等好几个小时才会有。总而言之，时间还早。在后门半亩大空地上聚众喝啤酒的韦斯特莫尔学生，已经在场地边的灌木丛里呕吐过，少女们在一些不适宜的地方人事不知，而莎拉，如果我还算了解她，她在纽约东村的夜晚才刚要开始。她现任男友的名字我一时想不起来，不过伸手摸山茱萸的树枝时，我记起大概是类似乔、鲍伯或提姆这类的大众化名字，与杰克差不多。

我走到前方草坪中央，躺下来，双手张开像老鹰展翅。我抬头看星星。我为何沦落至此，做出这样疯的事？我的邻居不都是复活节戴装饰了鸭子的呢帽、圣诞节戴条纹绒线帽的正常人吗？

我把手上的鞋子、皮包都丢开。只有一些星星出来了。我身体下的大地在转冷。“亚洲有孩子正在挨饿。”每次我狼吞虎咽时我妈都这样跟我说。

“我不会因为这样就不饿。”此刻的我轻声说。我想起带杰克从威斯康星来跟他们见面时，她脸上的表情。杰克是第一个，也是最后一个直接挑战她权力的人。她用歌舞秀对他表示欢迎，夸张到令人不忍卒睹。她强颜欢笑地哈腰，好像杰克是大地主，而她只是个卑微的人。我当时为什么没看到真相？她铁一般的意志，怎能是杰克和我可以超越。我们如玻璃搅拌棒一般的王国，最后果然不堪一击。“你唯一爱过的、爱的就是你妈！”杰克曾这样冲我吼。对此事实，我拒不承认，举起的双手像是要抵挡挥来的拳头。

我知道我妈在哪里。她没有在天上，而是在地下室。是一具僵硬的死尸。我的皮包里有她的辫子为证。我强迫自己眼睛一眨不眨地瞪着天空。即使她在那里，我也找不见。她是混沌中一颗幽暗的星，就像最后会致命的微小肿瘤，无论我如何努力，也看不见。

我侧过身，和哈米什刚才的温存让我元气尽失。我觉得好累，随时都能入睡，却又有古怪的完整感。我想起那天下午我原本要上台去摆的姿势。我在坦纳·哈库的写生课已经进行到了第四个礼拜，为了这一天，为了保持皮肤下的肌肉线条，我一直在镜子前做柔和的重量训练，甚至勤于做瑜伽。我知道这是必要的，我也清楚当写生模特的关键是适应老师的要求，不只是要摆姿势，还要理解他们想要你有什么样的体态。娜塔莉这学期还是照常吃抹奶油奶酪的贝果，她总是被分派给一个模仿英国画家卢西安·弗洛伊德的讲师，他想要的是晃动的肥肉、体毛以及一大块疤和处处起疹子的皮肤。

“懒散点。”他会这样要求。

当模特是我说服她的。她起初不太乐意，很介意自己的体形，但这还让她在财务主管办找了份兼职，现在两头她都顾上了。

我撑着身子站起来，收拾好鞋子、皮包，找到带手电筒的钥匙串。跟手机一样，这也是另一件拜我妈所赐的好东西。我到购物中心时就像个领大部队的军官。我和我妈最好是要有手机。最好是用带手电筒的钥匙圈。最好是用新的不锈钢茶壶、羽绒枕、有排汗功能的帆布套头上衣。以防哪天会用到。如果我们连尺寸都一样，那么一切都万无一失了。把钥匙插进门上的钥匙孔时，我看到了自己的墓志铭：她为别人而活。

几年前，必须照顾我妈这件事让我感到强烈的无力感，我开始扔掉家中的小东西。也许这便是就算卡斯尔太太真偷了皮金福尔碗，我也不会责怪她的原因。某种意义上讲，她已做了很多。我不止一次想打开我妈的珠宝盒对她说“请自便”。不幸的是，年轻的曼尼老早就用安全套先动手了，这我没让其他人知道。

我脱掉外套，把它直接扔在地上，而不是挂起来。跟我妈家相反，即使天气变冷，我也总是至少打开一扇窗。我喜欢屋内不断有新鲜空气进来的感觉。我走到客厅的书架前，在弗吉尼亚·伍尔芙和薇薇安·戈尼克之间（我都按照作者名字的顺序排列），找到今晚的东西，一个木制的哭泣佛像。是艾米莉送的。

我会拿起一件东西，可以是镇纸、干插花、曾曾曾祖母的小贝壳浮雕胸针，然后像是在从事犯罪一样在固定的日子里倒垃圾，不经意似的扔掉它。我总是临时起意，而非刻意计划扔架上的哪样东西。我都是看到它，才会感觉需要抓一张报纸或一块破布盖在上面，像是在表演魔术。之后快步走到街角，把它扔进唯一贴着废弃物标志的回收桶，让垃圾车把它载走。我便如释重负。

我看着哭泣的佛像，它有拳头大小，是用多节的木头刻的。这会是我扔掉的第一件我自己的东西，孩子送的礼物。不过当我伸手去抓它，我想起了曼尼。

我用手指摸着佛像，让它留在架子上。

我走到楼上卧房，尽量不再去想曼尼在我妈家的房间里做爱，而我妈当时很有可能就在楼下，坐在客厅的椅子上。我给他的小费比我妈多，我到底欠他什么？

我打开床头灯。在这之前，我都在读些什么呢？艾米莉寄了《道德经》新译本给我，薄薄的书拿着很舒服，但每次打开试着去看时，所有文字好像都变成未知之物，我既非鱼和门，亦非草木，以后也不会是。我只是一具卢西安·弗洛伊德笔下的臭皮囊。

我在衣橱上挂了一幅早期杰克为我画的画像，他参考了爱德华·韦斯顿给查丽丝·威尔逊拍的一张照片，当时威尔逊还不是韦斯顿的太太。在威斯康星那同居的房子里，我以一种极尴尬的姿势坐在一把金属与塑料材质的餐桌椅上，头戴小时候的布朗尼小妖精毛帽（杰克画的是威尔逊的运动型贝雷帽），身着胸罩与短衬裙。我分开双腿，把衬裙撩到大腿上方。虽然什么都看不到，但遮盖的衬裙反而像一层面纱，油然透着诱惑。因为这张像，我从教授们眼中的聪明学生，摇身变成大学图书馆附属系办画廊里的花瓶美女。

我爬上床，拉过毛毯盖上，一身脏衣服。我想起晚上做的保养动作，它们让我学会长大。我妈在我脚上涂保湿霜时，我第一次感觉自己是个大人了。涂完后还要穿上短袜，最后套上旧式的绑腿带。“要不然，”我妈说，“你会在半夜扯下袜子，前功尽弃。”我渐渐困了，却想起卡斯尔太太过去几年来打的无数电话中的一个。她到我家发现我妈戴着精巧的环保棉手套，外面用一副铝制手铐固定着，我妈跟卡斯尔太太说她忘记钥匙放在哪里了，问我记不记得。

7

八岁时，我父亲在工作屋出了意外，被救护车紧急送到医院。他三个月没回家，我也被禁止去探望，我妈只说他会离开足足九十天，去拜访俄亥俄州的亲朋好友。我追问那些人是谁，为什么我们不能一起去，她只沉默不语。倒是弗瑞斯特愈加勤快地上门，我放学后也经常在门口发现唐奈森家和莱弗顿家拿来的肉糜卷与炖菜。

我进门后总是坐在餐桌旁看书。吊灯上开关的微弱光线就够我用了，即使天色变暗，屋子也不会陷入一片漆黑。傍晚我妈会从卧房下楼来，和我一起准备晚餐。我爸离开一个星期后，我就决定要痛恨炖菜。我们宁可拿花生酱涂乐之饼干，吃史云生罐头，或我最喜欢的——一直吃肉桂吐司。我妈通常穿着白色半透明的睡袍，我则是一身校服。

“还有八十二天。”她会这样说，或是，“只剩下七十三天了。”

这变成我们见面打招呼的简略方式，“六十四”，“五十七”，“二十五”。

在那九十天中，几点到家已无关紧要。从公交车站回去的路上，我都会停在弗瑞斯特家前面，拍拍窗，把他家睡着的小狗惊醒。托什，一只查理王小猎犬——“最好的品种！”弗瑞斯特这么说——会向我跑过来，伤心地用脚掌拍玻璃。

如果刚好在门口台阶上看到炖菜，我会赶紧把它拿进厨房，用锡箔纸包好，藏到地下室的冰箱里。我担心我爸永远不回来了，那养活两个人就会变成我的责任。

有一次，我尝试将我妈的问题说明白，到头却只是绝望。

“她什么都不做。”我说。

“海伦，这可能只是你的感觉。”塔夫特小姐说。我是她二年级的学生，我们班是她带的第一个班。

“她不会开车。”我在尝试。

“不是每个人都会。”

“我爸就会，弗瑞斯特也会。”

“就这两个人。”她边说边竖起两根手指。她对我微笑，仿佛只要五根手指头都竖起来，一切就解决了。

“她以前会去散步，”我说，“但现在也不去了。”

“大概带孩子把力气都用完了。”塔夫特小姐说。

我盯着黑板上的世界地图，没看她。我知道该闭嘴了，我妈的问题是我的错。

离开九十天后，我爸总算回来了。我妈穿上一套我从没见过的衣服，还刻意把头发盘上了。我这才发现她瘦了，之前被睡袍遮着根本没注意到。我想起来，她只吃一两片放了一大堆四季宝花生酱的乐之饼干，对于令人作呕的炖菜，她绝口不提。

我爸走进门来，怯生生地对我微笑。他的帽子又换了一根新羽毛，不过他也变瘦了。我走过去想抱他（这是我们没做过的事），但他手上拿着一个大塑料袋，无意中挡住了我。

“我给你带了这些。”他说。

他转身要去抱我妈。她走过来时，我看着她的脸，眼泪已经让眼睛下的眼影花成一片。

“对不起，克莱尔。”他说，“我回来照顾你了，我又是好汉一条喽。”

他没再说话，毫不费力地把她拉过来，又一把举了起来。那一天在我脑中，“我又是好汉一条喽”这句话，就等于他能承受更多重担了。我拿起那个袋子，里头装的都是淡绿色的塑料餐具，有水壶、碟子，以及一个腰果状的东西，我后来才知道那是病号碗。

接下来的好几个星期，甚至好几个月，我们变成在猜谜：

“你为什么要离开？”

“要变更好呀。”

“比什么好？”

“比从前的我啊。”

“从前的你怎么了？”

“我不记得了，因为都过去了啊！”

很快地，连我也忘记了。我需要他。有问题的是我妈，害怕的人是她。害怕到没什么不害怕的。只有在我爸怀里或桑树巷的房子里，她才感到安全一些。又或者裹在毛毯里，或把两只脚藏在身子下，在大腿上放个热水玻璃瓶。

我早上下楼吃早餐时，我爸都会跟我说一两句话。

“甜心，今天日子难过了。”他说。

这是我们表达的方式，而且从没变过。在难过的日子里，我妈会把百叶窗放下，然后一直躺在床上，直到我跟我爸出门。她明知我们非得出门是为了什么，却还是觉得我们抛弃她很残忍。我们两个人在厨房都要压低声音，把食物囫囵吞下肚。我爸没有从皮夹掏给我买午餐的钱时，我只好在厨房小心翼翼地挖零钱罐，不让硬币发出声音。

十一岁时，我跟娜塔莉说我妈的种种行径，她说她妈也是这样，让我简直不能呼吸。我从来没有那么开心过。但当我问下去时，兴奋就消逝了。娜塔莉的妈妈酗酒。我忌妒她，能够像做梦一样把问题通通丢给酒瓶。

又是一个“难过的日子”。

“你还好吗？妈妈？”

“海伦，日子难过了。”

是比利·默多克在我家前面被车撞了。

当时我在高中学校里，我爸前一天晚上就不在家。“要到斯克兰顿出差过夜。”他说。那天下午，我们这条小小的街，好像没别人在。不过最重要的是，那是个“难过的日子”。

比利·默多克被撞的那天下午，我妈就跟她平常难过时一样，来来回回地走，所有时间都在找家务做，让自己没工夫在沙发上或厨房餐桌旁坐一下，好像如果她一直打扫、刷洗、整理，就能跟恐慌保持安全距离，稍稍得到喘息。

好几个月后，在一次没完没了的悄悄话中，她才告诉我她想起那个声音，比利的身体被车撞的声音。“就像南瓜被棒球棒敲打一样。”她说。

那是下午两点左右，她刚从地下室出来，拿了一堆我爸的袜子和内衣。某种漂白剂的味道总是让她心情愉快，连捧在胸前的洗衣篮都感觉暖和了起来。

她的程序是，把篮子放到沙发的一边，然后把我爸的平角内裤拿起来折叠，纯白的和淡蓝条纹的分开放，最后把各自搭配的袜子放到上面。

我妈听到声音后，没有像之后所有人说自己都会做的那样，冲到窗户旁看看出了什么事，她只是站着停了一秒钟，然后继续做她的事，甚至更加专注、更加机械，直到下一个声音响起。

是一辆汽车失控高速冲向街区的声音。此时她的神经系统才接收到外面不对劲的信号。即便在难过的日子里，她脑中都是空洞的、唠叨的噪音时，她还是丢下手中的两只袜子，走（不是跑）到前门口。她一片茫然地走到人行道路沿石边缘。她担心那个男孩，也有所行动，却像是一只被训练不准出自家院子的狗，走到信箱便再不向前。

男孩的自行车倒在我家草坪边缘，前轮慢慢转着转着就停了。

我妈把手举到胸口，用右手的关节使劲摩擦她戴在胸口的忘忧石。

比利的下肢抽动了一下，然后又一下。

她把左手放在信箱上稳住自己。两人相隔六英尺左右。

“比利？”她轻声叫他。

后来医生说，如果上天发发慈悲，他当时应该是在走路。这样一来，汽车会是迎面把他撞倒在地。呼，他会被碾过去，当场死亡。

我总是在想，我妈站在旁边的最后几分钟，他会在想些什么。这个世界怎么变得这么快？八岁的他，知道什么是死亡吗？不知哪里冒出来的汽车，在离你成长的屋子两栋房子远的地方撞倒了你，而一个平时看起来就是典型成人的女人，在这极其难得的时刻，你看见她在院子里，就站在路边，却不理你。这是生病没去学校的惩罚吗？还是妈妈不在家时，你没有乖乖待在家里的惩罚？

我十六岁了。娜塔莉和我会穿上丹斯金紧身衣，在她爸重新粉刷过的地下室排舞步。她爸弄了个环形吧台，有了它，我们从长矮沙发到地板上熊皮地毯之间的翻滚动作，是越练越好。我们的舞蹈看似简单，其实很累人，有仰卧起坐，以及夸张的抬腿。

“他没想什么。”过了几天，娜塔莉试着让我放心。

我回到家时，他的身体已经不在那儿了，但我还是看到人行道上有条长长的刮痕，像个惊叹号。“他的脑袋都被压扁了，”娜塔莉说，“怎么想事情？”

但我听到我妈在我爸怀里呜咽。“他还叫我太太，”我妈一次次地说，“他看着我，然后叫我太太……”

我爸平常勤于招呼又彬彬有礼，而且也不全是为了作表面功夫，这让他在左邻右舍人缘颇佳。所以他在附近杂货店遇到邻居时，努力解释过我妈为什么没办法走到路上。

“那她为什么不去找别人来？”住在街角的托勒弗先生问。他让他太太走路都抬不起头来，强迫她要像单人的女子游行队伍一样走正步。“托勒弗太太是个肉乎乎的女人，”我妈说，“如果他不想要肉乎乎的老婆，当初他就不该娶个肉乎乎的女孩。”

“克莱尔僵住了，”我爸解释，“完全僵在原地动不了，她没办法帮他。”

下班时间到了，男男女女都被警方阻挡，请他们停车，说如果可以的话，往反方向绕着开。不过大部分人都停车走下来，跟着一大群人站在对街贝克福特家的草坪上。

看来他们对我妈的怒气，甚于那个辗过比利·默多克、不知长相、不知名姓的陌生人。这里的每个人，在还没搞清楚我妈做了什么时，就已经听了两三遍事情的经过。但事情不是他们了解的那样。好像不这么背就不懂了似的——克莱尔·奈特利（她老公大家都认识）就站在她家院子里看着大家都认识的孩子死掉。她没出手帮忙。她没走过去。倒是没一个人问男孩父母多年来也许一直想知道的问题：克莱尔和他说话了吗？她说了什么？

答案是，我妈一边哭一边唱歌。

她站在家门口，右手指关节用力地来回揉胸，左手在脑袋边上下挥舞。

“比利。”她一遍一遍地叫，好像喊他的名字会让他靠近一点。

他的头贴在地上，刚好面朝着她，眼睛是睁开的。她看到他的嘴巴在动，为了听清楚他说什么，她只好不停地喊“比利”，因为只有这样，她才能在当下把持住自己，停在信箱旁。她本能地知道如果她要帮上忙，就得这么做。

至少在节拍与节拍之间，她还能听见他说话。

“太太？”

那一刻她明白，她真的无能为力，也用不着再叫他的名字了。她只是盯着男孩。她就这么停在原地，不断揉搓胸口。事情发生两天后，她才让我爸看她喉咙到胸骨的地方摩擦出的一道凹陷血痕。

邻居们从未知道的另一件事情是，我妈唱歌给男孩听了。每当这首歌从她的卧室和浴室之间的通风口传来时，我就该准备好迎接“难过的日子”了。她小时候就会唱这首歌，她总是反反复复地唱它，流淌的歌词颇有诗的味道。

波斯菊明亮、愉悦又清新，
蒲公英发芽在五月绿草坪。
姑娘们仿若那花儿朵朵，
玫瑰、紫罗兰、鸢尾是伊名。

她也会往下哼，但我想，歌词她早就忘了。我知道这样她会好一些，却还是会到她房间问她需不需要什么。我会停在过道上，直到她闭嘴。

我妈就哼这首歌给比利·默多克听，直到一辆开往莱弗顿家的货车经过（莱弗顿一家为庆祝结婚周年纪念，已于当天出发去旅行），一个一身白色装束、绑着马尾的年轻人跳下车，从我妈面前飞奔过去。他跃上台阶，直往我家敞开的大门里冲，在客厅的桌上找到电话（旁边的沙发上堆满还没分类好的内衣裤、袜子），打到医院。

但等救护车和警方赶到，比利已是回天乏术。人人都在质疑这个唱着疯癫歌曲的疯癫女人。

这之后，我们把所有百叶窗都放下，假装草坪上的垃圾只是不小心丢着的。我一个半月没去上学，只能在离家五条街的公园木板凳上，见娜塔莉一面。

"还没完。"她这样说，把我落下的作业拿给我。连她父母也不希望我再去她家了。

"我恨这一切。"我说。

"记得安妮·弗兰克吧？"娜塔莉有一次说，"你就把自己当作安妮，无处可去，除非真相大白。"

"安妮可是被处死了！"

"噢，这部分不算。"娜塔莉说。

我开始数日子。我现在是一年级，只要再过一年半，我就能远走高飞。

这些我没有告诉我妈。和以往比，家里所有事越发围着她打转。比利去世后的头六个月，我和我爸连彼此打招呼都要很小声，门铃一响，我们就像老鼠一样躲到暗处，不管是谁，我们都希望他赶紧离开。有一次，前面窗户被扔了石头，我们瞒着我妈，说是我爸伸懒腰翻报纸时手肘撞到了玻璃。"你信吗？"他的声音像好听的综艺节目在播，"我都不知道我力气这么大！"

"或这么不小心吧。"我妈说。她还是对我爸进行"分内"的责备，但我们都感觉得到她说话少了些尖刻，作为她救星和守护神的审判女神已离她而去。客厅的窗户披着厚重的羊毛窗帘，从此没再拉开，她会待在窗边看托勒弗太太经过，或喊邻居家的孩子"荡妇"。

三个月后，过完圣诞节没多久，默多克一家搬走了。那个午后，来了一辆卡车，四个人不到三小时就把他们的家当全装好了。我和娜塔莉正好骑着自行车爬上小山丘，看到默多克太太带着比利的狗站在前院，她穿着格子花纹的短外套，厚灰绒圆裙，那一年人人似乎都是这样"极简"的打扮。接近卡车和箱子时，我刹车减速，默多克先生的背影已消失在屋里，只剩下他太太与我四目相对。我唯一能做的就是保持平衡，因为我根本就没在踩踏板，前轮抖得很厉害。

娜塔莉骑着她的十倍速绿色施文自行车追了上来。“走吧。”她温柔地说。

我们就这样走了。我把脚放到踏板上，经过默多克太太面前，比利的狗，一只叫麦斯的杰克罗素犬，一个劲地想挣脱链子。我告诉自己它恨的是自行车的轮子，不是我。

一个让自己又爱又恨的妈妈，你要怎么替她道歉？我唯一希望的是默多克太太以后会有很多爱她的、很多安慰她的人，他们听她讲如何失去儿子的故事。而我妈只会有我爸。然后是我。

8

邻居在院子里聚众的那天，我爸已出发去了宾州伊利，要去摇摇装了毒淤泥的“瓶子”，计算一下地方饮用水的沉淀物比率。

我妈在厨房，我则刚从侧门进来。比利死后，她不再问我去了哪儿，我大可以去和她口中的“讨厌鬼”男孩睡觉。他就住在这条路上，身上还有那个时代可是被当作该隐记号的文身。她需要用尽全身力气才不至于倒下。

炉子上的蜂鸣器响了，我正从楼下浴室梳洗出来，与此同时，我和我妈都听到那个轻微的声音。

是人在聚集的声音。

我没法说我是如何知道自己害怕的，但我就是怕。我只能说我同时又感到庆幸，我爸出了远门，远到会离家好几天。然而这会不会正是人们选在那天上门的原因，至今仍不得而知。

六年级时，我在课堂上看过一张南方动用私刑的照片。历史老师相信历史用图像表达才最有冲击力，所以他印了一些小小的黑白照片发给我们。学区的家长看到孩子把私刑、奥斯维辛集中营，或非洲士兵鲜血直流的脑袋被插在棍棒上高举着的照片带回家时，全都抱怨连连。但我想老师很对，以前看图片的感觉此刻仍让我的胃纠作一团。我站在一旁，我妈手上还端着一盘素炖菜。

从炉子到桌子只有几步路，但她没料到，那天外面的骚动会让这几步变得这么长。我们听着，炖菜的温度穿透她手里的抹布，于是派莱克斯玻璃碟整个掉到了地上。

“你去。”她说。

她眼里全是恐慌。

“他们找的是你。”我说。

“我不行，你知道我不行。”

我当然知道。

我知道她的承受极限，因为那是我骨子里的一部分。多年来我始终有无法名状的感觉，后来总算明白，我生下来就是要帮她面对世界，也为她把世界带回家，不管是刚上学头几年的漂亮彩色纸手工作业，还是去直面院子里愤怒的邻居。我做这些事情，全都是为了她。有事，孩子代其劳，这是我们之间未道破的特别契约。

那天天气和暖，我放学一回家就换上牛仔长裤剪的短裤，我妈很鄙夷，认为既廉价又粗俗，但这正是我喜欢穿的理由，我用指甲就可以把脏掉的须扯掉。那个春天，我知道我爱涂指甲油就涂、想穿短裤就穿。自出生以来，我第一次看到我妈变得如此脆弱，无法再口若悬河地批判别人。

我踮着脚从厨房穿过后面的走廊来到客厅，顺手抓起搭在沙发扶手上的被子。其实我不知道自己拿这个要做什么，但本能告诉我要尽可能保护自己。我记得我把被子当作一条大大的海滩浴巾披在肩上。

有个男人透过窗户看到了我，院子里的骚动愈演愈烈。我打着赤脚，一头清汤挂面的头发，薄得连耳朵都遮不住。我真希望此刻娜塔莉在这里。只要我们在一起，就能组成一支部队，打败一群男人。

穿过小小的客厅，就在握住门把手要往外走到四面设有屏障的骑楼时，我听到她从藏身的厨房冒险说出一句话："注意安全。"声音很小。我知道这对她来说，已是英雄之举。但事情已经发生了，我离开这里，围上后来我口中的"超级英雄披风"。在那一刻，我妈对我而言已经不存在了。

我经过骑楼来到屋外，见到的第一个人让我冷静了下来，是弗瑞斯特。他带着托什，离这群已为人夫、为人父的男人有点距离。我隔着及腰高的篱笆看着他，他强颜欢笑，却又愁容满面。氛围好的时候会活蹦乱跳的托什，现在躲在弗瑞斯特的脚后。

"你妈呢？"其中一个问。他们共有六人，加上弗瑞斯特是七个。

"她在里面。"另一个人瞪着我，回答说，"她一天到晚在家，是吗？"

事实，一旦被公开，就像暗处射出的毒箭。我感到胸口一紧，过了好久才能再次喘气。

"你不会说话吗？"托勒弗问。我恨他，然而这种恨无关乎我妈对他逼太太在街上行军的批评。他拿了一块漆成白色、形似墓碑的木牌，上面写着：他倒在这里，全身冰冷僵硬，之后连狗都不来我家院子大便！这话故意想搞笑。我总是把我对被大众称为“草坪艺术”的不屑，追溯到这个讽刺墓碑上的字。

“和气一点。”弗瑞斯特的声音比平常提高不少。他的衣领敞开，但上班系的领带还没解下。我后来才想到，他一定是带着托什在附近散步时，遇上了这伙人。

那些男人抱怨着。好几个还穿着工作服，有旧旧的上衣、夹克，也有带钢铁公司标志的风衣。

“海伦，”华纳先生说，“我们有话对你母亲说。”

华纳先生，我妈叫他“自大狂”，认为自己是每件事的发言人。不论什么主题，他都能发表高论。他曾经站在我家院子里，教诲我爸利比里亚的硅土污水处理厂有何益处，可方圆几英里内没人比我爸更懂污水处理。我爸最后还是因为天色暗了才得以脱身。“他是读过一篇文章。”我爸说，“有人积极总是好事，但即使是我，都不想没完没了地讲污水的事情。”

我跟他们之间隔着铁丝网篱笆。

“过来和我们谈谈，海伦。”我没听出这个父亲是谁。

为什么我没看出弗瑞斯特眼里的警告，就把门闩拉开往外走到侧院？我一定是一直盯着靠近篱笆的人看，而根本没看他。等我转身，关上身后的门，我才看到他的脸。我看得出上面有塔罗牌般的阴森。

“海伦，你妈呢？”华纳问。

“海伦，你应该回里面去。”弗瑞斯特说。

我已经很清楚，或至少我以为我清楚，应该往前朝弗瑞斯特靠近。但当我这么做时，他却往后退了。

“我妈现在不在。有何贵干？”我使出我最像大人的声音。我焦虑了。我再次朝弗瑞斯特靠近。

“我希望我帮得上忙，海伦。”他的声音空空的。他倒懂得要趋吉避凶，不像我，在草地打着赤脚，拿着被子当披风，就开始想在真理的国度盘旋。我实在无法想象这些住在我们周围、可以当我爸的人想要伤害我。默多克家已经搬走了，比利也已死了八个月，我的一年级只剩下一个月时间。但直到事情发生，我才发现自己竟如此盲目，以为女孩的身份就是最好的挡箭牌。至少在我成长的环境里，女孩不会挨打。到了我教育女儿的时候，情况又不同了。

华纳先生走到我跟前停下来。“海伦，我们有事情要找你妈，不是你。”

现在我明白了，就算死因裁定后，事情还是一直在酝酿着爆发。我妈从没被正式列为比利之死的肇事者。根据法医的报告，不管我妈有没有走到马路上，比利那天的伤势都严重到足以致命，所以错在那个肇事逃逸的司机，而不是怪她。也许她可以像其他女人一样，抱着他，立马通知他的家人或叫救护车，但相关权威机构认为，这些行为都挽回不了比利的性命。在官方的立场上，她只是个无辜的旁观者。

我往后看，是弗瑞斯特先生，抱着托什。

“弗瑞斯特先生？”我已是如履薄冰，只能相信他。

“海伦，跟着我走。听到没？”

有一两个人听到这话笑了出来。弗瑞斯特先生在众目睽睽之下快步踏上三块石板，要从侧院走上人行道。

“托尼有点歇斯底里了，”华纳先生说，“没有人会伤害你。”

但这无法让我放心。如果华纳先生是唯一能保护我、对付这群父亲和陌生人的人，那我真的就像学校那些小朋友说的“麻烦大了”。每种食用肉，华纳先生都知道要怎么切、怎么剁，都叫得出名字，还会告诉你它们的特点，是鲜嫩带筋、柔软或者多汁。也许华纳先生不见得会真的动刀割肉，但我还是不难想象他对着我的尸体品头论足的画面。

“贱女人躲哪儿去了？”托勒弗先生说。他目中无人，满脸涨红。

“发疯的贱女人躲到哪儿去了？”

这位父亲我不认识。他们很特别，要高人一等竟是加个形容词。

我知道，托勒弗先生那年冬天被凤凰城钢铁公司开除了。这一带的男人一直都在失业，我那保住饭碗的老爸，每回听到消息都很难受。

“‘放了吧’，”他总边说边摇头，“我讨厌这句话，好像人是禽兽，所以要让他回到荒野。”

华纳先生对大家露出严厉的表情。

没多久我发现我妈怕得不敢看，把自己关在楼下浴室，还打开了收音机。

“华纳先生，我不知道该怎么办。”我说。他有三个儿子，分别比我大一、二、三岁，但除了在大人面前打个招呼外，他们很少跟我说话。

“如果你能进去，请你妈出来是最好不过了。我不希望你受到伤害，你什么都没做。”

他的语气关怀备至，好像医生能暂时免你一死一样。但在我听来还是桩坏事。如果不是我出来，我妈会受伤。

“我做不到，华纳先生。”我说，“你到底来这里干吗？”

我当然知道干吗，但我想要亲耳听他们说。

“贱女人。”托勒弗说。

我看到华纳先生脸上出现一丝痛苦。至少这不是他的本意，也不是其他两三个想要的。我看得出华纳先生背后的这些人已经四分五裂了，一边是托勒弗和一个我不认识的人，两人都穿着凤凰城钢铁棒球队夹克。另一边则是跟弗瑞斯特一样的人，他们开始往院子的角落躲，已经踩到前面的菜园了。这里从我很小的时候起，我爸就会种一些花花草草给我妈。

这让我决定采取行动。当有个女儿的会计塞拉诺先生踩扁了我爸的意大利香芹时，我扔掉肩上的被子，大步向前。

“你会弄死它。”

就是这句话。

托勒弗的朋党忽然跑到我右手边，但我正注意看着塞拉诺先生小心地后退到菜园边，结果一口气还没喘过来，一个火辣的巴掌打在我脸上。

我摔倒在草地上，一手捂着脸。华纳先生跳过来拉住那个陌生的父亲，托勒弗也一直拍他背，安抚他。我注意到塞拉诺先生看着我逃出了院子。这不是我第一次感受到人们对我的怜悯，对我来说像不可穿越的辽阔大海般的怜悯。

“好人组”离开时频频低头致歉，但不是对我，而是对华纳先生。我还是倒在地。但我还小，没关系。华纳先生说：“没问题。”他说：“再联系。”他说：“保重。”

再怎么样华纳先生都制止了那男人继续赏我巴掌，我理应感激他，但我竟无谢意。我向掉在几步远的被子挪动身子，好像那是院子里唯一能保护我的东西。

托勒弗那一派人原本是准备攻进我家找我妈，但这不符合华纳先生的规矩，而且我想一个穿着T恤与短裤的姑娘倒在地上大概也吓到他们了。看到我这样子，没人再开口问，也没再有任何动作。华纳请他们冷静一下，去吃点东西。“回家找老婆去吧。”他说。

春天的傍晚，天色暗得不算早。但此时已到夜幕不得不来的时刻，太阳沉入莱弗顿家与我家院子间成排的冷杉之中。

我抓到了被子，坐起身，把它抱在胸口。我不会哭的，即使脸颊刺痛。我记得我跟自己保证过。最奇怪的是，我爸的香芹被踩烂比我挨巴掌还叫我难受，那是他能带给我妈的一个快乐。剪下迷迭香、马约兰和百里香后，他会用满是芳香的手指，梳着我妈的头发，让她满脸笑意。

“你可以告诉你爸，”华纳站着对我说，“左邻右舍一致认为，你们全家应该搬走。”

“我们有权留下来。”我说。我已经作出选择。

他瞪了我好一会儿，然后摇摇头。

他走开后，我用被子把自己裹得更紧，这是我们在库兹敦集市买的百衲被。“看到没？”卖给我爸的女人说，“纯手工制作，绝对没有用机器。”

我爸买下它，当然是因为我妈会很感动。她也确实如此，把它放在沙发的扶手上。百无聊赖的午后，娜塔莉在忙，而我必须自己找乐子时，我就会在沙发上摊开整条被子，替我们全家编织记忆。

“这块亮红色代表海伦十六岁时挨了一巴掌。”那个晚上我在院子里悄悄地对自己说。而这成了真，那一巴掌终究被留在了过去。我站起来，走回屋清理地上的炖菜，经过浴室门口时，我听到了广播的沙沙声。

9

男人们上门兴师问罪那晚，我能找的只有两个大人：躲在楼下浴室的妈妈，以及住在同一条街的弗瑞斯特。

我到厨房门边拿挂在那儿的夹克时，瞥见我妈多年前拍的一张照片。它是六寸的小照片，上面她穿着亚麻色的衬裙，上半身是华丽蕾丝紧身马甲。在红丝绒双人椅旁的杂物堆里，它非常显眼。那把椅子是我觉得最不舒服的家具。

“那是赶客人用的。”每回我抱怨时，我妈就会这么说。

“赶谁啊，妈妈？”我顶嘴。

我走到相片前停下。我想伤害她，但她总是在哭闹、咆哮、乱咬人，我根本不可能靠近她。我拿起相片，用手指描着她身体的轮廓，顺手放进夹克口袋。我尽可能安静地从前门出去。有收音机的声音，她应该什么都听不到。

入夜后，整条街空荡荡的，没有人会来草坪上。我闪过一个念头，如果把屋顶掀掉从上空俯瞰左邻右舍，不知是何光景。会有多少是一边看电视，一边把绚丽的爆米花桶抱在大腿上度过长夜的美满家庭？娜塔莉家，在所谓的“小酌几杯”后，她妈的意识应该正慢慢模糊。娜塔莉则是在楼上房间，满脑子幻想刚携全家搬到美国的哈米什·德兰尼，不断地在纸上写着一行行难以识别的字，后来才发现自己一直在写“娜塔莉·德兰尼太太”。

把房子的屋顶掀掉，好知道家家那本难念的经。我知道把事情想得太简单。房子有带遮光帘的窗。院子有门与篱笆。还有规划过的人行道和马路，所以如果你要去别人家，你就得愿意自己走一趟，没有任何捷径。

我还没按门铃，门就开了。

“老远就看到你了，”弗瑞斯特说，“请进，请进。把外套给我。”

“我有东西要给你。”我说。

我把手伸进夹克，拿出那张安着相框的照片。

弗瑞斯特接了过去，我站在门厅张望，以前从外面望进来只能看到客厅和陶瓷的伞架，餐厅原来要再往后走上三级大大的木台阶。

我一路怒气冲冲赶来，站在暖和的屋子里，感觉脸颊烫烫的。

“你妈是个美女。”弗瑞斯特看着照片说。

“没错。”

“我们到客厅坐一下，好吗？”

我是很久才注意到弗瑞斯特对我特别好，我知道这并不寻常。因为这一带的人，除了我爸妈，他几乎个个都不喜欢。他不仅从不蛮横，还相当和蔼可亲，我长大了再回想，那就是美式橄榄球中“伸直手臂”的憨厚。

几年来他到过我家几次，但我从没踏进他家一步。我停在壁炉前的丝质地毯边缘，不知道说些什么好。

“请坐。”他说。我坐下的时候，他大声吹口哨，托什立马冲了出来。“我知道你要来看什么。”他笑着说。

托什放慢速度，乖乖停在弗瑞斯特跟前，在他旁边的地板上坐下，面对着我。

“我要对你深表歉意。”弗瑞斯特说，“我不该跑掉的。我在这里从没觉得自在过。就这方面来讲，我跟你妈没什么不同。”

我看到壁炉旁边的樱桃木桌上有个椭圆形的托盘，托盘上排放了几个闪闪发亮的水晶瓶。弗瑞斯特循着我的视线。

“对了，应该请你喝一杯。”他紧张地说，“我也来一杯。来，托什。”他带着托什到我坐的白沙发前，拍拍我旁边的位子。托什一跃而上，往我身边一靠。“好孩子。”弗瑞斯特说。

他转过身背对着我，我把托什抱在怀里，摸着它松软的耳朵。

“我给你选了波特酒。”他说，“我们一边喝，一边聊聊那些暂时没法摆脱的讨厌家伙。”

他递给我像血一样的液体，在我对面的金丝绒椅子上坐下，两个膝盖耸在身前。

他自己笑起来。“这椅子我从来不坐的，”他说，“它叫矮座椅，以前的小姐在卧房里用。这是我曾祖母的。”

“我有时会透过窗子看到你。”我说。

“没什么好看的吧。”他说。

我搂着托什，磨蹭它右耳下方。它嘴巴张开像在微笑，偶尔会扭头往后仰望着我。我吞了一大口波特酒，差点没吐出来。

“小口喝，”他看着我说，“我刚才说了，是吗？”

我摸着托什的毛，对着房间东张西望，好像在度过世界上最长的一分钟。

“海伦，我离开后发生了什么？”

“别提了。”我当然不想再去说，只希望能跟托什在一起。

“对不起，海伦。”他说，“我是没有邻居的人，我想他们也希望我别上门。”

“有个跟你一伙的人打了我。”我说。

弗瑞斯特先生把玻璃杯放在旁边的大理石桌面上，看上去像是自己也被打了一样，他呼吸开始急促了。

“海伦，我要教你几个很重要的词。准备好没？”

“嗯。”我说。

“然后我会给你喝点别的，因为你看来并不喜欢那个。”

我手上还拿着波特酒，但连做做样子喝上一口都受不了。

“听好。他妈的浑蛋！”

“他妈的浑蛋。”我重复他的话。

“再一次。”

“他妈的浑蛋。”我更斩钉截铁地说。

“用力！”

“他妈的浑蛋！”我几乎是在吼。

我跌坐回沙发，差点笑出来。

“他们有几百万人，相信我，你打不赢他们。你只能指望找到一个在他们当中平静度日的方式，你看我现在坐在窗边看书，被古董和藏书围绕……大概不会知道，我也是个革命分子呢。”

我想问他是否有男友，但我妈以前就教训我别去探人隐私。

“你知道我是个藏书家，”弗瑞斯特说，“你要不要看一下我最新到手的货？”

“那我妈怎么办？”我问。我想象她在收音机旁蜷缩成一个圆锥形贝壳的情景。

“哪方面？”他拿着杯子站起来，“我们都知道她哪儿也去不了。”

他过来拿我没喝完的波特酒。一见他靠近，托什便摇着尾巴直打到沙发椅背上。

“我恨她。”我说。

“海伦，真的吗？”他拿着两只杯子，低头看我。

“也没有。”

“你会一直比她坚强的，”他说，“你可能还不知道，但事实就是这样。”

“她对比利·默多克见死不救。”我说。

“海伦，见死不救的不是她，是她的病。”

我盯着他，希望他讲下去。

“你一定很清楚，你妈是心里有病。”他说。他把杯子放回银托盘，转过身来，“你父亲是怎么说的？”

“心里有病。”这就像有人在我腿上轻轻地放了颗炸弹。虽然我不知道怎么拆，但我知道不管有多可怕，钥匙就在里面，一把开启所有难过的日子、锁上的门与失控哭泣的钥匙。

“你没听过这些字眼吗？”

“听过。”我无力地说。

“你从来没这样想过你妈吗？”

我没用过“心里有病”，但用过“疯狂”。“疯狂”感觉没那么糟，跟“害羞”、“疲倦”或“难过”差不多。

托什感觉到弗瑞斯特要走开了，它跳下了沙发。我也跟着站起来。

“我们去看看书，顺便帮你弄杯金汤利[①] 。”他说，“你要知道，你没有因为这个而欠你妈一辈子，你爸跟你一样。”

“你刚才说她心里有病。”

“你妈在挣扎地活着。一会儿我可以让你带一两本书回家，别让她知道。不过你要把照片给我以示酬谢。”

我和托什、弗瑞斯特一起走过餐厅来到厨房。看过那两间再看厨房，实在令人吃惊。它纯白一片，很难相信是要让人使用的，而且所有台子都是空的，看不出他这几个月有过进食或准备餐点的迹象。

我靠着水槽等他开冰箱。

“你可以喂喂托什。”他背对着我说。找到那个瓶子后，他打开冰柜。“东西在水槽边的兔宝宝白瓷罐中。”

弗瑞斯特为我准备饮料时，乐不可支的托什吃着我喂给它、长得像迷你兔宝宝的食物。

“你为什么把她当朋友？”我问。

“你妈很迷人，又美丽又有大脑，令人难以置信。”

“还很刻薄。”我说。

“很遗憾，你和你爸看到的当然会比我多。我和她就是有书，仅止于此。”

他把饮料递给我。“想象天下的浑蛋全死光！随你高兴。”他说，跟我碰了碰杯子。

---

① 一种鸡尾酒。

“那我妈呢？”

“你妈不是浑蛋，因为该死的浑蛋才不会那么复杂。喝吧，等一会儿带你去的房间，什么饮料都不能带。”

金汤利比波特酒好喝多了，而且很清爽。我一边喝，一边跟着弗瑞斯特离开厨房到过道上。

“这条过道好像能让我变一个人。”他说，“但今天有你，我会试着不和现实脱节。”

我们走到一扇嵌着一块玻璃的门前，透过玻璃可看到整个大房间的另一端有些小小的聚光灯。

“我们把喝的放在这里。你的手是干净的吧？”

我跟着他把杯子放到一个固定式的架子上。

“我想是吧。”我回答。

他把手伸到第二层架子上，拿下一个木盒，里头有几双白色的棉质手套。

“这个，请戴上。”

我戴上手套，盯着自己的手。“好像米奇哦。”我说。

“是米妮。”他纠正我，“准备好了？”

“好了。”

他转向托什，“老弟，对不起了。”

他打开门，从右手边打开开关。房间四周都是聚光灯，每个书架顶部的边缘都安了一盏灯，不过房间是密闭的，完全无窗。

“我把这里当作我的城邦。”弗瑞斯特跟我说，“一关上门，世界就消失了。我在这里一待就是几个小时，完全忘了时间。”

他带我来到一张长桌前，桌面光可鉴人。我忍不住伸手抚摸。

“这是从新西兰来的，”他说，“用旧铁桥做的，重得要命，也花了我一笔钱，但我很是喜欢。”

他向桌子中间弯下腰，拿出一个又大又扁的厚纸板盒。

“这些是档案盒。”他说，“这里放了彩色制版，昨天刚来了一些印刷字体的字母。这些全都用回收的保鲜袋小心收纳着，很当一回事吧？”

他打开盒子，在看起来像复写纸的雾面纸张下，我第一个看到的字母是H。

“你看，你今天来得太巧了。虽然我承认在大部分中世纪的字母中，我偏爱的是S。”

他迅速移开保护用的羊皮纸，拿起H，在我面前打开。

“看到他们的脸了吗？”他说，“他们通常都很禁欲的样子。但这位艺术家偏要挑战传统，让这些字母里的人物都有了表情。要不是在人身上亲眼看到这些表情，我还真没看出来。我是无论如何都不卖的，至少现在不会。”

弗瑞斯特让我想起学校里的一个怪人。他大部分时间都待在视听室，笨手笨脚地弄那些音响设备。有一次他在自助餐厅大谈静电，亢奋到让全场鸦雀无声，后来是大卫·卡弗蒂忽然大笑才盖掉他的声音。卡弗蒂是运动健将，练足球时嘴巴被踢到，当场掉了两颗门牙。

“这些东西是什么年代的？”

“十六世纪。它们除了表情的特别之处，还在于绘制的人是发愿噤语的修道士，我想这是他唯一的沟通方式。你等等，还有。”

弗瑞斯特迫不及待地把盒子里的每个字母都拿出来，没拿掉羊皮纸，把它们沿着桌子一字排开。

“这是个故事，”他说，“但我至今无法一一解开。不过从其中一个拿着长矛的人，还有特定颜色出现的频率中看，我相信这位修道士是在说自己的故事。”

我看着面前的H，两竖是两个人，横的那笔，则是其中一个拿什么东西给另一个。

“这是食物吗？”我问。我想到我妈打翻的炖菜。

“很好，海伦。”弗瑞斯特说，“应该是谷物之类的东西。这张版说的是丰收的故事，这很常见。但里面还有另一个故事。来，我们按顺序看，跟着我一幅一幅来。”

弗瑞斯特绕过桌子的另一边，我们到了A的位置。

“注意看这个人，”他指着一个剪了碗状头的男人，“看到他蓝金两种颜色的衣服了吗？”

“看到了。”

“几乎每个字都有他，这并不寻常。这些字母都十分华丽讲究，所以太关注一个重复出现的人，根本没道理。”

“这里又有。”我指着C说。

我们一起慢慢沿着桌子走。我看着每一个字母，找寻那个穿蓝金两色衣服的男人。

“我猜你爸不在家？”

“他在伊利市。”

“他最近好吗？”

“如果我能考到驾照，至少能到杂货店买东西。”

到X前面，我俯身细看。左上角斜下来的笔画是一个沉睡的人，右上角斜下来的笔画正是那个男人，他与睡着的人身体交叉，手上只看得到长矛的柄，其余部分则没入沉睡者的身体里。

“他杀了人！”我说。

“太棒了，海伦！很好！我看了很久才看出来呢。”

Y是谋杀者在质问上帝。他似乎尖叫着，双臂高举，头仰得只看得到抬高的下巴。到了Z则没有任何人像了，只剩一连串交叉的长矛，最后出现的是一块铁砧。

“你靠这个赚钱吗？”

“是啊，我四处去古书书展寻找价值连城的东西，随身一定带着一双手套。方圆百英里内的每个角落都被我搜罗遍了。”

“这个值多少钱？”

“这东西是价值连城啊。”

他开始收字母，从Z往前拾到一半，把这后一半放进盒子里，然后再从M收到A。

“我现在有的只是我妈穿衬裙的照片。”

“海伦，你知道什么是缪斯吗？”

“大概了解。”

“是什么？”

“诗人都有缪斯女神。”

他把叠起来的字母放进纸箱，盖上盖子。“其他艺术家也有哦。”他沿着后面的墙壁走到书架边，不假思索地拿起一本白色书脊的大书，转过身来，把这本沉甸甸的书放到我手上。

“《裸女》。”我读出书名。

他拉过一把圆背的木椅。“来，坐这儿。许多艺术家都有缪斯女神，画家、摄影师和作家都有。你妈某方面有点像缪斯女神。”

我坐在光可鉴人的木桌旁，看着一页页的裸体女人。有些躺在沙发上，有些坐在椅子上，有些笑得正经，有些连头都不见，只有腿、胸部与手臂。

“但我爸的工作是研究沉积物。”

“那不代表克莱尔没有给他灵感。”

“会是哪方面？”

“她使你爸继续走下去，海伦。如果你不能看到这点，那你真的是瞎了眼。他们是彼此维系，互相扶持。”

我翻到两张画都是同一个女人的一页。“《穿衣服的玛哈》，”我大声念着，“《裸体的玛哈》。”

“嗯，是戈雅的作品。”弗瑞斯特说，“这些不是很棒吗？”

我看着这两张并排的画，然后立刻把书合上了。

“华纳先生说每个人都认为我们应该搬走。”我说。我看到木桌上的洞了，想必是为了让桥梁牢靠，打了铁进去，使之不露痕迹地填充在浅色木头制成的木钉之中。

“你想搬吗？”

“我不知道。”

他沉默了一会儿，然后对我伸出手。

“我想，你让我教你开车吧。”

“用捷豹？”

“还有别的吗？我没注意到呀。”

我开心得满脸通红。

回家时，我带走了两样收获：我妈穿亚麻色衬裙的照片，以及随时都能去跟托什玩的邀请。但占据我心头最多的，却是我坐在弗瑞斯特汽车的方向盘前的画面。我绑了一条彩色头巾，戴着大大的太阳镜，还叼着烟。

天色已经黑了，我家楼下并没有开灯。厨房旁的浴室已空无一人，收音机和我妈的毛线放在楼梯下面。我上楼来到房间，从衣柜最底下的抽屉里拿出一套睡衣。

我换了衣服到楼下刷牙。我想到弗瑞斯特先生家里的那些裸体图片，他忘记让我拿几本书给我妈了。不过不知怎的，我有点高兴，好像自己赢了比赛，好像他现在效忠的是我。虽然是有点拐弯抹角。我在浴室拿粉色塑料杯装了水，带着它回到房间。

我走进房间，就听到金属百叶窗噼啪作响。

“你去哪里溜达了？”我妈问。她走到正对着我的床的第二扇窗户，啪地关上百叶窗。

我没回应，只是走过她身旁，在房间角落的一把旧椅子上坐下。上面堆着要换洗的衣服，我没移走，就坐在那堆小山上，看着她。

“我真的快担心出病来了。”她说。

我没说话。

她在编织毯上走来走去。

“海伦，听我说。你知道这些事对我来说有多难。”她说。

还是不说话。

“我没办法面对那些人，你知道，自从那个男孩倒在地上，我就没踏出过院子一步。”

他是被汽车撞了！我大喊，只不过是在心里。

“你去哪儿了？”

她看着我，一半责怪一半恳求。她伸出颤抖的双手，似乎在安抚某种我看不见的猛兽、某种日复一日纠缠着她的自我幻影。

在那一刻我只想到弗瑞斯特说过的话，心里有病。

“我以为你去娜塔莉家了。别以为我闻不出酒气。你去告诉那女人什么？你是去跟她说你疯掉的妈躲在浴室里？你别再去跟邻居说我坏话，也别去跟娜塔莉以及她坏脾气的妈喝酒。没有人帮忙，我顾不好这个家。你知道娜塔莉的妈是什么出身吗？你知道吗？和我一样，是南方人，但她一副‘我现在搬到北方而且没有口音’的样子，好像南方是个避之唯恐不及的垃圾箱。相信我，如果你以为你朋友娜塔莉的妈比我强，你才是疯了。”

我置身事外般看着自己。她还在说，我就从椅子上起身，因为我已经无法再听她说话。她的手挥舞得更激烈，我只想停止这一切。我原本一直握着粉色塑料杯，此刻把杯子举起来往前丢，水泼到她的脸上时，我才知道自己做了什么。

我想告诉她我被打了，我需要她的安慰。我想对着她大叫，用指甲抓她的脸。我想要她是个正常人。但她像个懦夫，于是我大叫：“华纳先生告诉我，左邻右舍一致要我们搬走！”

结果才一站起来的我，又整个坐回到那堆丢得乱七八糟的衣服上。

我妈没有去擦脸，她虚弱地笑着，轻轻地说：“华纳先生总是爱用‘一致’这种字眼，他这个……”

我知道要怎么接话，就当作是填字游戏！“傲慢的浑蛋。”

我能看出我妈很开心，因为我还是愿意理她。水不断从她鼻子、嘴巴滴落，灯光下，她的脸闪闪发亮。

“妈，我被打了。”我说。

我说得越多，就越感觉到我想要一刀两断、独立自主的决心在一点一点离我而去。我仍旧是她的所有物。

她半转过身，目光低垂。

“海伦。”她说。

“嗯。”

“我只想说……”

“嗯。”

“我想说我有……嗯，你了解的。你是我女儿。这点我并不称职。”

我注意到她用脚尖蹭着地毯边缘，这动作引人注意，似乎是配合着她颤抖的双手。她一直想说些道歉的话，但又在挣扎。

“我帮你梳头好吗？”我说，“就像我爸那样。”

我起身，我妈用双手遮着脸，窥视着我。

“我想梳一梳。”我说，“这样会好过一点。然后我们就都去睡觉，到早上就没事了。”

我没说出口的是，我其实不想跟她说话。早上醒来后早点出门，我就不用见到她了。我要开始储备食物，这样晚餐时我就可以说我不饿了。弗瑞斯特给了我一个比教开车或金汤利更大的礼物，那就是他说我妈是“心里有病”。即便我爸从没这样说过，我已决心就如此看待我们面对的真相。

接下来几个星期都让人精神振奋。我爸回到家，我就告诉他发生在院子里的事，以及弗瑞斯特主动提出教我开车。我无须去提及我不跟我妈说话了，因为他才进门，她就上前报上这一新闻了。我明白，不跟她说话感觉上仿佛是在储存什么果实或子弹。我一天天强大起来。

总是弗瑞斯特停好捷豹按响喇叭后，我便拿起外套飞奔下楼。

有时候我会注意到客厅里有个模糊的身影，但从楼梯到前门只有三大步，所以我宁可相信，随着我一步一步逃离，她的身影会隐没。外面可是阳光普照，还有像美洲豹般在空中跳跃的柳绿色汽车。

只要来到屋外，弗瑞斯特和他的车就只剩二十级水泥台阶的距离。我想快点到，却不敢从铁栏杆滑下去。我害怕。我会想到我的脑袋在人行道上裂开，而我妈即使看到，也无法下来走到我摔落的地方，也无法叫救护车，或者更糟：一边在我四溢的脑浆和脏污中踩来踩去，一边气喘吁吁地狂打手势。

我爸开始一个人去弗瑞泽、马文和宝利到处找房子，用宝丽来拍下房间与院子，带回来给我妈看。他们会在客厅把照片像剪接电影一样摊开，还用餐桌上的胡桃把不同的房子隔开来。

跟弗瑞斯特学开车回来后，我也会一起围着餐桌，仔细看着以后的家。也因为这件事，我爸决定要帮我买台相机。

“这样，”他说，“你就可以拍同学、乐团演唱会，带回来给你妈看。”

“我又不去什么演唱会。”我说。

“噢，那，反正到时随便你拍什么。”

他浅浅一笑，我明白别再多说。因为这么做其实是有违忠诚的，好像我妈永远出不了家门是个事实似的。

但我真的很享受用照片买房子。我会在夜里梦到一些悬在半空中的房间，一旁附有车库，里面停了一辆樱桃红的捷豹，挡泥板上嵌有实木。

不过有时我分不清，我妈质疑的是我爸还是房子。

“木板很棒，”她常说，“但绿地毯很可怕。你说这是什么？”

“看起来像草啊。”我爸说。

“脏兮兮的草还差不多。”

轮到我开口发言，但我退缩了。

等到我妈终于相中三座房子，计划已原地踏步快一星期。我妈开始挑那天的外出服，拿到客房摆好。客房有一整面墙放的是外祖父的来复枪。虽然我还是拒绝跟她说话，但我决定还是找一个沉默的方式表示一下支持。

那时我正在疯狂地节食，非周末的早上，我会切好一天的胡萝卜和芹菜，只看不吃。我把切成圆片的胡萝卜当成留言板，是节食版的情人节心形糖。我用粗的签字笔先在每一片胡萝卜上写“好运到”或者“胜利”，然后越写越露骨：“干！”“保重。”“吃点甜头！”“嘿呵！”“滚！”都来了。

然后就把它们藏在她会发现的地方。鞋尖，因为她会把鞋和衣服拿到客房；毛茸茸的粉扑下，她梳妆台上那盒我曾日思夜想的粉饼上；在她那有缺口及口红印的茶杯里。当我于屋内潜行，进出每个房间寻找藏胡萝卜的地点，我似乎忘了自己对我妈的恨，对她释出了爱。这就像游戏场的跷跷板，很容易一下子上、一下子下。

大日子来的那天早上，我爸把我赶进厨房，还把拉门关上了。那时我妈已有一年没出过大门，更是五年没出过院子。邻居知道我爸周末都在找房子，沉默得有点古怪。

我爸把我推进厨房，在我额上轻轻吻了一下，他所有心思都在我妈身上，而她正在楼上用颤抖的声音大声哼唱。我一看见他在餐桌上放了一叠毯子，就知道要做什么了。

那天早上我爸醒得很早，下来在托盘上准备好我妈的早餐。他好像有个爱的音量旋钮，我妈的毛病就是会把它转到大音量，把我弹到外面。

毯子是用来让她冷静的，是厚重的搬家垫，一面是毛毡，另一面则有夹棉。我妈上次走出院子是我十一岁的时候，从家到当地药房的往返路上，她都用毯子包着头，我和我爸一直领着她走到卖女性用品的走道上。然而不管有多受折磨，她还是希望陪着我去买我第一次用的卫生巾。

我待在厨房里，透过拉门上的菱形窗户看到了我妈。她脸色惨白，穿着已拿出来一星期的杏黄色亚麻套装，脚上穿的是我放过胡萝卜的便鞋。我爸搂着她，把她抱在怀里轻轻说着话。我不知道他说了什么，但肯定是些安慰的话。他揉揉她紧张的背，直到她能自己站得笔直，摆出以前当模特的姿势。我看出她花时间化了一个她认为的外出妆：不只是平常的薄施脂粉，而是全套的——眼影、眼线、粉底以及没有光泽的红唇膏。而除了我爸和毯子，没人看得见。

她准备好了，我想，机会只有一次。

第一条灰毯我爸包的是她的腰，用安全别针松松地固定住，毯子刚好盖过脚碰到地。第二条则是披在肩上，往前别好固定。此刻，她看起来还像一个在玩扮僧侣的女孩。而最后一张难度最高，要包的是她的头。

我以前当过我爸的帮手。把毯子盖上时，我总忍不住认为我们是要送她上绞刑台。我掀开毯子，看着她的脸。“妈妈，你还好吗？”“嗯。”“爸爸和我去买就好。”“我也要去。”我只好放下毯子，盯着用机器缝制的波浪线，忽然明白，在走向外面世界的时候我妈需要这种缓慢的窒息感。

抖开最后一条毯子前，我看到我爸俯身吻了我妈。每当我妈心碎无助，每当她的硬壳被脱掉，忿恨与尖利也无济于事时，我就更明白我爸很爱她。这是一场悲伤的双人舞，他们正一起饿死在对方怀里。他们的婚姻永远是将一个谋杀者和一个受害者连接起来的未知数。

等最重要的头罩挂好，我妈消失了，只剩一团深灰色的空洞羊毛。他们快步朝门口走去。我跟着踏出厨房，外头清晨冷冽的空气迎面而来。

突然间，我爸两手一把抱起我妈，她像个掉入陷阱的困兽呜咽起来，我向餐厅冲去，在门口赶上看到他们下台阶，出了大门。

我爸事先都计划好了。一台奥兹莫比尔汽车逆向停着，让乘客座靠近房子，车门已打开。卡斯尔夫妇刚好开车经过，但我爸完全没理会，换个日子他一定会跟他们挥挥手。唐奈森先生则是在屋外除草，同情地看着我爸妈。

我妈没有挣扎，她已经煎熬得没有力气，但呜咽却是越来越大声。如果我不曾帮忙包过毯子，我简直不敢相信那就是她。这太像电影里的绑架。罪犯就是我爸。他打电话到家里来要赎金，我无法选择只能照付：我的心、我珍视的一切，以及我妈，去赎回我的妈。

我爸把我妈放进车子，塞好毛毯，然后甩上车门小跑着从车头绕到驾驶座。只要我们搬家，一切都会好起来，我想。但我很快就知道这是一个错觉。

我爸朝上看了一眼，我在门口台阶上挥手。但我发现华纳先生正跟他的二儿子站在街上，于是马上转身躲了起来。

他们根本没踏进第一座房子。房地产经纪人站在草坪上往车子里偷看，因为我爸跟他说，很抱歉事情有些不如预期，他对房子没兴趣了。

“她非常盛气凌人，”我妈后来说，“一直好奇我是谁。看来我的裹尸布应该很适合她。”

事后弗瑞斯特过来打听状况。他坐在沙发上，手放在那条百衲被上。我爸用托盘端了鸡尾酒过来，我则坐在房间最角落的维多利亚双人沙发上。

不管我爸说什么，她都能拿来做文章骂那个经纪人，实在是很厉害。她取笑那个女人的头发、指甲，说她的口音是“土包子”，至此，我不能不开口了。

“妈妈，什么是土包子？”

时间停了一瞬。

我爸递了杯威士忌给她，她坐回她的高背椅上，好像过去二十年根本没发生任何事一样。

“应该你说，还是我说？”她问弗瑞斯特。

“女士优先。”他说。

我爸给他也端了一杯，然后才拿着自己的威士忌坐在我妈高背椅旁的垫脚凳上。所有人都看着她。她还穿着那套杏黄色的亚麻套装，包着紧身裤袜的两条瘦腿在正前方交叠。

“土包子指两种东西，是可以吃的面包，也可以是乡下人的胡说八道。她是后者。她一看到你爸不肯让步，先前的恭维和微笑就消失，声音也完全变了。原来她是康涅狄格州来的！”

她继续攻击那个经纪人，弗瑞斯特捧场似的笑着，我爸也是。我坐在那张红丝绒双人硬沙发上，看着眼前的三个人，怀疑我妈是否真读过那些胡萝卜字条。我看到在我们家的城墙之内，我妈仍是世界上最强悍的女人。她是不可能被击倒的。

弗瑞斯特先生走后，我爸带着我妈去睡觉。我跑到后院，我爸最后也来了。

“今天真是的！小甜心。”他说。吐出的气带点威士忌味道。

“妈妈跟别人不一样，是吗？”我问。

暗夜中看不清他的脸，所以我看向被蓝夜画出轮廓的枞树林。

“我想你妈只是近乎完整，”他说，“生命中有太多东西都只是近似，而并非纯粹。”

“就像月亮。”我说。

一弯细细的月低悬在半空中。

“没错，”他说，“月亮其实一直都很完整，但我们无法时刻见到。我们看到的，是近月，或者说，不那么纯粹的月亮。其余部分隐藏在我们的视线之外。月亮只有一个，我们跟着它在天空中的步伐，生活也受它的规律以及潮汐影响。”

“没错。”

我知道我应该要去理解我爸话中的深意，然而我所明白的却是，我们摆脱不了月亮，同样也摆脱不了我妈。不管我去哪里，她都会在。

10

杀了我妈那晚，我只睡了一会却做了梦，梦到两个女儿全身缠满了蛇，我却无能为力，连喊都喊不出来。但我醒来了，是小石子砸窗玻璃的声音。

窗外的天空一片深蓝，我没起身就知道是谁在下面院子里。孩子们还小时，每次他忘记带钥匙都会这么干。他会从我们威斯康星邻居的花盆里偷几颗上过釉的装饰小石子，在黑夜中朝我们卧房的窗户扔。

我走到窗前，感觉过去的时间已久到我无法计算了。

“杰克吗？”

“让我进去。”他说，声音柔和中带着刚毅。我想起有一次从威斯康星打电话回家，我把话筒递给他，后来我妈说：“听起来你好像要跟一个主播结婚。”

我没换衣服就睡了，也不想开灯、照镜子。头上挂着几个透明玻璃地球仪，现在看来却是各为世界。我想象每个地球仪中都有一对母女。其中一个，母女俩坐在一架老旧的雪橇上，雪橇滑过松厚的积雪；另一个，她们喝着热苹果汁，在炉火前讲故事；最后一个，女儿在冰冻的水平面下抱着母亲的头，她在溺水时掐死了母亲。

我强迫自己站在艺术衣橱的镜子前，衣橱是我和莎拉从我妈家附近废弃的维多利亚风格的旧屋搬出来的。镜子看来比衣橱更老旧，镜面有一些小小的环状磨痕，看着像是灰尘的颜色。

还是前一天的样子，但眼睛后藏着某种我说不出来的东西，不是恐惧，甚至不是罪恶感。我轻轻移动身体，让其中一个磨痕——有黑色波纹环绕的黑点，刚好位于我额头的正中央。砰砰。

我上次见到杰克已是三年前，那时利昂快出生了。他用食指摸摸我的鼻子说："真是个按钮。我从没见过还有谁长这种塌鼻子，珍妮也有。"

"是啊，"我说，"也有你的淡褐色眼睛。"

"我希望这一个有你的蓝眼睛。"

我们站着对视。约翰从艾米莉的房间出来，她被严禁下床。

"我打扰到什么了吗？"他问。

"我们正在争谁的白头发多。"杰克说。

"那还不简单，"约翰说，一副像是正送出祝福的样子，"当然是海伦。"

我的头发还不到四十岁就开始变白了，我想了很久才最终作出染发的决定。对我来说，跟自己原来的发色告别实在有点伤感，所以我选择把它剪得非常短。我有时觉得自己很像一根套着黑色无边帽的竹竿。

杰克就站在后门口，背着一个棕色的皮背包。透过占了大半扇门的玻璃，我远远就看到他一直用手指敲着背包垮带，这是他的习惯。在我们婚姻生活的最后，敲手指、抖脚、折关节都是让我抓狂的习惯，但现在不知怎的反而有一种可靠的感觉。他还是跟以前一样，这么容易紧张。

我拉开门闩，把门拉开。

我们四目相对。

他老了，但老得很好看，是那种结实的人的老法，表面上不修边幅实则有根深蒂固的卫生与运动习惯。不知不觉，他都有五十八了，虽已白发星星但仍显得精神抖擞。

“我去过那房子了，”他说，“你为什么要动她？”

我倒抽一口气。他跨过门槛，把门抢过来牢牢关上，锁好。

“你怎么知道？”

“你客厅后面的窗户没锁。我根本不知道你在不在里面，所以我爬上格栅打碎了窗户。海伦，”他在这小小的过道里盯着我说，“你做了什么？”

“我不知道。我想你是在胡说八道，讲冷笑话吧。”

“你杀了人。”他说，每个音都清清楚楚，怕我听不懂似的。他看来气得想打我。

我退到洗衣间。他从来没打过我，他不是那种会出手的人，甚至都不会大声讲话。他理性，遇事则分析。他顶多会焦急不安。

几年前，他决定不让自己在威斯康星的酷寒中戴手套。他的大拇指与食指因此都受伤，指甲终年无血色。

“你以为把她放到冰箱就行了吗？”

“我不知道。”我说。我能感到放洗衣物品的架子戳着我的背。“我不知道。”

他往前，我就退后。“别怕。”他伸手握住我的一条胳膊，把我拖出墙角。一盒纸质软化剂掉落在地。“来这儿。”他说。

然后他抱住了我。三十岁的哈米什绝无法这样抱我。这个拥抱有着我们的过去和了解，甚至还有别人难以相信的同情。我记起他形容自己的工作是朝生暮死，而任何事情一旦变成工作，即便是感情，终究是蜉蝣一瞬。

“我不知道该怎么办。”我说。就在他粗粗的灰外套上靠了好一会儿。“我应该打电话给谁，但我没有。”

他轻轻地把背包从肩膀卸下，放到烘衣机上。

“你打给了我。”他说。

我知道他想推开看看我，而我就是把头直往他胸口钻，我不想被任何人看着。我无法相信自己已做下了什么事，但同时，在我内心中，我觉得它就像果核终究要长大般天经地义。没有人清楚我的生命被她弄成了何种模样，即便是最了解的杰克，也不能。

“我没办法继续了。”我说。他双手按着我的肩，要我看着他。我哭起来，像极了恼人的漏水。我人在宾州，他则居无定所，这么多年来我们都只是通电话，我都忘了他长得如此和善。艾米莉也越来越有这种温文尔雅的感觉。也难怪，这位珍妮和利昂口中的“大爸爸”，可是比我受欢迎。

“噢，海伦，”他捧着我的脸说，“我可怜的海伦。”

他亲亲我的头顶，然后又把我拉近，摇晃着我。我们就这样抱了很久，直到外面天色渐渐由黑暗转为淡蓝，直到黎明的第一声鸟鸣变成了大合唱。也只有杰克能若无其事般对我讲这些话。

我们松开对方后，他说要喝咖啡，于是我们沿着长长的后廊走。墙上有幅我爸的世界地图，齐肩处的国家都磨破了，因为多年来，我每回从车库出来，身上的冬衣都会不经意划过。我左眼瞥见加拉加斯还幸存。

我爸开枪自杀前两个礼拜，拿了这张地图过来。“干吗现在拿来？”我问他。他微笑地看着艾米莉跑过来。在杰克离开的头几年，每个男人，纵使是她外祖父，都让她暗生失望。“这样艾米莉和莎拉就可以学地理啦。”他这样回答。

我打开厨房的灯。它们是内嵌式的，理应比旧的悬挂式好，但每回亮起来，灯丝发出的细微断裂声，没有一次不让人烦。我走到长形的流理台，把咖啡机搬了出来。我想谈点无关乎我妈的事情。

“你在圣塔芭芭拉替谁工作？”我找话说。

“一个搞计算机的家伙。”他说。

杰克过来挨着我站着，好像我们是在生产线上的两个工人。他拿走我手上的玻璃壶，打开水槽的龙头冲，我把之前留下的渣倒掉，换上过滤纸。

“他在十多个地方都有房子，不过来找我的是艾弗利，他跟这家伙的收购代表是朋友。”

“收购代表？”

他把玻璃壶递给我，转过身背靠着流理台。我边舀咖啡边数着。

“你确定想听这个？”

我点点头。

“这是个全新的领域。我接的私人委托作品越来越多，都比教书多了。我只能说我在伯尔尼筋疲力尽。”

“所以，你现在是在接客。”我说。

“这才是我的海伦。”

我对他似笑非笑。“多谢你哦。”

“我变幻莫测的艺术家。”他说，然后瞥了瞥四周。他上次来到我家厨房已经是八年前，当时有个派对，我们用了一小会私下举杯祝贺莎拉，她那天好不容易高中毕业了。

我啪地合上过滤器，打开开关。

我没看他，只是盯着流理台，盯着老旧亚麻板上一点一点的金色。求助于人一向让我感到全身不对劲。

他走到厨房用桌旁，把外套挂在一把旧的墨西哥木椅背上。我都在这里整理账单以及作一些记录，我妈的会拿到客厅的桌子上弄。身后的咖啡壶已在咝咝作响。我想起那个晚上，大众甲壳虫的车厢顶灯远去时，我们便知道一切都完了。他把我们母女三人扔回家，要去和一帮老师鬼混。我很伤心很难过，看着他的脸在眼前闪过，然后他关上了车门。我站在我们的小房子门前，一手抱着莎拉一手牵着艾米莉。“再见，爸爸。”她说。然后是我，“再见。”最后连莎拉也跟着说了。然而我们的话只像是车后哐啷作响的废弃瓶罐。

我们移到铺着玻璃板的餐桌旁，他拉出一把椅子。

“我们该怎么办？”我问。

“我一路上都在想。”他说。我知道他一定很累。尽管常年飞行，他却从来未曾适应。莎拉告诉我说，她要他形容一下自己满世界跑的生活，他只回了一个词，“孤单”。

我把双手交叉在胸前，一直站着没坐下来。十点要到韦斯特莫尔，也就是说我还有四个小时的时间。

“还没爬窗进去看到她在地下室前，我以为事情并不难。我本来以为我们可以说，她死的时候，你因为六神无主才打电话给我，虽然我请你赶快叫救护车，但你一直等我出现再去做。但现在我也不确定该怎么办了。她跑到地下室去了，还没穿衣服，你这么干，只是让事情疑点重重。”

我差点脱口说出曼尼这个人，但我没有。我转身从橱子下的吊钩上取了两个杯子，没等咖啡煮好，就先倒了两杯。

“我们不能说，”我说，“我发现时她就是那样吗？不能说她是跌下去的吗？”

我把杯子放到他面前，他看着我。

“什么意思？”

我坐下来，双手捧着我自己的那一杯。“我的意思是，就照你刚才说的，我太慌乱了，只能等你来，至于要解释她为什么会掉到下面，我们就说我发现她时她就在那里了。”

“在地下室全身赤裸外加鼻梁断掉？”

“是。”

我喝了口咖啡。他隔着桌子伸手摸摸我的手臂。

“你知道自己做了什么，是吧？”

我微微点头。

“你真的很恨她，对吗？”

“但也爱。”

“你本来可以一走了之，去做点别的事。”

“什么事？”

“我也不知道，总之不是这个。”

“她是我妈。”我说。

杰克沉默着。

"那我的设想有什么问题？"

"他们会当作刑事案件处理，"杰克说，"可能会详细调查所有事情。"

"所以……"

"所以，"他说，"海伦，真相迟早会被发现。根本不是你发现她这样了，而是这就是你干的。这些都会浮上台面。"

"那又怎样？"

"就会有调查。"

我喝着咖啡，往椅背上靠。

"石磨庄。"我喃喃说着自己公寓的名字。对我来说，它实在很像中世纪监狱的名字。

他脱下套头蓝色毛衣，露出了那种只有他会穿的T恤。米黄色的底上有两棵绿树，中间架着一张吊床，床上躺着一个火柴棒线条的人，图下的文字简洁明了：活着真好。如果我们离婚真有什么理由的，那可能就是这样的小事情。在这一点上，我们总是意见不合。我想，这同时也是我们结婚的原因。

"你还在画裸体吗？"我问。

"最近我不碰这些了，现在玩的是钣金。"

"我们应该打电话吗？"我心里只想着报警以及要彻底冲个澡的事，已不在乎自己讲话是不是没头没脑。

"你为什么要帮她洗澡？"杰克问。

"我想要跟她独处。"我回答。"独处"一词在我脑中回荡。我望着杰克，忽然觉得他还在几千里之外，不论他离我多近，这都会是千真万确。

面向屋后的窗户都关上了，但还是传来邻家婴孩的大哭声。这孩子我没见过，但这哭闹却是我听过最不快乐的声音，而且持续了非常久。声音忽高忽低、抖颤顿挫又周而复始，好像这位妈妈生下的是个八磅重的“暴怒球”。

我喝完杯底的咖啡。“还要吗？”

他把空杯给我，我把两个杯子拿到流理台倒满。喝咖啡是我们一向喜欢一块儿做的事。我当他的模特，他则坐着为我画素描，我们一个下午就能喝掉三壶咖啡。

“我想你应该告诉我事情是怎么发生的，从头到尾。”

我拿着杯子回到桌旁，把他的放下，自己的拿着。“我想我得冲个澡，”我说，“我十点在学校有课。”

杰克往后靠着椅子，抬头看我。

“你到底是怎么了？你不去韦斯特莫尔。我们要好好计划然后打个电话。”

“你打。”我说。

“然后说什么，海伦？就说你累了，这似乎还是个杀人的好日子？”

“别用这个字。”我说。

我走出厨房。爬楼梯时我想到哈米什。想干掉自己老妈的这一天，于他大概永远不会来。

从楼上前面的窗户看出去是一排迎风摇曳的白杨树，满树的桃红与霞金在枝头颤动。这么多年来我一直在想，离开她只是时间问题，而逃走不过是搭一辆车或飞机，或者申请进威斯康星大学。

我听见杰克还在厨房里，仿瓷的亚麻地板正发出咯吱咯吱的声音。他是站在水槽前洗杯子吗？他有没有看到每天在海棠树下吵闹觅食的松鸦与红雀？看着窗外，不论是叶片翻打的白杨树还是觅食的鸟儿，总让我觉得这就是我旅程的最远距离。我试着回想以前那个还有父亲守护的海伦。那个圣诞节假期，他第一次大老远开着奥兹摩比尔来接我，要上州际公路时我说："这一段我来开。"等明白到不会再有下次了，我爸都会说那是"我们的公路之旅"。

我走到卧室，轻轻把门关上，然后进浴室打开莲蓬头等水变热。站在洗脸池前的垫子上脱衣服，我感觉自己像是积了整个冬天的污垢或在院子干了什么粗活。我小心地把长裤卷到地上，让它顺着袜子滑下，再蹑手蹑脚地踏出裤子站到垫子上，好像如此一来一具尸体上的污垢便会化为无形。接着，我剥掉袜子，露出和我妈一样涂了讨厌的暗珊瑚色的趾甲，是两个星期前的一个漫长下午我们一起看电视时弄的。公共电视台关于股票交易的节目，发出像牙医电钻一样的单调声响，让我妈在她那张红白色扶手椅上频频打盹。

我知道，我还是那个哈米什想与之做爱的女人，还是会被没礼貌的韦斯特莫尔女孩们当面说"老了想跟你一样好看"的女人。我总是相信自己只是侥幸，我妈才是一辈子拥有真正美丽的人。虽然是亲骨肉，但她是葛丽泰·嘉宝，我却长相平庸。尽管我爸眼睛周围长得挺好看，但下巴长鼻子圆，我很多地方像的是他，不是我妈。我相信我的画像挂在费城美术馆会让她心情恶劣，所以当我看到她茶几上放着弗瑞斯特先生拿来的展览专辑，我赶紧解释画的是身体，说"朱莉亚·费斯克对我的脸蛋没兴趣"讨好她。

整间浴室都是莲蓬头里出来的水蒸气。好些年前我偷拿了她地下室的那一箱衬裙，用包装纸包好放在衣物间一个空柜子底下。我偶尔会打开抽屉，就只是看着那件粉红玫瑰花瓣。它非常简单，胸前的丝缎滚边与圈住肩膀的细肩带一体，中间的丝绸好像会窸窣摆动，而臀部又完全服帖。

我的身形在起雾的镜子里若隐若现。其实我的工作就是当众脱衣服，早就没什么好害臊的，所以反倒喜欢有蒸汽让自己显得有三分娇羞。还没走到莲蓬头下，我突地俯身朝镜子画了个笑脸，在抹掉雾气的地方，露出了我的身形。“丑人多作怪。”我妈会这么说吧。

关上毛玻璃材质的淋浴门时，我听到杰克进房间的声音。这么多年过去，想到他在身边让人又惊又喜。

从某个时候起我爸就开始到客房睡觉。每天早上醒来，他都会把床铺整理得好像前一晚根本没人睡过，好像这空荡荡的床从来没有人光顾。连我也有很长一段时间都这样想，直到晚上开始像我妈那样睡不着，听着房子里的大小声音为止。只要外祖父的来复枪被从架子上拿下来，我都能在房间里听到枪托的钩子啪地打开的声音。每几个月至少都会听到一次这个奇怪的声音，在刚念高三的九月，我决定彻底弄清此事。

对九月而言，那天热得有些不寻常，入夜之后更显潮湿。夜晚难免有些声音，窗户又没关，所以我穿过大厅走过楼梯都没被发现。走到客房时，我尽可能悄悄地打开门。

“回去睡觉，克莱尔。”我爸生气地说。他穿着毛巾布料的深蓝色睡袍，正低头看着横躺在大腿上的来复枪。

“爸爸？”

他抬头，随即起身。

“是你。”他说。

他把来复枪挂在手臂上，枪管指着地面。他后面的床单乱成一团，枕头是从主卧室拿来的，枕套和他们的床单搭配成一套。桌上有一杯柳橙汁。

“你在做什么？”我问他。

“我在清枪。”他说。

“清枪？”

“甜心，枪跟其他东西一样，它们需要清一清才不会坏掉啊。”

“所以你是在照料这些枪？”

“没错。”

“爸爸？”

他的眼睛好像在很远的地方。他看了我一下又飘走了。

“你为什么不把东西都搬过来？你又没有骗人。”

“不，甜心，那太愚蠢了。只有偶尔睡不着我才会来这里，我不想吵你到妈。”

“那个你处理好了吗？”我用下巴指来复枪。

“我相信你不会跟你妈说，是吧？她很珍惜她老爸的枪，我不想让她知道我在碰它们。”

“但你不是说你是在清枪吗？”

“是没错。”他理直气壮地点点头，但我不信。

我没办法让自己进门朝他走去，看到他穿着睡衣睡裤和睡袍，我觉得很奇怪。因为通常我起床前，他就起来穿好衣服了，等到我上床后，他才会换上睡衣。我很少有机会看到他这个样子，所以我不知道该怎么界定这个人。他不是我认识的爸爸，而是一个我八岁起就会断断续续看到的束手无策的男人。

他把来复枪放回架子上，扣上固定枪管的扣子。

“改天我要说服你妈把它们扔了。”

他走到床头拿起柳橙汁，一口气喝光。

“我陪你回房间，好吗？”

我们出门来到过道，向我的房间走去。

我躺在我的双人床上。“要不要来一次飘飘？”他问。

虽然我们好几年前就不做这个曾经惯常的游戏了，我还是点了点头，因为这样才能让我爸待久一点，让他把注意力放在我身上。

我关上莲蓬头，听到杰克在我的卧室讲话。我很镇静，设法去偷听清楚。我想到前一晚过来的卡斯尔太太。水正从海绵渗出，沿着手臂流到手肘，变成水滴，落到积在地上的肥皂水中。

“我还不知道会多久。”

我从毛巾架上拿了一条柔软的白毛巾。三年前我在购物中心采购了六条，三条自己用，三条给我妈。我是想如果我们都用白毛巾，我们会变得阳光一点，明朗又快乐，还会异常干净。

“周末喂‘赛恩斯加非’干粮，格蕾丝喜欢牛肉，米罗喜欢羊肉和米饭。”

原来他在和狗保姆讲话，交代一些事情。

“是，宝贝，我以后会补偿你。就是一些老掉牙的事，我现在必须待在这儿才行。”

我看见我用自欺欺人的毛巾裹住自己。老掉牙。

他说了很多次再见，然后电话哔地一声挂掉。我一直努力维持身材，但明白尽管如此，在包括杰克在内的世人眼中，我真的是老了。为了工作，为了让自己精神不致失常，我把自己的身体当作了机器，它跟我妈要求的越来越多的身体保养相类似。我们之间最好的状态就是军事化，讲习惯会比说爱舒服得多。我想，卡斯尔太太看到我把我妈的外在保持得这么好，或者替她给因搁在刺绣脚凳长了茧的变形的脚去角质，又或者给八十八岁高龄的她抹瘦身霜时，她多少有点被吓到。

“妈的，海伦！”杰克大吼起来。

我开门出来，看到他拿着辫子。我前一天晚上把它从保鲜袋里拿了出来，好像它会窒息一样。

“到底……为什么你会做出这种事情？”

我看着他，这件事似乎比我杀了我妈更让他害怕。

“我想要个留念，”我说，“一个纪念品。”

“我实在无法……我是说。我的天哪。”他说。然后忽然想起手里拿的是什么，把它扔到我没整理的床上。“你跟它一起睡？”

“我每个礼拜都要帮她梳头发、扎辫子。我爱它。”

我觉得无地自容，只包了毛巾杵在原地，头发又湿又上翘。我想到我妈求我行行好，别老是不化妆。“拜托，就点个口红也好。”她说。在我浴室的柜子里，还有好几管她要我买的鲜艳唇膏：蜜糖色、大红、艳紫。

“我得穿衣服。”我说。

“我们要那个干吗？你不能留着它。”杰克说。辫子躺在乱成一团的被单中。

“我知道。”

我裹着毛巾，站在衣橱前的小地毯上。在他面前，我第一次觉得自己很丑陋。我想要叫哈米什来。

“我下楼等你。楼下有电话机吗？我找了但没找到。”

“那是接我妈电话的。”

“这个不一样吧？”他指着我书桌上的小型黑色电话机。

“对，莎拉的主意。楼下的电话放在酒柜中，藏在垫子下面。莎拉说它是专线。”我从来不曾站在自己家里，半裸着对人解释自己的行为。当然不是因为我做出比如藏电话这种事。“上面有个关于命运的标语，你可以不用理它。”

“你知道我是来帮你的，对吧？”

“我知道。”

他一走出去，我才觉得松了口气。我喜欢躲在自己的黑暗中，喜欢到已经忘记自己越来越往里钻了。跟我妈蹲在她的房子里，完全不管外面喧闹、野蛮而且严苛的世界。甚至和娜塔莉我都是几乎挑在韦斯特莫尔见面。我们会在下午开车到附近的汉堡王去喝被他们称作咖啡的棕色饮料，一下车就忙不迭地抱怨。

我走到电话旁拨她家电话，也没想万一是她接了我要怎么办。不过是哈米什。

“喂？”

我发现自己说不出话来。

“谁？”

我挂上电话。我想开车到利莫瑞克，再和他做一次。

没多久，电话响了。

“刚有通从‘六十九星’打来的电话，”他说，“请问是……”

“我是海伦。”

他停了一下，然后跟着念了我的名字。

“早安，哈米什。”我只好说。

“什么时候能再见到你？”他问。

即使是千错万错，想到我们彼此有共同的感觉还是让我微笑起来，好像我的年龄只有他的一半，而不是将近两倍。我抵着下巴，却只瞥见自己上了颜色的趾甲，于是又赶快抬起头。往事如麻。

“也许今天晚上。”我说。

“我会期待的。”他爽朗地说道。

“我不能保证。还有很多事情要搞定，但也许可以。”

“总之我随叫随到。”他说完就挂上电话。

杰克开始离开客厅那用布幔隔开的工作室，大冷天选择外出，我也不问为什么。起初他都是独自出去一下午才匆忙开车回家。浅蓝色的甲壳虫一路摇晃到我们住的教职员临时组合屋外，就噼啪作响忽然停下来。我们离镇中心不远，我如果需要办点杂事走路也可以，但我还有艾米莉和莎拉要照顾。他回来时几乎是全身冻僵，但谈起叶子上的冰，以及地下水如何蜿蜒经过树根，情绪却十分亢奋。

“还有那些暗红色的莓果，一挤，就是又稠又黏的颜料！”

我放下话筒，转头看着床上刺眼的辫子。我当然知道留着它太扎眼，于是从衣橱上的笔筒里拿出橙色手柄的剪刀，走向床边。

我回到浴室。为了防止头发乱飞，我挨着马桶蹲下来，开始慢慢把辫子剪碎，方便冲掉。

她做结肠手术时，阴部的毛都得剃掉。晚上光要让她躺好睡觉，就得伤脑筋跟她兜圈。“真像在照顾一个大婴儿，”我对娜塔莉说，“一直到她累得没办法反抗，才全身瘫在我身上。感觉我们大概有五十年没这样对干过了。”

娜塔莉听我说，也问了一些问题。她的父母比我的年轻十岁，已搬到养老院，就在一个老是人满为患的高尔夫球场旁边。她妈早已不酗酒了，还在养老院带大家上励志课程。要怎么跟娜塔莉说？我不知道。

想到这里，我剪到了手指，马桶的水中都是毛发和血。我把它全剪碎了，起身冲掉，等马桶蓄完水又冲了一次。我提醒自己，一会儿要在马桶内缘喷点“轻轻擦”清一清。

我记得带她去看医生时的情景。给她包了毯子和毛巾，一路哄着。等她到达后脱掉这些层层防护，没人觉得她怎么样，大家只是有点怕，觉得有点诡异而已。她会又叫又乱抓，但一进门，她就像上了台在表演。

因为医院要作长期追踪，我便陪着她来做直肠检查，这一过程中她故意让实习医生分心，一直在讲她刚在《史密森尼》杂志上看的关于杰斐逊总统故居蒙蒂塞洛修复的故事。我坐在一旁的家属等候椅上，拿她没办法。实习医生是个西部的印第安人，因为太有礼貌，我妈说的时候他就不好意思检查。结果这次看病耗了很长时间。

走进衣物间，我听到杰克在楼下说话，但听不清楚他在说什么。辫子已经没了，我打开最下面的抽屉，拿出收在衣柜里的那件粉红玫瑰花瓣。

我穿了旧的黑毛衣和牛仔裤下楼，把衬裙拉出来盖过臀部当束腰长裙。自从以脱衣服维生后，我就很少在意穿什么去韦斯特莫尔。莎拉如果过来，看到我这身打扮一定会喜欢。

杰克站在厨房，酒一杯接着一杯喝。

“嗯，我告诉艾米莉了。”他说。

“你什么？”

“我没说什么可怕的细节，”他说，“只说她外婆死了。我得跟她联系，因为下周我要到那里去一趟。”

“哦。”我说。我好像看到自己说话时的嘴形。

“她不会来的。”

我不免想起我妈失手没抱住利昂，他跌落时软软的头盖骨撞到椅子边缘的声音。艾米莉回家后打电话来说：“妈妈，我不怪你，但这事不会只发生在利昂一个人身上。我没办法再去找外婆了。”

“这样对她也好。”我说，尽管我无法不把这当作是一种断绝。

杰克开始继续往下讲。他说艾米莉说她对我很抱歉，还说她希望这只是让自己修炼的过渡期，另外还扯到阴阳，我知道她和杰克都相信这套说法。我的眼睛飘向山茱萸上挂的喂鸟的容器，里面是空的，下面的水盆也干涸了。一根没有食物的空塑料管在微风中轻轻摆动，好像在嘲笑我没有母爱。

艾米莉自从怀了老大珍妮，就爱上了当妈妈。我看过她抱起孩子把头埋在他们头颈，贪闻他们气息的模样。

“你为什么要来？”我问杰克，“说真话。”

杰克把伏特加的瓶盖转紧，放到酒柜里。这是我爸死后我妈传给我的。

“因为你是孩子的母亲。”他背对着我说。他把电话机放到那些瓶子上面，然后从餐具柜里拿了那个垫子把它盖住。我不知道这让我觉得比较正常或更不正常，杰克很用心地把东西摆成原来的样子。

“而且，”他转过身说，“我恨你妈这样对你。”

“谢谢。”我说。

“她的辫子呢？”

“你喝了多少伏特加？”我问。

“还不少。辫子呢？”

“我全剪碎，冲下马桶了。”

“很好。”

“艾米莉知道你喝酒吗？”我问。

我第一次走进艾米莉在华盛顿的家时，好像被连连打了两拳。第一拳，我发现整个房子到处是白色地毯，不准我穿鞋进门厅；第二拳，我想喝点酒，他们竟告诉我家里没有酒。

“我对她说我心情不好，她选择相信了我。”杰克说。

“说谎了？”

“你又在传染我。”

“哪方面？”

“不好的一面。”

我笑笑。杰克总是会把我往信任的世界引导，而我却总是让他置身于笑脸藏刀之地。我们终究会四分五裂，像一个部件相互冲突的玩偶。

“接下来呢？”我问。

“接下来什么 ?!”

“看来你比较冷静，”我说 ，“就照你的方式走。”

“我们报警吧。”

“我以为你并不喜欢这个选项。”我说。

“我是不喜欢，但我想你是对的。我们就说你昨晚发现你妈时她就是这样，但一直等到我来才报警。就现在吧，因为我已经到这儿大半个早上了。”

“如果这样，”我说，“我想回房子去打扫一下。”

“你担心房子不够整洁？”

“我想再看她一眼。”我说。他脸上闪过不相信的表情，但似乎也没什么特别意思。

“去拿外套。我租了一辆车，不过应该由你开。”

我们穿好衣服，杰克抓起我的手出了门。

走在通往车道的水泥地上，我想象自己开着杰克的车，到哈米什家和他见面。但这是辆敞篷的红色克莱斯勒，也不高档，而既不年轻又也许会被控谋杀罪的我可以用它分散他的注意力。只是个便宜货。

我开出了这地方，两个人好一阵子都没开口。但等到我上了皮克林公路，开始往凤凰城开时，杰克开始注意这个地区。

“老天，”他说，“这里都没怎么变。时间好像静止了。”

我则是想着我妈的厨房。散落一地的塑料容器和地板上的剪刀，我想，看起来应该会多少像是没得逞的入室盗窃。

我们开车经过木材场隔壁的海外退伍军人协会。“等你看到娜塔莉家再说，”我说，“她有三套卫浴设备！”

“你准备跟她说什么？”

“我想要告诉娜塔莉真相。”我说。

“海伦，这不行。”

我没回应。我忽然想到爱伦·坡写过人被活埋在墙里的故事。

“海伦，我是唯一的那一个。只有我，别人不行。”

“娜塔莉知道我对我妈的感受。”

“也许是这样，但这次情况不同。你已经走到大多数人不会出的界外去了，怎么跟别人说？”

“大多数人都是笨蛋。”我说。

我们经过回收旧轮胎的工厂。莎拉四岁时深信杰克住在那里面。

“你讲这种话时，跟你坐同一辆车实在很辛苦。”

“为什么？”

“因为我会一直想到你这副德性。即便是好事，也被你变成坏事。你曾讨厌每一件事情。”

“我想这一天是到了。我开车载些男人，他们觉得有必要告诉我，我是个什么人。”我说。

他没问我在说谁。儿乐宝玩具车等级的里程表滴答滴答走着，外形却很像赛车的装置。我们经过了娜塔莉家，我选择沉默。

“旧桥还在。”杰克说，语气有求和之意，“我记得你爸以前开车带我们出来，这个地方总是会让他变个样，整个人都活了起来，记得吗？好像他在激励全军士气，好让我们联合攻下那房子，过过好日子。一开始我还不太懂。”

“那后来你懂了？”

“昨天晚上，当我爬窗户进去，所有事情都回来了。那地方是座牢房。”

“所以你娶了一个囚犯。”我说。

我握紧方向盘。我并不特别喜欢同杰克一块儿坐车，有太多过去、太多真相在证实事情真的令人很痛苦。

“艾米莉还好吗？”我问。

“她挺好的。”杰克笑着说，“对三十岁没有什么适应困难。”

“她有三十了……”我说。杰克接着我的话：“……距离她出生那天！”

我们俩同时在这辆廉价的出租汽车上笑起来。

“那约翰呢？”

“嗯，我对他从来没什么好感，但他人不错。很负责任。”

“我觉得他讨厌我。”我说。

杰克清了清喉咙。

“这样是赞同吗？”

“事实上我们所有人他都不喜欢，包括莎拉。”

“可怜的莎拉。”

“海伦，她们把我们分裂开来了，”他说，“莎拉站在你这边。你知道的，不是吗？”

我移开视线不理他。

“都是狗屎！”杰克说。我们到了凤凰城郊区。

“很漂亮，对吧？”

“我都忘了，真的忘得一干二净。”

“不是每个人都在大西北长大，有巨石为父，奔流的瀑布为母。”我说，“有些人只能在沥青堆里打滚。”

“我想，大概就是她那个样子吧。”他说。

“谁？”

“你妈啊。我的意思是，为什么她还会想要离开屋子，当外面都是……那样子？”

“我知道你会觉得可笑，”我说，“但这些年来我还变得挺喜欢那样的。”

“喜欢那样？”

把城镇一分为二的旧桥已隐约可见。底下乱扔了一大片垃圾，先前装垃圾的桶已被火烧黑。

“没人否认，”我说，“这地方有过风光的日子，所以现在还看得到闹区。他们正试着要让它恢复活力。”

“看看我们海伦，可是旅游与毁灭局来的头儿。”

“凤凰城有它的精神。”我说。

我们停在一辆车后面等红绿灯，可等转成绿灯了，那车子还是不动。

“车里没人。”杰克说。

不用下车走到马路边，看那光景我也知道错不了，车子是被丢弃了。

“真让人发毛，”我说，“我该怎么办？”

“绕过去吧，”杰克说，“会有人来处理掉的。”

我们走开了。

“东德感觉都比这里好。”

“看着吧。”我说。这像是又回到了童年。我能直呼我妈的名字，但没有另一个孩子能这么做。我也很为小镇日益衰败的生意圈担忧，时常上门找老乔的儿子剪头发。

“抱歉，我知道你妈家会漂亮一些。”

我知道这对杰克来说已经是让步了。新婚不久后，我们带着艾米莉从麦迪逊开长途车来此，杰克期待眼前出现的是他到东部（事实上是南部）深度旅行时看到的富丽堂皇的房子。他自从在电视上看过《飘》，就爱上了费雯·丽。

凤凰城除了城北有那些钢铁工厂主盖的豪宅群外，其余都是老旧的砖造公寓，以及斜屋顶的鱼鳞板房子。大部分想象的再造不外是在以前的钢铁厂或丝绸与纽扣厂上，忽然有大卖场出现。

我走了铁轨后面的捷径，这条当地人走的小道可一路通到东正教教会的停车场，直抵桑树巷。

“等等。”杰克说，他坐着身子往前倾，“那是什么？”

我也看到了。来了辆救护车和好几辆警车，让街区看来很不平静。

“我们回头。”

事情就是这样，想踩油门时，却一直在踩煞车。

“海伦，”他说，“照我说的做。”

我拼了命地点头。

“你现在，慢慢地，停进其中一个停车位。”

教会停车场星期五早上没人来。我照杰克的话做着。等我一停好，他马上伸手过来关掉引擎。

“妈的，”我说，“哦，妈的。”

“我们先就在这儿坐一会。”

“莎拉的电话号码列在我的下面，如果他们找上她该怎么办？”

“她的座机上礼拜被停了，”杰克说，“她现在只有手机。”

莎拉没跟我说。我冒险往杰克的身侧、副驾驶座的窗外看了看。卡斯尔太太站在前面走道上跟一位警察讲话。有那么一瞬，我觉得她的眼睛在看停车场。

“我们得离开这里。”我说。

“不，还不行。”杰克说，“我们得先想好下一步棋。”

我想起小时候半夜醒来的事。有时我爸会坐在我床尾的椅子上，在黑暗中看着我。“甜心，继续睡吧。”他总是这样说。我就又乖乖睡了。我也想着莎拉，我知道她在纽约早先是干过几个很不错的工作，但现在的生活已是死气沉沉。我可以发誓，她之前几次来找我时，我放零钱的碟子里不见了好多硬币。

“杰克，我做不到，”我说，“我必须去讲清楚。”

我看到两个警察从前门出来，鞋子上都套着白色塑料袋。

“他们拿着什么东西？”我问。

“纸袋。”

“纸袋？”

我们的视线紧跟着他们，看他们捏着纸袋往卡斯尔太太站的地方走。

“她帮他们准备了午餐吗？”

“海伦，”杰克的声音突然间没了力，“他们是在采证。”

好一阵子我们都没说话，只是怔怔地坐着，看这些人为每个袋子夹上纸条，放进纸箱。

“事情不只牵涉到你，”他说，“今天早上我还爬上架子，从窗户进去了。”

“我会跟他们说出真相，”我说，“是我拖你下水的。”

“那我为什么不报警？”

我词穷，只好想到什么讲什么。

“因为你对我太好。”

杰克直勾勾地看着我。“那是没有用的，你明白吗？窗户、地下室和楼梯间，都有我的指纹。我第一次跟你讲话后就应该报警，但我没有。”

我点点头。“对不起。”

我们都坐在位子上不敢轻举妄动。

“试着吸气。”他说。对于别人的指令，我还是第一次没有浮起“操你妈”的念头。我吸着气。

路上传来警报声，我们本能地往下沉。是救护车。

“为什么又来一辆？”

“一辆什么？”杰克说。

“不是救护车吗？”

“你妈家门口的那辆是法医的，来验尸。”

我们透过门边偷看。

“它停到莱弗顿太太家的车道上了。”我说。我不只是高兴，还有点得意，好像这样就能让我妈家外面的警车消失，好像卡斯尔太太在我家院子正在讲的是，她做三明治时喜欢先烤一下面包再切边，她喜欢午餐吃奶油吉士和香葱，虽然也不是一开始就喜欢。

“那里也有艾米莉的号码吗？”杰克问。

“什么？”

“你说电话机上看得到莎拉的号码，那艾米莉的呢？”

“利昂那件事后就没了。艾米莉要我把它取下。”

“你妈对孩子真有一套。”

“杰克，她已经被我杀了。”

“我知道。”他说。

“他们迟早会发现，是吧？”

“应该，我想是。”

“会是多久？”

“不知道。很快吧。”

“早知道跟她一道死就好了。”我没想到我会这样说，会有这样的感受，但事实确如此。他没响应，让我忽然怀疑起自己是否真的说了，或者我只是在想而已？但我已经看不到她了，不能再帮她梳头发、涂指甲。

“毒药常常也是解药，要看比例。”我说，“我陪她去看医生时，在一本小手册上读到的。”

我没跟他说我觉得爱也是一样。我想触摸他，但我担心他会跑掉。

“她后来总算是能出门了，我可以用浴巾让她出门看病。这花了她四十年，但她终究从毛毯进展到了浴巾。”我说。

杰克若有所思，我则是两眼发直，盯着停车场外围低矮的水泥挡土墙。

没有狗陪着的话，我总是要好一会才能认出他。五只查理王小猎犬，两年前连最后一只也走了，此后他认定自己太老不能再养狗。“狗不理解我们为什么要离开。”有一次在我妈家门外的人行道上碰到时，他这样跟我说。

“那是弗瑞斯特。”我说。我指了指挡土墙外的山丘上站着的衣着整洁的老男人。

“噢，她唯一的朋友。”杰克说。

隔着老远，我看到莱弗顿太太被抬上救护车。一个护理人员高举着像是吊针的东西，莱弗顿太太的头露在床单外。几乎是同时，一辆烟灰色的奔驰停了下来，从车上下来的是她那个有钱的儿子。弗瑞斯特就站在我面前的山丘上看着。他穿着硬挺的灯芯绒裤子，配上皱巴巴的灰色法兰绒西装外套，里面看得到一团开襟毛衣和高领毛衣，能在天气难以预料的秋日保暖。一条克什米尔羊毛围巾紧紧地系在脖子上，他非常信赖克什米尔羊毛。就我所知，他至少有七十五岁了。我爸自杀后没多久，他就不再来看我妈了。

“我想我们该走了。”杰克说。

我盯着弗瑞斯特。他的头转到我们的方向，一副知情的模样。他的眼镜还是与从前一样，是厚厚的玳瑁框，即便这样，即便这是别人的车，而且前面挡风玻璃有点颜色，他要看到我也不无可能。我没有避开他的视线，却开始拼命吞口水。

“你听到我说的没？”杰克说，“我要你倒车，走原路离开。那条捷径。”

我从来没那么眼尖过，竟然看到了弗瑞斯特对我点头。

“好。”我说，转钥匙发动。我小心倒车出去，然后离开。

我没有跟杰克提弗瑞斯特。我开始有种逃不了的感觉，然而我也不想去看太遥远的未来。

“你等会儿去韦斯特莫尔，”杰克说，“然后我打电话给莎拉。”

“你要跟她说什么？”

“没什么，海伦。我不知道。”他说。

我沿着铁轨边的便道开出城，好像两个人是逃犯似的。我痛恨这样。最痛恨的，是我妈即使死了依旧很有控制力。前方有个碎石边坡，我把车开上去。轮子在我们脚下疾转，然后停下来。

“你他妈的在搞什么？”

我头靠方向盘，发着愣。

“我应该回去。”

“你去死吧。”

“什么？”我从没见过杰克这么生气。“我这就回去，告诉他们我做了什么好事。还你自由清白之身。”

眼泪从我的脸上滑落，我转身想下车。他俯身靠过来，不让我开车门。

“事情不只牵涉到你和你妈。”

“我知道。”我哽咽地说。

“最好别让女儿们发现她们的妈妈杀了她们的外婆，之后她们的爸爸还像从玩具盒跳出来的疯狂人偶似的破窗而入！”

一辆火车开过转弯处，司机见我们的车子太靠近铁轨，忙大声鸣笛。火车呼啸而过时，车子摇晃震动得很厉害。我放声尖叫。我一直尖叫到火车开过为止。

等一切又安静下来，我痛苦地盯着空荡荡的铁轨。

“我来开。”杰克说。

我站都站不稳。杰克见状，绕到驾驶座这边来。

他双手按着我的肩。“如果我做得太过分了，我很抱歉。”他说，“我只是为孩子们着想，懂吗？”

我点点头，但其实这话听起来并不全对。他讲的不是孩子们，而是他自己，包括他的狗和事业，以及他在电话中喊“宝贝”的某人。

“你妈毁掉的够多了，”他说，“我也不知道我们该怎么办，但不能就这样完蛋。你不是在你妈家，你已经走出来了。”

我又点点头。

他紧抱着我，我全身无力地靠在他怀里。我想到莎拉为我录制的 CD，里面的她声音柔美婉转。她坚持梦想的方式，是我想都无法想的。她会跟着我到我妈家，把曼哈顿描述得像是一块炫目的蛋糕。其实她的电话都被停机了，而且隔三岔五地来我家，在她只装旧衣服的行李袋塞满食物才走。

“曼尼。”我在杰克的肩膀上咕哝着。

他松开手。“什么？”

“曼尼。”

“谁是曼尼？”

我骨子里发冷。心在胸口结成冰，下沉着。

“他过去时常帮我妈跑腿，修理房子的一些小东西，尤其是我和卡斯尔太太够不着的地方。”

“于是……”

“大概六个月前，我在我以前的房间里找到一个用过的安全套。”

“我不懂。”杰克说。

“而且我妈的首饰盒也弄坏了。”

“他在你以前的房间乱搞吗？跟谁？”

“我不知道，不过我们后来换了锁。这件事，卡斯尔太太和教会的人都知道。但我没说珠宝被偷的事。”

“你为什么跟我说这个？”杰克问。

我看着他但不晓得要说什么，或者说什么才好。

“噢，老天。”他掉头就走。

我杵在车子旁。在这之前，我从来没真正想过曼尼这个人。我也只记得我伸手要去拿哭泣的佛像，却忘了它到底是被我扔了，还是还好好在我的架子上。

杰克走回来时，脸色惨白。

“我们回车上，”他说，“什么都别再说。我带你到韦斯特莫尔。有人来找你的时候，你要装作惊讶，但别一副天要塌了的样子。

这样警察来找你时，就知道不是你了。只是惊呆了之类的。”

“但我会垮掉，”我说，“我是垮掉了。”

“上车吧。”

我绕过去坐进副驾驶座。杰克发动引擎，小心翼翼地在碎石路上倒车回马路。

“孩子们就交给我了。虽然我也不知道要怎么跟她们说。我把你放下车后，会打电话给艾弗利，约他这星期吃晚餐。这样我就很有理由说我过来也为公事。”

“杰克——”我开口。

“海伦，我现在什么都不想听。我不怪你做的事，我只是不想让伤害扩大。我有自己的人生。曼尼是你的事，我不想牵连他，我也不认识他。到目前为止发生的一切，我都不愿再怪罪什么。”

我们往凤凰城公路的方向走。经过娜塔莉家，哈米什的车还在车道上。等到路过两个女儿上过的高中时，我愤怒起来。

“所以你要我们就这样逃避，而不想去思考之后会发生什么。”我说。

“海伦，人是你杀的，不是我。这件事不是跟我们有关系。”

“她是我的母亲！”

“那是你的我们，你们两个，亲——人！”

我们穿过四〇一号公路，沿途是海姆·所罗门[①]的公墓，绵延了有四分之一英里。已是宜人的秋日，空气清爽，太阳在薄薄的云层后若隐若现。

“你开始出门同冰和树叶打交道，我想是因为我吧。”

---

① Haym Solomon（1740 – 1785）：波兰裔犹太人，银行家，美国独立战争最重要的资金赞助人。

“不是。”

“你不画我了，就等于是杀了我。你就这样想都没想，当着我的面摔上门。”

“海伦，我的工作需要不同的尝试，就这样。绘画也只是通往其他事物的一种方法。”

“我不明白你要怎么从画裸体跨到盖冰屋和蹩脚龙。”

“说了都几万遍了，不是蹩脚，只是一文不值。艾米莉倒很喜欢。”

“小艾米莉真棒。”我说。但话一出口，我就希望自己没说过。

右边有座残破的谷仓塌在层层田野中。我想要冲进去然后消失，就像我们所有人终将消失一样，就像我爸之后现在是我妈，消沉在埋没的地区历史中。

“杰克，抱歉。”我急了，“我不是有意的，我收回。我爱你。”

“你知道她都承受了什么吗？你是如何地依赖她？她跟我说过，你会在晚上爬到她床上哭。”

我看到了自己，二十七、二十八与二十九岁的样子。我们分开的时候，艾米莉才只有七岁，她是我仅有的依靠，我需要紧抱着她温暖的身体。

“谁叫你离开我们！”我还是在盲目地保护自己。

“海伦，我们是彼此离开。记住，没有谁离开谁。”

“但你离开了孩子们。”我说，“我也许不够完美，也没有变成艺术圈什么了不起的神。但看来艾米莉已经颁给你终身成就奖了。”

“我从来就没想这样做。”他说。

“什么？”

“离婚，我从来没想过要离婚。”杰克说，“我同意与你离婚，但我自己从来就不想。这一点你爸知道。”

他低头看手中的方向盘，他的肩胛骨让我知道他内心在崩溃。我把手伸向他后背，想要抚摸他，想象他会如何把头靠在我胸前，告诉我他曾想要怎么塑怎么造怎么做。但我终究把手拿开了，我们一直在兜圈子，我需要集中精神。

“好，”我说，“我们今天早上做了什么？为什么我刚刚不在家？这些我们都得说好才行。”

“这才是我的海伦，发起反攻了。”

“我想他们会问个清楚。”

他面向我。“我们出去吃早餐？”

“那要有目击者才行。不然说，我们开车到某个地方做爱好了。是意外发生的。”我说。

“你疯了啊？”

“我觉得这样回答肯定成功。”我说。

一辆车从单行线的桥上迎面开来，我提醒杰克先等等，然后告诉他在哪里转弯到韦斯特莫尔。

“我们开车到我最喜欢的眺望核电厂的地方，然后做爱。”我说。

“那她的窗户上为什么会有我的指纹？”

“你昨天就来了。她请你帮她修东西，看在以往的情分上，你就来了。”

“这个太不周密了。他们会找到破绽的，我保证。”

“你想得到更好的吗？”

我们到学校时是早上九点十五分，距离坦纳·哈库的写生课还有四十五分钟。我要摆的是一连串的三分钟站姿，大部分我都觉得滑稽可笑，从手拿着毛巾到假装刚出浴在梳头发都有。

“我会回来接你，只要你没听到什么会打乱我们计划的消息。”

“如果条子来了呢？”

“就装作什么都不知道。你不知道是谁杀了你妈。”

“那希望卡斯尔太太跟他们提了曼尼。”

杰克低下头。“别跟我提这事了。”

“好，这只是我的事。”

“好，”杰克说，“我的意思是，我一点都不知情。”

我们在学生活动中心前占掉两个停车位，后面有辆大声播放嘻哈乐的车跟着停了下来。

我一只手握着门把。

“祝你好运。”杰克说。

我没进活动中心。还没到娜塔莉给未来的卢西安·弗洛伊德当模特的时间，很可能会遇到她在那里吃大份早餐。于是我绕过这栋低矮的建筑，走上一条被走出来的泥土路，通向韦斯特莫尔唯一未被开发的土地。问题是每次一下雨，草地就淹水，因而有时大半年都是一片水乡泽国。这块地中间有棵大橡树，在此生根应该超过两百年了。

草地边缘看起来是长青中心的人在上水彩课。春秋时节，你都会在校园的不同景点看到一群长者，拿着大大的画板，个个头戴遮阳帽，身穿相配的红色防风外套。他们的老师是个年龄与我相当的女人，是个喜欢同老人在一起的志工。

我在草地上坐下，这里距离他们够远，不至于被注意到。所有人都背对我，除了那位老师，而她正埋首工作，一一指导那些长者，给予一些简短、鼓励性的意见。

我把手放到毛衣底下取暖，摸了丝绸材质的粉红玫瑰花瓣衬裙。我像在看非洲平原上的斑马群，这也是他们与我妈的不同。这些人在我眼中是如此不可思议而梦幻，我希望自己是他们养大的。他们曾经过着什么样的生活？当律师、泥水匠、护士、父亲、母亲？他们会选择来长青中心，看到水彩课就报了名，这对我似乎是超乎现实的。我知道我永远不可能成为他们的一分子。我是个孤僻女人养大的孤僻小孩，我现在知道，我已绝望地变成这样子。

我得吃点东西，不管会不会遇到娜塔莉，活动中心是唯一步行一小时之内能找到食物的地方。我满腹惆怅地起身，对这群我从小被教导要蔑视的业余画家说再见。

11

我从活动中心外越来越多的学生中穿过。韦斯特莫尔的学生在学识和运动方面都毫无建树。它是作为一所学费不高的走读学校而小有名气，很适合一些诸如营销或健康护理咨询这种要念四年的学科。艺术系则与英文系一样比较特别，是各方人马退而求其次才看上的目标，我和娜塔莉觉得这些人不是失败者就是天才。学校创办人纳撒尼尔·韦斯特莫尔还没像梭罗一样消失在缅因州森林中之前，是个艺术家兼作家。所以相对而言，这两个系一直在校园中自成一格。

韦斯特莫尔学生穿的是十年前纽约人穿的折扣衣服，我有时会带莎拉到学校，她的出现总能引起一阵骚动。我一直颇自豪女儿们都选择离家谋生，住在别的州，即使我常常希望可以开车去她们家里坐坐。但不管对她们哪一个，我都不会这么做。我的人生唯一命好的地方，是我妈从不会说来就来。

我走上无障碍坡道，穿过两道大门，经过暂时的无声后，看到了娜塔莉。她置身于一群一群比我们年轻三十岁的学生中，一个人坐在靠窗的圆桌旁。从窗户看出去就是那片沼泽似的未开发土地，不见那株老橡树，就看得到芦苇，只要再下一次霜它们就会很快变色，等干枯的草梗在风中互相拍打，就是宣告冬天来了。

她正看着远处，也许是公路，不过大型的交通标志都只剩微小的绿点，车子更是完全不可能看到。

我不会告诉她，我知道。我该如何措辞？那句话我只说过一次："我杀了我妈。"我不知道我是否要添上一句：我杀了我妈，还跟你儿子上了床。

我朝她走去，把那些拿着托盘端食物的学生都当成空气。

"娜塔莉。"

娜塔莉的眼睛还是我小时候看到的淡褐色。

她穿着一条仿 DVF 长裙，设计师黛安·冯芙丝汀宝大概永远不会把她的名字放上去。这种不可思议的剪裁很能修饰中年女人的形体，它就像光鲜亮丽的伪装，让眼睛忽略衣服下的实际线条。我是早就不穿了，虽然大家都赞同包裹裙是非常好脱的样式。从某个时刻开始，看到衣柜中挂着这些衣服让我感到沮丧，它们轻盈的布料和没有明显特征的剪裁会让我想到一具具衰败的肉体。

"嗨，"她说，"这个给你，我饱了。"

我在她对面坐下。她把有浅橙色斑点的餐厅托盘推过来，上头有吃了一半的丹麦奶酪面包，以及一盒还没拆封的酸奶。我们总是这样。她点很多，我把剩下的吃掉。

"你昨天到哪里去了？"她问，"我给你打了六次电话，连专线都打了两次。"

"去我妈那里了。"我说。

"我想也是。她还好吗？"

“能不能别讲这个？”

“要咖啡吗？”

我对她笑了笑。

娜塔莉拿着杯子起身。我们回去排队续杯还没被餐厅警卫阻止过。虽然没有明文规定，但老师们有的特权，我们都有。

我狼吞虎咽地吞下那半个丹麦面包，打开酸奶上的锡箔纸。等娜塔莉回来时，我已经吃掉我大半的二手餐，但这热腾腾、像水一样清淡的咖啡，让我一点食欲也没了。

“你怎么了？”她问。

“什么怎么了？”

“你好像有点情绪。是克莱尔吗？”

我想到转移话题。我大可以冷冷地说又不是每个人晚上都要半瓶红酒配一颗安眠药，或者也不是每个人都偷偷跟唐宁镇的承包商上床……我没有。我会尽我所能说实话。

“杰克来了。”我说。

她一副听到有人开枪的样子，藏在桌子底下的双手猛地一拍，整个人都要探过来了。

“什么？”

“我以前是不是说过孩子们睡着后，他会捡邻居天竺葵盆栽里的石头砸醒我？”

“是啊，是啊。”

“今天早上五点他又来了，站在我家后院围篱那里扔石头。我们刚刚还在一块儿。”

“海伦，”她说，“我现在反倒认为你太没有情绪了！到底怎么了？”

“我不知道。”我说，“哈米什好吗？”

“你什么时候这么关心他啦？杰克呢？”

我只好告诉娜塔莉他目前住在圣塔芭芭拉，是一个从未见过面的软件业大亨的房子。他在那里做一些改装之类的工作。有个狗保姆在照顾他的狗米罗和格蕾丝。他计划不久后去波特兰看艾米莉和孩子们。说这些我所仅知的事时，我发现其实自己知道的不多。

“他为什么来找你？”

我脑中响起：我从来没想过要离婚。

“我也不确定。”我说。我双手捧起热咖啡，假装一副为它保温的样子。娜塔莉盯着我，用她的头号表情说：“你有事在瞒我。”我靠在桌面的手肘开始抖了，没两下就弄翻了又满又烫的咖啡。

娜塔莉站起来。咖啡泼到她的袖子上，不过大部分都流到桌面上或淌在了我的牛仔裤上。我动也没动，只觉得大腿上的咖啡好烫。无所谓。我看看餐厅里的钟。九点五十五分。

“该去上课了。”我说。我听见自己的声音忽然低沉下来。以前我什么事都会告诉娜塔莉，然而过去二十四小时所造的孽留下的伤，即使交情再久，恐怕都已无法修补。

有那么一瞬，我想，如果我开口要娜塔莉跟我一起去某个地方，搬到另外一座城市，也许开家她一直梦想的服饰店，不知会怎样？她正在整理她的裙子，抹掉溅到皮包上的咖啡渍。“还记得我们一起骑自行车吗？”我想问，“记不记得你家街角那个讨人厌的家伙，车把上有个响铃，老爱按个没完？”我想到早上看到了弗瑞斯特。然后忽然看到卡斯尔太太在跟警察说话，边说手边在空中画弧线。我看到了吗？她的样子镇定吗？他们有没有作记录，还是只听她说而已？我试着回想警车来了几辆。有两辆停在我妈家路边，另外一辆在转角处，法医的车和救护车则停在莱弗顿太太家门口。我想打电话到医院探听她怎么了，但杰克不会同意，这是在泄自己的底。

“他真会给你添麻烦。”娜塔莉说。

我抬头看她，视线一圈圈模糊，她的声音好像也飘远了。

“好吧，该去裸一下了。”她说着，过来拉我的手。这句话我们已经对彼此说了十五年。

“好。”我说。

“女人，我现在赛过你了，”她说，“我们弄完后坐下来聊聊男人。我有最新消息哦。”

这话很有用。娜塔莉要告诉我承包商的事让我觉得好过一些了。朋友始终不曾离开的信任，是我支撑自己走下去的动力。

我们离开活动中心，走柏油路下坡，去往被大家称作艺术村的地方。对于它的昵称，我从来就不解，且不说别的，建筑物本身看起来就像一座失败的工业办公大楼。底下两层都未见全貌，就被硬生生切断，直接盖上合成建材与焦油拼凑的屋顶。不过里面真的是一个个小村子，很多助手晚上就窝在大工作室漆黑温暖的角落过夜，尤其是冬天，因为艺术大楼的空调经常比他们在附近租的房子里的好。在艺术村，暖气可以尽量用，反正埋单的是学校。当我们穿过一扇扇门，上了三级台阶来到一楼大厅，我便想着也许我也来住艺术大楼好了。当然得有地方铺床才行。看来事情都还没理清楚，我就已经在思前想后，魂不守舍地开始计划逃亡。

娜塔莉对我挥了挥手就走进了二三〇室，也就是暖室。我觉得很不公平。娜塔莉可以经常这么幸运地被分配到这里，我都怀疑每学期开始分派教室的时候，我这位朋友是不是得到了暗中照顾。其实我知道为什么。因为我和另一个模特杰拉德都不会带马芬糕或红酒到办公室去，我们也从没在秘书的信箱里放上那种附了数字、南瓜或鬼怪形状橡皮擦的万圣节铅笔。

我忽然想到，杰拉德是我不想见到的人。他妈前一年火灾死了，她上床时竟然没有捻灭香烟，接下来他只记得自己跌在地上，喘不过气。他勉强保住了小命，而他妈据说不是被烧死的，而是被烟呛死的。从那时起，每次遇到他，不管是谈论天气还是聊不同课堂上摆的姿势，他总会插进一句："我妈死了。"娜塔莉之前就觉得这个人脑子有点钝，后来的这一新习惯似乎证明此言不假。等我走过大厅去教室时，想到的却是他很天才。消防员怎么就知道是她没把床边桌上的烟捻灭？

"嗨，海伦。你看起来真漂亮！"有个学生跟我打招呼。这女孩叫多萝西，是班上最优秀的学生，当然，也是最让人受不了的谄媚鬼。

我感到有一两个学生在注意我。他们正在调整画架，它们经过大学这几年的使用已又破又脏。

我自顾自走到三面屏风处，后头是我宽衣穿衣的地方。我扫了一眼讲台上放了些什么，以及它后面幕布上贴的东西。讲台上有个澡盆，还有浴巾和梳子，幕布上则放了一张很大的旧式浴缸图片。但这并没对我造成什么影响。我只想着，浴缸，然后就走到屏风后面，在漆黑的木椅上坐下，脱掉鞋子，换成地上的竹制人字拖。

我满脑子都在想娜塔莉要告诉我承包商的事，却有一股刺鼻的漂白水味冲击了我，是挂在屏风后的旧袍子散发出来的。娜塔莉和我都有同感，帮艺术大楼送洗衣物的妇人一定很怕人体模特有病。所以她才会用这么多漂白水侵蚀我们用过的袍子，让它们没多久就薄得跟纸巾一样。不过她透过漂白水传达的恐惧气味，竟将我拉回到工作上。我听到坦纳·哈库进来和学生打招呼的声音。他是个日本版画家，在经历了二十年全球游教生活后，最后落脚宾州。他正在谈裸体画中的个体风格。

我脱掉套头毛衣，塞进旁边窗户底下的小收纳柜，鞋子则摆到收纳柜下方。我穿着我妈的衬裙和黑色牛仔裤坐在椅子上。屏风的另一边，我听到坦纳引用了德加的话："画画不是一种形式，而是我们看形式的方法。"

但是他没提德加。如果他提了德加，他就得解释德加是谁，以及德加对他个人的意义。这样他就得为了上课牺牲太多自己灵魂的色相。

我解开牛仔裤的扣子，站起来脱掉。

"那不合理。"我听到有个男生很小声地说。

我能感觉坦纳的胸口一紧。这么多年来，只是个模特的我，也经常能感觉到自己被打击。然而此刻男孩面对百年历史竟毫无惧色已不再冲击我。从某方面来说，这让我看清无论发生什么，有我无我，事情该怎样就会怎样。可能换杰拉德来，他就会说"我妈死了"，让学生们不舒服地点头称是，然后他站到讲台上，他们的作业会有点调整，从《洗澡的女人》变成《高高在上的男人》。然后他们也就交了作业，然后坦纳会一边喝杜松子酒、大唱歌剧，一边无精打采地打分数。

“稍后海伦会摆一系列女人在洗手间的姿势。”他说。

有窃笑声。我把揉成一团的牛仔裤拿到收纳柜，放在毛衣旁。啊，我想到，他在引诱他们。这让我又一个踉跄。

他继续解释着，我知道他在说讲台上的澡盆和毛巾，还有那张旧浴缸的图片。我知道自己该脱快点了，因为坦纳随时可能会说：“海伦，大家在等你喽。”但我还是穿着我妈的衬裙站着，感受它老去的丝质料子贴着我的皮肤。我一点一点褪掉内裤，然后解开胸罩，隔着衬裙的细肩带把它拉出来。刹那间我想到哈米什在等我。我想象他在娜塔莉房子的沙发上舒展着身子，然后景象变了，他的脑袋倒在一片血泊之中。我把内衣放进收纳柜，叠在裤子与毛衣上。

在韦斯特莫尔宽衣解带可得讲究节奏。我走进教室，对一些学生打招呼，瞄一下讲台，然后就走到屏风后头。等教授一来，我就开始脱，在他进行开画前的讲解时一直继续。脱下来的衣服在每个房间都有存放的地方。在娜塔莉那里，是体育馆整修后淘汰的旧金属衣物柜，在我这里，则是几个收纳柜和上漆的直背椅。我用手滑过这件粉红玫瑰花瓣，摸着自己的胸、腹和微微翘起的臀，我想着我妈，想着韦斯特莫尔一直便是我的避难所。我来这儿脱个精光，站在学生面前，让他们画我。我从没蠢到去相信自己真会被细看，但这样仪式性的脱衣、站上铺着地毯的讲台，甚至内心的颤抖，于我似乎是一种革命。

我听到学生们打开大开本的素描簿翻到新的一页。坦纳毫无用处的简短演说终于要结束了。我脱去衬衣，穿上竹制人字拖，把衬裙放到椅子上，从挂钩上拿下袍子。我迅速地把自己包起来。

“海伦，大家在等你喽。”

我看着椅子上的衬裙，好像看到了我妈。我害怕得直想哭，但我不能。我是想自卫吗？是什么让我这么做？我把我妈的衬裙揉成一团，扔进收纳柜与煤渣砖砌的墙之间的缝隙中。我知道，它会在那儿待很久。有一次娜塔莉就在那儿弄丢了一个戒指，几个月后，有个教授上课时无聊到调整起家具位置，找到了它。

我从讲台后方走出来，手捏合着袍子的腰部，只听到人字拖与学生们动来动去的声音。我走上两级台阶来到铺着地毯的讲台，坦纳拿了本小书给我，是我和娜塔莉都很熟悉的书，比我的手掌还小。五十年代晚期出了一系列小本艺术书，它是其中之一，在课堂上已传了很多年。这本书的主题是德加的十五幅水彩图，标题就是“女人着衣”。

“我好了。”我说，把书递过去还给坦纳。

“我们一会儿循环着做，”他说，“每个姿势三分钟。从第十个到第九、七、四，最后到第二个，你想摆得久一点也行。知道是哪几页上的图吧？”

“知道。”我说。以前，他要我做的动作我都会一个个背出名称，但我现在不再注意他了，我把全部精力放在多萝西身上。这个全班最优秀的学生，我决定要用身体对她说我妈被杀了。

第一个动作几乎要背对着所有人，于是坦纳走下讲台时，我开始转身。我看到身后幕布上的浴缸图片，我脱下袍子放到右手边，把它当作《出浴后，女人擦干自己》中的毛巾。我照样歪向一边，偏过头露出半边侧脸。整个教室顿时都是大学生们沙沙速写的声音，他们好像变成了相机，而我则是镜头捕捉的对象。很少能有人像多萝西一样，有深思熟虑的能力。

三分钟已是对学生的照顾。等到学期末，他们就得在两分钟内完成。但对姿势摆久一点，我一向无所谓，我从一开始就擅长保持静止不动。

“你好像天生就做这个的。”杰克有次说。

他那时是我的老师。他是我的坦纳·哈库，而就我所知，我是他的多萝西。但我没有多萝西的才华。

“你的皮肤真美。”杰克说。

所以我一动也不动。好像只要他再说一次，我内在某样东西就崩裂了。他也真的这样做了。他说的时候注意到我冷得几乎在颤抖，便赶紧过来，而我整个人躺在地上，有一边已经抽筋了。他一直站在旁边看着我。我无时无刻不在担心，担心他会说：“你知道，我错了。你很丑。这从头到尾都是个错误。”

“你都冻得发紫了。”他说。

“很抱歉。”我说，尽可能从牙缝挤出话来。毕竟我才十八岁，从没见过男人裸体，更从没在人前赤身。

“放轻松。”他说。

他走到工作室的屏风后，从上面丢出一条毯子。它正好落在我身上。让人发痒的羊毛简直像是一种攻击，但我已冷到无法抱怨。

“我开了火烧水，”他说，“泡点茶。需要的话，我还有一些拉面。”

拉面和春药没两样。我后来问杰克，他是否知道后来会跟我做爱。

“我也不清楚。当你穿着愚蠢的粉色套装走进来时，我差点笑出来。”

“是珊瑚色。”我纠正他。那可是花光了我所有的积蓄。

“不过等到你脱掉它，”他说，“我就爱上你了。”

“所以它还是一套不赖的衣服？”

“当它掉到地上的时候。”他说。

他拿了两杯茶回来，我在让人发痒的毛毯中缩成一团。

“海伦，谢谢你。”他说着把杯子放在我旁边。我记得当时我还是冻得没法伸手去拿。“你今天表现得非常棒。”

我没说话。

“而且你的皮肤，”他说，“非常美，真的。”

我哭了起来。可能是因为我太冷了，可能是外面的雪堆得好高，可能是远离了家，以及我妈。他放下茶杯，问能不能抱抱我。

“嗯嗯。”我说。

他双手搂着我，我把头放在他肩上。我还是哭个不停。

“到底怎么了？”他问。

我要怎么说出连我自己都觉得滑稽的事？我一直梦想离开我妈，现在却又想她。这件事在第一学期像头痛般一直缠着我不放。

“我只是太冷了。”我说。

“下一个！”坦纳大叫。

学生们正画下最后几笔，都是《出浴后，女人擦干自己》中最理所当然的部分，很多人还太扭捏，以至于没有去画我的屁股。大一学生的画，关注的细节总是在道具上。我在长青中心当过一回模特，就没有这种畏首畏尾的情况出现。不管男男女女，都知道时间有限，该开门见山。

“女人在洗手间！”他傲慢地宣告着。现在没有笑声了。学生们正经起来，而我把充作毛巾的袍子扔到讲台上，向椅子上的金属澡盆屈身，右手拿起海绵。我转身面向他们，右手臂绕过胸前，把海绵放在左腋窝的位置，装出洗的样子。

我老觉得这姿势很尴尬，我得看着胳肢窝，直面自己的身体。随着岁月的飞逝，我的胸部与肩膀上黑斑越来越多，与生俱来的弹性皮肤也已渐渐松弛。不论我会做什么样的瑜伽倒立动作，终究还是不敌地心引力。我的人生正处于一个交界，是圆熟的维纳斯，也是惠斯勒画笔下的老母，只是裸着身。拿着干海绵擦拭腋窝的细嫩皮肤时，我忽然想到，如果皮肤更松弛、身材更走样，我或许就没有能力犯下现在的罪行。我会抬不起也拖不动我妈，更别提还能对哈米什有吸引力。

“海伦？”坦纳叫我。他靠近讲台，我闻到他每天服用的大蒜胶囊味。

“怎么了？”我保持着姿势。

“你好像在抖。你是冷吗？”

“不。”

“各位注意，还有两个动作。”他向全班宣布道。

五年前的一个深夜，坦纳想要画兔子的骨骼，他在克劳斯生物大楼满布灰尘的玻璃柜里看到过。他带我去参加一个艺术开幕式，这之后我们手电筒也没拿，就在当时还没有整修的大楼里跌跌撞撞地四处走，展示柜有很多个，但就是没有我们要的。当我们听到底下大门发出咯吱声，随后是年迈的警卫赛西尔在黑暗中大喊：“有人吗？”我们简直就像做错事的孩子似的全身僵硬。

来年克劳斯整修，我经过那里时看到有骨头从垃圾箱里露出来。也不管有没有人看到，我拎起裙子，爬到起重机吊来的一捆捆用铁丝绑着的煤渣砖上往垃圾箱里望。里面果真有兔子骨骼。

如我原本希望的，它现在就摆在沿着教室的又长又高的窗台上、坦纳四处收集而来的藏品最中间。有时一进门，我第一眼看到的就是这副兔子的纤细骨骼，旁边则放着各种形状和大小的石头、一个学生的孩子做的“上帝之眼”，以及他独自到泽西海边旅行时不厌其烦地捡来收藏的海玻璃。

此刻在我身后，兔子的骨头正透着威胁，我甩不掉我妈正层层腐朽直至白骨一具的画面。脑海中有让我既害怕又欣慰的念头。在骨骼慢慢变成泛黄的钙质之时，若要防止其瓦解就必须固定起来，而同时，我妈永恒得像月亮。想到这无可避免，处在尴尬姿势的我真要大笑。不管有妈没妈，她生前身后，都塑造了一个人的一生。我是不是想过事情会很简单？她的实体毁了，不也会报复到我自己？我装傻逗她笑，说故事给她听，四处以傻瓜自居，任凭其他傻瓜摆布，以此确保她即便选择了背对世界，也没有错过任何事。

整体而言，我把自己的生活让给她了，但我也赎回了一些小片刻。我能读自己喜欢的书，种想种的花，能开车到韦斯特莫尔，在讲台上裸露身体。只有思考所拥有的自由，我才明白了自己是如何受禁锢。

“下一个！”坦纳又喊，语气听起来像在训话，要大家更加把劲。

上一个姿势实在尴尬怪异，这一个倒显得是老天忽然惠赐。我坐在椅子边缘，让学生们想象我是坐在浴缸边缘，所以我的臀部应该会圆一点，不是现在椅子上的四四方方。我再次拿起袍子，把它当毛巾。“出浴后，女人擦干脖子”的姿势在静止前，还会有一两下快速的按摩搓揉。

一些学生在抱怨时间不够，他们希望姿势能摆久一点，当中有个男生我特别讨厌，虽然我知道是我太苛刻。缘由是，第一周我在自我介绍时跟他们聊，提到我女儿住在哪里做些什么，这男生竟然说“所以你跟我妈一样老”。我的自尊容不下威胁，所以我回应说我今年四十九岁，他竟然回了一句“真恶心人”。我笑着跟我妈说。

“我有一次企图引诱阿利斯泰·卡斯尔。”她对我说。我顿了一下，瞪大了眼睛。她过了八十岁后，就开始说一些我从不知道的事，比如她曾被她父亲的朋友无理碰触过，比如我爸那次意外后，她就再没跟我爸有任何“关系”，比如她一点都不关心艾米莉，但很喜欢听莎拉失败连连的试演经历。“想象做个服务生还得试演。”她说。纽约餐厅的工作竞争竟激烈到要等通知，这让她很喜欢。

随着一个接一个令人意外的大揭秘，我逐渐感到麻木，这可是我经年累月练就的艺术，如此才能从这些瞬间中设法找到真相。

“那你是怎么引诱的？”我问她。我头痛得发晕，如果我爸知道，他肯定也会这样吧。

“真恶心人！”我妈看着空荡荡的壁炉回答道，壁炉上的砖都漆成了黑色。“玛琳·黛德丽说得对，在头上绑橡皮筋拉皮，可以撑个十年，但之后，就得找地方躲起来了，至少还保留点神秘感。”

我想告诉她以神秘感而言，她已是中了大奖。从比利·默多克到裹毯子的反常行为，她的神秘即便只是令人毛骨悚然和奇怪，而非无法亲近，它也像是件防弹衣一般。

她把视线从壁炉移开，对着我强调："你应该去整形。我如果是你现在的年龄，早就去了。"

"不去，多谢。"

"去整得像费·唐纳薇。"她说。

"妈，那整胸好了。"我说，"真的要动，我要去弄两个大奶子。这样晚餐我也省事，你吃右边，我吃左边。"

"海伦，真恶心。"她说。但我还是让她笑了。

到了她晚上看公共电视台节目的时间，我站起来去拉百叶窗。我把百叶窗都放下，然后走向对面角落的电视机。我妈把矛头指向我："还有啊，曼尼和我聊天，我们都觉得你需要整的是脸，身材倒还很不错。"

其实我想说的是"很高兴知道曼尼想上我没有脑袋的身体"，然而说出的却是："看来《华尔街一周》被排在《波士顿大众管弦乐团现场》后面了。"

几天后，她才说了没说完的部分。

"希尔达·卡斯尔当时在医院，动手术切除子宫，"我妈说，"所以我就献身了。"

这句话让我感到厌恶。

"你什么？"

"我企图引诱他啊。"

我抱着上车前要掩护她的几条大浴巾，而她就像每次要去看病一样，还是使出拖延战术。

我站在前门边展开第一条浴巾，围在她肩上当披肩。这条是备用的，以防头上的浴巾无意中掉下来，她便能迅速抓起它替代。

她盯着我的眼睛，藻绿色浴巾让她薄薄的皮肤显得暗沉。

“莎拉上床了吧？”

我知道她的把戏，没理她。

“我们赶不上你预约的时间喽。”我说。我妈被安排去做核磁共振，这让她吓得要死。几个星期前，我一进门就发现她躺在客厅地板上，闹钟摆在头边。“你在干什么？”我问她。“练习啊。”她说。

出门看病也是我无法代理的事，因为他们需要戳戳刺刺的是她的身体，不是我的。那位医生是八十年代就接手了我爸妈先前医生的诊所，不过她还是叫他“这位新来的医生”。他曾两次鼓励她试试镇静剂，看能不能让出门不再变成酷刑。她当场点头，好像赞同这是个明智的建议，我却看着她把处方不断对折再对折，等到我们要回家了，处方笺只剩指甲这么点大，我记得莎拉青春期时我在她房间找到的纸条都比它大。“敏蒂在球场看台下与欧文乱搞。”莎拉的纸条上写着。“需要时，赞安诺十毫克。”则是我妈处方单上的内容。

身为女儿，我可以取她的处方药，虽然她不吃，但每回要奋力把她带上车，我时常得给自己塞一颗药丸。我对此满怀乐观。如果因为吃镇静剂而撞车，先走一个或两个都走，人生也许反倒会轻松一些。

“艾米莉必须上床是因为她结婚了。”她还在说。不过没等她说完，我就把毛巾盖在她头上，也盖住了她的声音。其实她会讲这个，情况就还算好，表示她还有力气侵犯别人，我是宁可如此，也不想在带她走下楼梯坐车时，看她吓得直呜咽。

由于次数实在太多了，我早已不担心邻居会有什么想法。我从曼尼那里知道，许多新来的邻居都以为我妈是被烫伤了，所以拿毯子和毛巾遮疤痕。

“没想到她是这么漂亮的老妇人，”他说，“我很惊讶。”

“是啊。”我说。曼尼然后就会到地下室打杂，但做的什么不太清楚，我每次都不知道要拿什么支付他。

“阿利斯泰只是瞪着我，”我妈盖着毛巾，坐在我旁边，“从此就不过来溜达了。”

“然后换希尔达上门了。”我说。

“自打手术后，他就开始拒绝她。这一点我们是一样的。”

“你是说切除子宫？”

“不是，是拒绝行房。”她说。把毛巾撩起来确认我听得到。

“明白了。”我说。

“下一个！”坦纳又喊。

学生们开始耐不住了，三个姿势通常已到他们精力的最大极限。不过“女人在浴缸梳洗”动作调整的幅度极小，我得再弯下点腰，把手中的袍子换成海绵，然后摆到脖子后。我的肩膀开始痛了起来，但长期以来也已习惯。我的视线抬起来迅速搜寻，找到了画架旁的多萝西，她正专心地注视着我。

杰克来自一个会祷告的家庭。响应这个召唤的是艾米莉，她几乎什么道道都读了：新时代的灵学、基督教的复兴运动，以及臻于崇高的普世包容精神。

我想到从不进教堂，却帮教会墓园照顾羊群的父亲。教会让他有点畏惧，他说：“我宁可跟死人一起，待在外面。”

他自杀后的几个礼拜，这句话的弦外之音让我心惊胆战。如今每件事都串联起来了。就在几天前，他特别温柔地亲着艾米莉与莎拉的额头。我也想起，他从衣柜里挂得整整齐齐的西装中，拿了一套杰克刚送去干洗过的准备穿上。于是我跑到他的工作屋找一张我小时候发现的照片。

照片还在他放工具的抽屉里。我看着这个以后会变成我爸，最后杀掉自己的男孩，回到那时会有多远？

我抱着照片打电话到威斯康星给杰克。他的作品当时才开始受到瞩目，正向古根海姆基金会申请出国。他刚刚离开我们一起住的临时教职员宿舍，在麦迪逊外租了房子，是一栋湖边豪宅的客屋。

“把一切都告诉我。”他说。

“我做不到。”

我努力要说出口，但就是没办法用“自杀”这样确切的字眼。所以杰克只好向我描述湖水，说从他的房子后门出去，走一小段阶梯就直接到达湖泊，水在某些时节还会涨到离门只有几英寸的地方。

“孩子们呢？”他忽然问。

“跟娜塔莉在一起，”我说，“我在厨房。我妈在楼上。”

我紧紧抓着电话线，指甲都变白了。

“说点话，”杰克说，“说什么都行。”

我移到窗前站立，看着外面我爸的工作屋以及莱弗顿家的后院。

“莱弗顿太太的孙子在外面，正在清理一些石板。”我说，“是莱弗顿太太报的警。”

我喉头一紧，抑制着哭泣。我无来由地生气、困惑。我恨每一个人。

“我今早想起他，不过也只是模糊的一闪。我开车送孩子们去参加营队活动，艾米莉昨天拿到了飞鱼徽章。等红绿灯时，我听到后面车子放的音乐，是维瓦尔第。这类过于戏剧性的东西总是惹得我爸发笑。弗瑞斯特大概整首曲子都会背了。”

我把墙边的红色踏脚凳拖过来放在厨房中央，这样我就能坐下来，看着整个餐厅，以及外面的马路。

“他用了我外公的枪。”我说。

我倾耳听，不知道是线路里噼啪一声，还是杰克的呼吸声，总之我们之间有干扰声出现。我说了每件我知道的事。我进门时我爸的样子，我妈则几乎不见人影，但我实在很难再去注意她，还有警察和邻居是如何礼貌亲切，但我却只想把每张脸都一一扯下，把血淋淋的肉块扔到我爸躺着的地方。

我讲了很久，最后杰克才说：“我知道他爱你。”

我张口无言。我想到家里的冰箱中还有伏特加。我想楼上浴室的柜子以及衣柜抽屉里，可能有镇静剂和止痛药。

“这就是爱的证明吗？”我问。

杰克没有给我答案。

我想起那位天主教神父。我爸对我说神父从没说对过他的名字，“见到我爸在照顾羊群，他就叫我爸丹尼尔，而不是大卫。”

“海伦？”是坦纳。他在我旁边。

教室后一阵骚动。我吃力地从椅子上弯腰坐起来。

“来，”他说，“这个穿上。”

他帮我披上薄薄的袍子。“有人来找你。”他说。

“男的？”

“是警察，海伦。”

越过坦纳的肩膀，我看着教室后面。有两个穿制服的男人站到门里，在找一个看不见我裸体画的方向。他们旁边还有一个人，穿着运动外套和便裤，站得直挺挺的。他有一头薄薄的白发，留着小胡子。他环视全场一周，目光落在我身上。

“这堂课，”坦纳宣布，“我们提早结束。下回继续。”

学生们放下炭笔，收起素描本，画架随之碰来撞去。他们拉开背包，开了手机，于是跑出一堆歌声、铃声与鸣笛声，这些似乎都在说，没错，正如他们想的，当他们被关在这里时，有更刺激的事情正在发生。

我想到有一年七月，我收到我妈寄到威斯康星的手工毛料圣诞饰品。它外圈缝上的珠子没有一颗重复，吊环也是用银线编织的，每个细节都很用心。盒子里还有一张卡片，上面写着：“我亲手做的。别虚度光阴。”

学生们慢慢散去，穿运动夹克的男人往讲台走来。“你好，海伦·奈特利，”他伸出手说，“我是罗伯特·布罗马斯，凤凰城的警察。”他的手一直没放下，但我只往前挪了挪，紧抓袍子的手抓得更用力了。

“请说。”我说。

“恐怕要跟你说坏消息。”

“请说。”我想着该如何应对，该说些什么。但一个没有惊喜的惊喜派对，我实在不知道要怎么面对。

“今早有个邻居发现了你母亲。”他说。

我看着他，然后再看看坦纳。

“我听不懂。”

“奈特利太太，她死了。我们有一些问题要问。”

我一个表情也挤不出来。他目不转睛地盯着我，除了看着他，我什么也不能做。站起来离开讲台又感觉太心虚了，等于承认自己有罪。

如果我能让自己昏倒就好了，来点小失忆也行，但我没能这样。以前我看到我爸的样子时我曾想昏倒，却只听见我妈的声音。“她会帮我清理干净。”她对身旁的警察说。我不知道该做什么，只好直接走进厨房，用他的那个病号碗装水，回到门厅时却发现我妈光脚踩在我爸的血上。

“他终究做了，”她说，“我从没想过他会。”

我想揍她，但我知道警察在看着，而且我手里还拿着碗。

12

十二岁时，我在我爸工作台下面的金属小抽屉里发现了一张他的照片。照片中的他还是个小伙子，站在一间老旧的砖造连排房子前。他所在的楼梯灌了水泥，气势雄伟，两侧柱子则是砖块加灰泥的材质。他穿着起皱的白衬衫和打褶的西装裤，系了条窄版的棕色皮带。整个院子显得杂乱无章，他站的楼梯旁边就是加大型垃圾箱的角落，箱子最上边有桌脚和看起来像椅子的东西显露出来。

我一直到十二岁，才听他说起叫兰伯斯的老家。不过新的地图上这个小镇已不复存在，只剩特拉华河上的水坝还用这个名字。

我妈则说那是“脏城”,因为后来小镇被封,居民也被赶走（比较好听的说法是“安置”），当地将筑起一座会改变河流走向的水坝，小镇也被认定从此走入历史。

然而，虽然经过建筑师与绘图师的缜密计算，原本颇有气势地贯穿小镇的土墙还是被四处漂流的除草机以及曾埋在后院的动物尸骨弄得千疮百孔，结果才半年，小镇便淹没在泥与水之中，只剩地势较高的地方露在外面。

他在约翰·沃纳梅克的拍摄地遇见我妈时，这“官方”的洪水刚发生没多久。“这也是我研究水的原因。”他都这么对人解释。与此同时，周边的城市也一个个发展起来，包括凤凰城。“最后兰伯斯只换得一座圣灵活动中心。”每次我们开车经过那座低矮的砖红色及银色建筑，他都会指着它这么说。

到了我十三岁时，他认为我已够大，能跟他一起回被灭顶过的老家了。他准备了两人份的野餐篮，轻吻了我妈的额头。“保重，美人儿。”他说。

四十分钟后，我们离小镇越来越近，连车里的气氛都有明显的变化。小镇静谧的街上，排列着低矮的农舍平房与五连排的砖造房子。不过马路时隐时现，动辄被水淹没长达几英里。

等到我亲眼得见我爸照片中的老家，它却几成废墟。它矗立在一整排被宣判死刑的房子中，虽然预计要拆除，几年下来还是毫无动静。去那里还有一条处处修补过的柏油路可走，两侧也已被水侵蚀出大洞。为避开坑坑洼洼，他得像酒后驾驶一样在车道迂回前进。对我来说，这简直是令人眩晕的嘉年华之旅。

好不容易来到大门外，他牵着我的手，沿着破败的楼梯拾级而上。

“这就是你照片中站的地方。”我说。

“一切都已人事全非，”他说，“在走廊上要小心点走。”

木板尚在，但上面的漆不出所料是早已斑驳、腐烂了。不过已经有人——我知道是他——铺上了一层新的胶合板，可以走到门前不致踩空。我看到一个不是很完美的阿拉伯花纹的边缘有锯齿痕，才明白他锯开木马的拱背是为什么。

一走进前厅，我就注意到老旧的驴耳椅上有盏丙烷灯，是从他工作屋里拿来的。

“这里有些东西，”他说，“不用让你妈知道。”

我在学校已经开始读起那些要偷偷摸摸藏起来、没有列在学生书单上的平装书，我想我还算知道什么是“男人的需求”。我幻想过我和娜塔莉喜欢说的“罪恶渊薮”的样子，应该会有天鹅绒的布幔、抱枕，以及有女人抽的烟斗，长得像花瓶但其实不是。我能想到这样，我自认为也够了。

但我错了。

我根本就不懂为什么会这样。

不是在门厅也不是在前厅，我是走到一楼后面以及楼上卧房后，才了解我爸这些年不弄木马时，都在工作屋里做些什么。他在用胶合板做人像。

走进厨房，我看到墙上钉的木头，它清楚勾勒着两个大人和一个孩子坐在桌旁的情景，我忍不住往后退。

“爸爸！”我说。

“来了。”他说。

他站在门口，原来他一直在我身后。

“太酷了。”我说。

虽然我没有看他，但能感觉到他露出了罕见的笑容。

“真高兴你喜欢。”

我走上前，用食指轻轻摸着孩子头部的轮廓。我小心翼翼，以免自己被扎到，因为它们既粗糙又没有上漆，还用了各种各样的螺丝和钉子固定着。

“这是你吧？”我问。张开手掌贴着孩子的胸部。

“没错，”他说，“和我爸妈。这是我第二个作品，你那时还非常小。”

我意识到，这代表他用胶合板做出一个家已经有十多年了。那一刻，这个连我妈也不知情的秘密，让我一阵激动。

“你那阵子就是来这里吗？”

“不是，”还是那个标准答案，“那时我到俄亥俄州拜访亲朋好友去了。”

十三岁的我已知道父母在说谎，但还是不知道个中原因。

这里的房间没有暖气，因而很冷，胶合板人像四周的水泥也掉得地上到处都是，但我懂他为什么喜欢这里。除了树枝拍打窗户的声音外，这里几乎是一片死寂。偶尔，窗玻璃还会被弄破，我爸说因为“树想占领这个地方”。

“准备到楼上去了吗？”他问。

“爸爸，这太诡异了。”我说。

“我能相信你，是吧？”他问。眉头因焦虑紧皱了一下。

“你不想让我说出去的话，我永远都不会说出去。”我说。

我们一起爬着楼梯，好像要去楼上参加隆重的宴会一样。这里的人像更多，左边的房间里，是一张床后面有个人。从手肘到墙壁的角度，看得出这个人是站在床尾。

“这是我妈，来叫我起床。”我爸说。

“这又是谁？”我指着一个干瘦的人，因为没有着色也没有明暗，他手上拿着的东西看起来像是条绳子或蛇。

“那是医生，他来帮我的胸腔听诊。”

我转过身去看着他。

“我经常生病，”他说，“我妈很辛苦。”

在另一个房间我想我认出了自己，不过我没开口，只是指着钉在墙上的人。

“是的。”他说。

这是二楼最小的房间，里面还有另外两个人，我没有问他们是谁。如果那个比较大的，看起来八九岁的人是我，那旁边的两个襁褓应该就是我未出生的弟弟或妹妹。

最大的房间里放的是两个比手画脚站着讲话的大人。房间中央放了个木马，很像他以前帮我做的，或者每年为东正教儿童节画的那些，不过这个简单多了，还看得到用铅笔标示色块区隔的记号。

“为什么不上色？”我问。

“我想过，”他说，“但我希望它看起来像在家里。如果你想骑骑的话，就去啊。”

“爸爸，我太大了。”我说。

被厚重眼镜遮着的眼睛神色悲伤了起来。

“在这里不算，”他说，“在这里，你不会长大。”

我看着爸爸，胸口一阵痛楚，好像房间的空气不够我呼吸似的。

他对着我笑。我不想让他失望，所以我也笑了。

“我示范给你看。”他说。

他摘下眼镜，小心地把镜架叠好后递给我，然后用拇指和食指揉揉鼻梁两侧。我用双手捧着镜框，因为我知道，没了眼镜，他的世界只是些模糊的线条和颜色。

他小心地跨上木马。

“我得承认，”他说，“我从没试过，所以也不知道它到底能承受多少重量。”

他坐在木马平坦的背上，双脚踏地，没有把脚抬起来放在两侧的木钉上。我很庆幸他的眼镜在我手上，这样就算我的脸抽筋了，看起来也像在微笑。

他轻轻地在木马上前后摇了摇，几乎是用双脚在支撑重量。“希尔达说我装了太多螺丝，好像它们要载的是一匹马！”他笑着说卡斯尔太太的玩笑话。

胶合板的弧度直接压在木地板上发出的声音，我总觉得听起来不太对劲。因为这和我妈教的不一样，她觉得家具下面就要铺地毯，杯子则要放在碟子上。

“我要再往上去。”我说。

我爸把木马停下来。

“不，甜心，”他说，“就这里而已。”

“不是还有楼梯吗？”我说。

“只是个小阁楼，那里没有放人像。”

他站起来，双腿仍跨在木马两侧。这让我肯定他还另有秘密。

“我要上去了！”我倒是开心，拿着他的眼镜转身就跑。

我扶着栏杆踏上台阶，听到我爸跌跌撞撞的声音。

“亲爱的，别！”他大喊。

在楼梯的尽头，一扇镶有四片玻璃的门紧闭着。我握住冰冷的陶瓷门把手。

“你不会喜欢你看到的东西。”

“噢，这样。”我转过头说。“这就是人生。”这是弗瑞斯特在客厅跟我妈聊时经常说的一句话。她一抱怨，他就会说：“这就是人生。”然后带着她继续讨论特罗洛普，或者他们都读过的伊迪丝·华顿的《月光乍现》，弗瑞斯特曾送过她这书的第一版。

我转动门把手，踏进房间。

它比楼下的房间都小得多，只有后面有窗，能俯瞰兰伯斯沉没的陆地。三楼不像一、二楼，视线不会被树遮住。我远远就能瞧见特拉华险恶的内陆弧线。

我爸也上来了，在门口站着。还好他楼梯爬得慢，我才有时间看着这里的风景。没有了眼镜，他的眼神看起来很失落。

“在这里。”我说。他手忙脚乱地接过戴上。

“最前面是储藏室，你可以从那个小门爬进去。”

但我紧盯不放的是地板上包着蓝被套的床垫，以及乱成一团的毯子与枕头。我想起那些他离开我们的日子。

“我有时会睡在这儿。”他说。

我移动脚步，只让我爸看到我的背影。地板上床头旁有几本平装书，一本是火车的摄影史，它曾经放在他们卧房的床头小桌上。还有一本是情诗选集，那是他送给我妈的圣诞礼物。我还看到，在散落的侦探小说底下有条肉乎乎的大腿，是杂志的裸女照片。她的皮肤看起来有点带橙色。

“我喜欢在夜晚眺望这地方，感觉好像躲在窝里。”

“你那时候真的在俄亥俄吗？”我问。

“海伦，我是到医院去了。”

我接着问。

“那出差呢？”

他没回答这问题，走过来把手放在我肩上。他俯身亲亲我的头顶，动作就像亲我妈一样。

“我真的是去出差了，”他说，“但有时回家的路上，我会在这里过一晚。”

我甩开他转过身去，脸颊发烫。

“你丢下我，让我一个人和她在一起。”我说。

“海伦，她是妈妈。”

我摇摇晃晃走到床垫旁就跌倒了。但他一过来，我马上跳起来走到床头，我们，还是隔着蓝色被套和发臭的床单好了。

“每次都待一两晚而已。”他说。

我一脚踢开情诗选集和侦探小说，看到了那个橙色女人的样子。她的胸部比我想象的还要大，让我顿时觉得可笑。

我们盯着那女人看。

“爸爸，她好恶心。”我说。那一刻，我连生气都忘了。

“确实，”他说，“她上半身太大了。”

“看起来像怪物。”我说。脑海里不断浮现“医院”这两个字，这是怎么回事？

“海伦，她是个美女，”他说，“胸部是每个女人身体自然的一部分。”

我下意识让双手在胸前交叉。

“真下流！”我说，“所以你是来这里看这个下流的怪女人，丢下我和妈妈。”

“是的。”他说。

我没问为什么，因为我从来没把它当成问题。

“我能和你一起来吗？”

“小豌豆，你已经来了啊。”

“我是说，我能睡在这里吗？”

“你明知道不行。我们要怎么跟妈妈讲？”

“那我要告诉她这个地方。”我威胁他，“我会告诉她杂志的事，我也会告诉她小房间的胶合板小婴儿！”

我一句比一句更击中要害。其实床垫或花花公子兔女郎或来这房子，我怎么说他根本不在乎，他在意的是那些胶合板人像。

“我没教过你这样铁石心肠。”

“那医院的事呢？”我问。

他看着我，思索着。

“我们去野餐吧，到时我再告诉你。”

那天下午晚些时候，在他从小长大的小镇里，他带我四处看一些还幸存的地方。我们的野餐是吃鸡蛋沙拉三明治加小黄瓜，以及他自己做的巧克力脆片饼干。我喝保温瓶里的牛奶，他则是两罐可口可乐，一口气喝完后还打了好大一声嗝，我还没听过有谁这样的。我忍不住一直笑，他拿我一点办法也没有。结果我因为笑得太凶而频频咳嗽，像在号叫似的。

“我们在这里等天黑吧。”他说。

这是一份礼物，我已无心再问医院的事。有一部分的我对这个小谎还很高兴，因为这让他看起来正常一些了，即使只是假装的也罢。你爸到哪儿去啦？去俄亥俄拜访亲朋好友了。从那天起，我就决定任何事情我都不怪爸爸，不管他离开、软弱，或者撒谎。

13

和杰克结婚刚过一年，我就开始频频做噩梦。都和盒子有关，满满地摆在桌上或围在圣诞树下的空礼盒。不过盒子都是湿的，纸板颜色也灰暗了。而里面装的，是我妈的碎尸。

杰克学着慢慢叫醒我。当我咕哝着他一开始觉得颠三倒四、难以理解的话时，他都会按着我的肩膀。“海伦，我在这里。艾米莉在婴儿床也没事。海伦，我们去看看她。我们都在你身边。”他曾在什么地方读过，重复喊睡觉的人的名字，有助于带对方回到现实，所以当他看到我快醒了，就会这样叫我。我会睁开眼睛但还是一片茫茫然，直到听见他在叫他自己、艾米莉以及我的名字时，瞳孔才会像摄影镜头一样，调整、再调整，然后拉近。“做噩梦了？”他接着问。我慢慢地离开了那个国度。梦中，我会剁掉我妈，还在盒子上贴标签，我爸则在屋子里晃悠，还吹着口哨。

学生们都快走完了，坦纳对着他们离去的背影大喊要交家庭作业，但没人理会。我走到小隔间准备穿上衣服。

“我们会在教室外面等你。”警察布罗马斯说。

听见他们走出去关上门，我就光着身子坐在木椅上，紧紧抱着袍子发抖。我终究做了这样的事，看来纸是包不住火了。

“海伦？”

是坦纳。

“你还好吗？”

“请来一下。”我说。

坦纳走进隔间，在我前面跪着。有一回我们曾意图发生关系，结果只是喝到烂醉，互诉自己沮丧的人生。他一跪下来，我便看到他开始秃的头顶。

“你得穿上衣服。”他说。

“我知道。”我盯着自己的膝盖，皮肤跟我妈的一样有皱纹了。而关节则像在处理厂切掉了脂肪。大腿、手臂都可以做成史卡斯戴尔瘦肉饼，放在肉类冰柜里，火烤香煎两相宜。

“不会有事的，”他说，“警察都怪里怪气的，他们只是想问你妈的生活作息之类的，我房东太太死的时候也是这样。”

我想点点头。有一度我甚至觉得自己真的在点头，但我的脑子好像裂成两半了。我看着坦纳。

“我没哭。”我说。

“没有，海伦，你没有。”

“都结束了。”我说。

坦纳并不了解我生活的细节。不过喝醉的时候，我曾提到我觉得我妈正日复一日、年复一年榨干我的生活。我不知道他是否能明白“都结束了”的意思，或者尽管他一向有无政府主义者倾向，但仍为那些感伤主义者在全世界创造的母亲形象感动不已。

“我来帮你，”他说，“这是你的毛衣？”

他从收纳柜拿出毛衣，塞在里面的胸罩也一并掉出来了。他赶紧从脏兮兮的地板上把胸罩捡起来。

“对不起。”他说。

虽然多年来每个礼拜，当我把袍子往后一脱，让它掉到椅子上，坦纳就会看到我的裸体，但此刻我却觉得自己好像从来没有真正在他面前脱过衣服。他拎着我的胸罩，好像那是一件等着我穿上的衣服。看着他努力要帮我穿衣服，我明白不论有多难，我都必须奋力控制住自己，正常地表现。

我拿过胸罩放在大腿上，勉力挤出一丝笑。“谢谢你，坦纳。”我说，“我这就穿好。”

他把左手伸过来，我递过我的让他握着。我起来时，他非常温柔地俯身，亲了亲我的头。

“星期一早上十点你会出现吧？”

这一次，我点点头。

娜塔莉进来的时候，我正拉上牛仔裤的拉链。

“你来了？”

“是的。”

她穿着 DVF 长裙绕进来，身上有刚喷的香水味。她的脸脏脏的，脸颊有哭过的痕迹。

“他们刚来二三〇找你，我就赶紧穿上衣服。我能抱抱你吗？”她问我。即便是现在，我还是一副拒人千里的样子。

她的温暖融化了我，我需要她就像我需要一个母亲一样。然而我的本能让我想到这有多危险。能给我安慰的事情，会让我松懈。

我想抓着她。抓着她的大胸,抓着她身上我们最近读到叫“更年期肥肉”的东西。我想扯住她染过的可笑头发，连根拔起。我想这么做是因为我做不到我最想要的，爬进她的身体，消失。

她的手滑过我硬而短的头发，到我脖子后面，然后抚摸着我瘦削的肩胛骨。我哭了。但我不明白，这到底是因为我该应景这么做，还是因为娜塔莉的安慰勾起了我的痛苦。

“杰克呢？”她问。她稍往后退,双手放在我肩上。我看着她,很高兴自己的眼角有泪水。这会让我更加心柔如水吗？必要时我还能做到吗？

我记得我们串好的台词。“我不知道。他应该会来接我，他去找一个以前的学生，现在在泰勒大学教书。”

“所以他很快就会到了？他可以和我们一起去。”

“和我们？”

“去警察局啊。”娜塔莉说。

“什么？”

“海伦，你妈是他杀。”

我重重跌坐下来。

“警察没跟你说吗？我以为你知道了。”

我努力不抽搐。“被谁？”

“亲爱的,我以为他们告诉你了。对不起。听我说,穿上你的鞋。他们会告诉你所有事情。”

“知道嫌疑人了？”

“我不知道。我在跟一个讲的时候，另外一个穿运动夹克的家伙把他打断了。”

“是刑警布罗马斯。”我用单调的声音，一个字一个字地说。

我想着杰克，以及我们的结婚誓言：你愿意跟这个人一辈子结为夫妻，不论患病、或行为过分?

“你的鞋。”娜塔莉说着用脚把它们推到我椅子旁。

门打开了，我听到杰克在门厅的声音。

“她好了没？”一个陌生的声音说。

“就来了。”娜塔莉的声音在发抖，“稍等一下。”

“她丈夫来了。”

“让他进来，没关系。”

“警察在问他问题。”

娜塔莉和我面面相觑。等套上鞋子，我已一切准备就绪。

我抓起包，有一瞬间误以为我妈的辫子还在里面。杰克知道这事。没有他，辫子可能还在床上像条蛇一样盘着。

“要口红吗？”娜塔莉说。

“亲我。”我说。她毫不犹豫地吻了我，我抿着双唇，让唇膏化开。

“好了吗？”

“走吧。”

“好恐怖，到底怎么回事？”快到门口时，娜塔莉说，“好在有杰克在。这是老天冥冥中的安排。”

我没办法告诉朋友这跟老天没关系，这一串事件全是我二十四小时内亲手造的孽。用毛巾压她的脸，用毯子包住她伤痕累累的身体，把粉红玫瑰花瓣衬裙塞在收纳柜与墙壁之间，还让银色辫子的碎发残留在马桶上。所有的事情，就和打电话给艾弗利把杰克叫来一样，都是这双手造成的，它正拿着皮包、伸出去把门打开，又握着刑警布罗马斯肥厚的手掌。

我看到杰克正坐在对面教室的讲台桌上，他作势要起身，却被压住肩膀制止了。

“你丈夫正在回答几个简单的问题。”布罗马斯说，“一会儿就轮到你。”

我的视线落在他肩膀上，深蓝色的羊毛外套上满是头皮屑。他有深褐色的眼睛，长长的睫毛，让我想起我爸过世后，我看了五年的心理医生。“观察，观察，观察，”我曾经跟医生这样说，“你们就只会这样？”

有个迟到的学生经过，耳机开得很大声，她像傻瓜相机一样转过头来，又继续走了。

“我们可以走了。”娜塔莉说。

“走？”

“是啊，警探，”她说，“我想陪她去警察局。”

布罗马斯笑了笑。“没什么大事，”他说，“我们只要找间空教室利用就行。”

我盯着杰克。他的两只脚在桌边晃来晃去。虽然他身高不矮年纪也不小，但对我来说，这种时候他就像个孩子。他来帮我，还爬了窗，我的事情他是脱不了干系了。我还记得我们对好的台词。他看在我们以前的情分上来帮我妈修窗户。

“我们能进去这里吗？”

“这儿？”我指着我和娜塔莉刚刚踏出来的门。

“是的，如果你不介意的话。”

娜塔莉被要求在门外等。布罗马斯叫了一个穿制服的警察过来，我们三人走进教室。

“对你的街坊来说，这是个十分令人困惑的早晨。”布罗马斯说道。

他观察着教室，找能坐下来的地方，最后他指了指讲台。

“那里有把椅子，可以吗？”

“当然。后面隔间还有一把。”我说。

“查理，你能去拿一下吗？两把都搬到这里来。”

“事实上，”我说，“坦纳教授会希望你别移动那把椅子。他摆在那里是要在星期一延续今天的动作。”

布罗马斯笑了笑。他脱掉深蓝色的外套，从第一排画架找了一个挂上。“我们刚刚跟你丈夫谈过，他是个艺术家。你是因为这个才踏进这一行的吗？”

“是的。”我说。

叫查理的警察把我刚刚坐的椅子拿过来，对着布罗马斯放下。

“把它放到另一把旁边好了，”他说，“可以吗？”

我走到讲台上，坐在摆“女人在浴缸梳洗”姿势时代替浴缸的椅子上。布罗马斯转身从外套口袋里拿出一本笔记本。

我记起我发现过的一本小记事本，一定是从杰克的夹克口袋掉出来的。里面他记录了冒着寒冷外出的事。

> 在雪中花了四十分钟等冰柱滴水。人躲在树下。
>
> 我能把冰打破，徒手像焊接般融化它吗？
>
> 树叶跟羊皮纸一样薄。完美的东西要如何再加装点？

“准备好了吗？”布罗马斯问。我们面对面坐着，那位制服警察则在门口守着。我看了他一眼，察觉到一种厌倦感，好像今天和别的日子一样。

“我朋友说我妈是他杀。”我说。

“是的，之中有人为因素。”

“是谁？”

“我们还不能确定，”他说：“她是被邻居发现的，躺在地下室。”

“卡斯尔太太，”我说，“她有钥匙。”我主动回答了可能会有的问题。

“事实上，她没用到。她发现后面有扇窗户被撬开了，于是找了一位小姐去帮她。”

布罗马斯查了一下笔记本。那是一本小小的皮面装帧薄，有条红缎带标示着他要找的地方。

“是玛德琳·弗莱契，她爸就住隔壁。”

有一瞬间我在想这个文身奇人那样溜进我妈的房子，肯定会让她很不高兴。

“没错，”我说，“那是我丈夫昨天本来要修理的窗户。”

“它当时是打开的。”布罗马斯说。

“不该是这样子的。”

“卡斯尔太太也说到昨晚你人在，她晚上七点还看到你的车在屋外。”

“没错。”

“你在那里做什么？”

“警察先生，她是我妈。”

“可以的话，请说明一下你做了什么，以及你离开时的情形。她当时是睡是醒，穿了什么衣服，你有没有接到什么电话，有没有听到奇怪的声音，是不是有谁或什么事情让她害怕？”

“我妈每况愈下，有段时间了。”我听见自己说。提到老年人时我最恨不痛不痒的老生常谈，现在我却竟然说了，“几年前她得过严重的结肠癌，从没真正复元。她的医生说如果活得够久，肠子的癌细胞也会自己寿终正寝。这是个小玩笑。”

布罗马斯清了清喉咙。“是这样没错，不过听起来还是很辛苦。我们和卡斯尔太太谈过，我知道她帮了你母亲不少忙。还有谁会常去那房子？”

我低头看我的手。我已经不戴任何首饰了。我不喜欢挂在身上的累赘感，每次去餐厅，吃到最后我的戒指、耳环都会堆在一旁的餐垫上，戴着它们我没法说话。

“最近没有。”我说。

“卡斯尔太太提到不久前房子里发生了一件意外。”他刺探性地说。

我抬起头来看他。

“我发现我以前的房间里有个安全套。”

“然后呢？”

“我们都认为一定是那个小伙子的，他会来帮我妈跑腿，有时候屋前屋后打打杂。有些事情我妈没法自己做了。”

他查阅着笔记本。“曼尼·萨弗洛斯？”

“没错。”

“沃森路一五二五号？”

“那是他妈的房子。”我说，“卡斯尔太太当众指责他后，他就消失了。”

“消失？”

“你觉得会是他吗？”

“我们正在追查每一条线索。”

“我不想让曼尼惹上麻烦，但……”

“嗯？”

“还有件事我没跟任何人提过。”

“那我来做这第一个。”他说。

我知道这正是播种的时刻。我一开口，便感觉脸颊涨红了。

“大概同一时间，我妈珠宝盒里的东西不见了。”

“你没向警方报案？”

“等我注意到，已经是好几个星期后，曼尼也早跑掉了，所以我把锁换了。总之，我不想让我妈心情不好，虽然大部分首饰她都多年不戴了。”

“明白了。顺便说一句，过去的二十四小时，你妈并不是这附近唯一去世的人。”

我知道他要说什么，赶紧把表情收起来，深藏不露。

“莫非是弗瑞斯特先生，是吗？”

“为什么你觉得是他？”

“因为我很喜欢这个人，”我说，“我打小就认识他了。”

“那莱弗顿太太呢？”

我很快吸了一口气，以手掩口。这动作太过刻意，当下便让我感到羞赧。

“今天早上一个清洁妇女在卧室发现的。”

虽然明知刚才看到，莱弗顿太太被救护车送走时还没死，但我忍不住想，至少我妈死的时候，还有我在旁边。

“到底，她们是怎么死的？”我问。我感到毛衣底下已微微出了身汗，并且双手湿冷。我为什么没有一开始就问？

“死因不同。清洁工发现莱弗顿太太时，她已人事不知，但还有呼吸，她是在送往医院的途中死在救护车上的。”

“那我妈呢？”

“昨晚你离开你母亲家是几点？”

我直了直身子，想找出他即将指控我的迹象。但他只是和善地看看我，然后用拿笔的那只手不断拉扯右脚裤管上的褶皱。

我记得莎拉教我的一个说法，二线小生。它是演艺圈的用语，指那些只能衬托大帅哥的绿叶。这些人的发色、身高等也多匀称有特色，但可能就是平板、逊色了一些，所以从来没机会当上主角。可能是下巴不够有型，双眼分得太开，或者耳朵招风。我认为布罗马斯就是那种二线小生。

“想知道她怎么死的。”我说。

“这我一会儿再回答。你什么时间离开你母亲的房子的？”

“刚过六点。”我说。我还不至于畏畏缩缩，虽然卡斯尔太太说她在七点时还看到我。

布罗马斯把笔记本往前翻了几页。他在椅子上端坐好，清清喉咙。

“你是直接回家了吗？”

“不是。”

“你去哪里了？”

“卡斯尔太太应该告诉过你，我妈的状况有多差，”我说，“昨天我妈竟然认不出她来。”

“她说了。”

“我知道我应该打电话到收容所，但只要他们带她走，她大概就再也见不到自己的家了。”

我发现自己哭了。眼泪滑落我的脸颊，我用毛衣的袖子擦了擦。她永远不曾要被迫离开自己的家，我想说，你知道这对她有多重要吗？

“我开车兜了一圈，”我说，“去一个我平常总去的地方，去想些事情。”

“那是哪里？”

“它靠近农田，再往上就是耶洛斯普林斯了。从那里可以看到利莫瑞克核电厂。”

“你在那儿待了多久？”

我暗暗算一下我跟哈米什在一块儿的时间，然后加上实际还在我妈家的那一个小时。

“大概三小时。”

“你坐在那里想了三小时？”

“不好意思，我睡着了，我妈实在是非常累人。”

“之后你就回家了？”

“是。”

“你曾打过什么电话，或跟谁说过话吗？”

“没有。你能告诉我，我妈是怎么死的吗？”我的谎越撒越大，这一点我清楚。

“她是在地下室被找到。”

“地下室？跌下去的吗？”我没讲下去。自己听来，都觉得太假。

“还不能确定。今天下午我们会安排验尸。昨天你母亲穿的是什么？”

我说了被我剪开的裙子，被我脱掉的上衣，以及她灰扑扑的胸罩。这些肯定都已经在厨房地板上被搜查到了。

“她习惯自己穿衣服吗？”

“是的。”我说。

“你母亲常常出门吗？”

“她有惧旷症，”我说，“很难离开家。”

“我是说在院子里转转，或者说，到厨房外面的楼梯上捡垃圾，这一类的事情。”

“她很固执。不让卡斯尔太太和我做任何事情。”

我以为谈话才刚开始，但布罗马斯把细细的红缎带放到当前的页面，然后合上笔记本。他明显放松了许多，好像在挥旗说下班了。

“我可以问你一个私人问题吗？”他说。

“我能看看她吗？”

布罗马斯站起来。我还坐在模特椅上。

“明天，验尸过后。”他说，“在这里是什么样子？”他用手势比了比这个房间。

“什么什么样子？”我问。

“做你做的事情谋生？”他笑得倒轻松。我讨厌这样。我讨厌是因为我没办法叫他滚蛋，因为我知道他在好奇什么。半带诚意半带色心。

“跟其他工作没两样，只是要露得比较多。”我说。

他嘿嘿笑着，走下讲台，似乎在暗示我可以起身了。

“还有一些我们想谈谈的人还没找到，邻居都在上班，或忙乎去了。”他从画架取下夹克套上，“有些指纹、脚印要调查。我们在边门发现一小滴血，可能是你母亲的，她的尸体被移动过。”

我从讲台上走下来，感觉身体发飘。

我想象自己全身赤裸，蜷缩在我爸工作屋里的澡盆内，墙上掉下来的工具、挂钩，恰好插进我没有血色的肉体。

寒意杀人。杰克在日志一开头就草草写下这句话。我想到在我青春期时，我妈总是从我卧房窗户探出身去，把那些藤蔓编了再编。对她来说，替我防着莱弗顿很重要，所以每隔一段时间她都要冒一次从二楼往下掉的危险。她为什么毫不恐惧？她有如此爱我，或者其实跟我毫无关系？又或者，我的出生只是在延长她的恐惧？

制服警察把门打开。

"你可以去找你朋友和丈夫了。噢，"布罗马斯说，"对不起。是你前夫，对吧？"

我点点头。我一走下讲台就发现自己极需要找把椅子，但却只能尽可能若无其事地在讲台的地毯边缘直往下蹲。

"对。"

"你们俩离婚多久了？"

"超过二十年了。"

"挺久的了。"

"我们有两个女儿。"

"你们感情很好嘛，他还会来修理你母亲的窗户。"

"是。"

"专程从圣塔芭芭拉来？"

"事实上，"我说，"他还要到城里见他的……"

布罗马斯打断我："是，是。他对我提过一个名字。查理，我们走吧。"

我站起来往门口走去。我想到两个女儿小时候玩的影子游戏，其中一个要走在另一个正后方，前面的往左后面的就往左，前面的靠右后面的也靠右，这样在正前方就永远都看不见那个影子女孩。

我看到娜塔莉和杰克在对面教室讲话，两人都坐在第一排座位上。在这个比较传统的教室里上的都是艺术史和西方思想课程。连在一起的课桌椅是淡淡的柠檬黄，刻画出他们身体的曲线。

警察正沿着走廊离开，布罗马斯稍稍落在两位制服警察后面，他正用手机通话。我听见他用一种指示性的语气跟谁说“发带”，也提到了“辫子”。

面朝门口的杰克先看到我。

娜塔莉坐在学生课椅子上，笨手笨脚地转过来看我。“我有时真不知道你是谁。”她说。

我感到胃往下坠。我想开口说话，但看到杰克用力地左右直摇头，用嘴形说：别。

娜塔莉会针对的只有一件事。他为什么要跟她说？

“我很抱歉。”我说。

“你在他包尿布的时候就认识他了。”

那对我不重要。很多五十五岁的男人与三十岁的女人睡觉，而且我确信当中不少人认识他们的猎物时，对方也都只是婴儿。不过很不幸，我唯一能想到的例子只有约翰·罗斯金和十岁的罗茜·拉图什。

“这是两厢情愿的。”我说。

“老天！”娜塔莉说。她的视线从我身上移开，盯着黑板。我循着望过去。有学生趁教室没人时，在黑板上画了一根巨大的阴茎，吮吸着它的人画得很是夸张，像极了坦纳。

“你和哈米什做爱了？”杰克不太相信。

“昨晚，在她车上。”娜塔莉说了，“我打电话回家和他说你妈的事，没想到竟然听到这个！他说他爱上你了。”

“你对警察说了我跟他在一起吗？”我问，知道这会跟我刚才说的冲突。

“这就是你在乎的？你没别的可说吗？”

现在连杰克也瞪着我。“你带他去看利莫瑞克了。”这不是个问句。

我点头。

如往常一样，娜塔莉的裙子显得松松垮垮，让深V领口低低地敞开，露出胸罩与乳沟。

比较起来，我就像能连根拔起的小树苗，易断、脆弱且易燃。适合喂火或欲望。

“今天下午安排要验尸，”我说，“陈尸地点不是命案现场。”

娜塔莉起身，朝我走过来。

我低下头，不敢看她的眼睛。

“我想，对他我应该要恭喜，”她说，“哈米什老早就想和你去兜风。”

“那对我呢？”我问。

“要听真话？”

“是。”

“我累了。我厌倦住在那愚蠢的房子里，厌倦了工作。我也正在跟某个人见面。”

“唐宁镇的承包商。”我说。

“我知道你不会同意。”

“我现在没有资格去说别人。”我说。

娜塔莉举起手摸着我的脸。我发现，这动作和哈米什一模一样。“但你却在这样做。”

我们三个走出艺术村。经历了前一晚，又加上这天的摆姿势与警察问询，我全身关节都紧张得发疼。我真想再去大楼后面，坐在早上眺望那株老迈橡树的地方。

“还记得我爸那些胶合板人像吗？”我对娜塔莉说。我们站在停车场，杰克的红汽车在阳光下闪闪发亮。

“嗯。”那些东西她只见过一次，在它们被毁掉前。杰克只曾耳闻。

“对他而言，那些东西比我和我妈真实。”

“看到你我就想吐。”她说。

她把手伸进挎在肩上的包里找钥匙。它们并不难找，因为在娜塔莉丢过几十次钥匙后，哈米什送了她一个带着一只巨大红色猫咪的钥匙圈。

杰克试着找话：“莎拉今天会来，恐怕我们没什么好消息迎接她了。”

他双手插口袋，这是他让自己不致坐立不安的方式。也不知何故，我想起他穿在毛衣底下的T恤衫：活着真好。

“我要上约克城找我的承包商去。今天第一次跟他妈妈见面。”娜塔莉对杰克说。她看都不看我。我忽然变成这些正直公民中间的不定时炸弹了。如此说来，我是杀死了唯一能让我看起来正常的人？

一会儿之后，我躺上了杰克车子的后座，整个人缩成一团，就像前一晚在自己车上那样。娜塔莉从我旁边走开，没说一句再见。

“保重。”她对杰克说。

“娜塔莉，能再见面真好。”

“我也这样觉得。”她说。杰克发动车子，我闭上眼睛。小的时候，我爸开车我也都是坐在后座，哪怕副驾驶座没人。我没跟娜塔莉说我妈的事，以后我也不会讲。

后来，兰伯斯那幸存的部分也毁了，为了开一条辅路和一座畅货购物中心。我写了一句话给我爸：万物只为我停留；于我一切未曾消逝。我不记得这是谁说的，也忘了它的上下文是什么。

杰克不再画我了。我以为他迷恋冰覆着叶，或者压碎的莓果混合着雪能当染料，只是一时狂热。我以为他还会回到我身边。然而之后，他开始用土与冰、树枝与骨头创作，完全把人类肉体抛到了脑后。

他最初的塑像都很简陋，艾米莉发现时一副发现新大陆的样子。那件作品以草和土混合而成，把冬天的草当作茅草，为泥巴塑形。如果不是艾米莉喜欢，我可能会立马用什么包住手，迅速拿起来丢进马桶。对我而言，它只是马桶后面的地板上一坨稍有不同的大便。要不是艾米莉要我趴下来，还把它拟人化了，我大概连看都不会看。

杰克做的是个小塑像。当我还目瞪口呆地望着它，艾米莉已经以孩子独有的反应，一下子从跪姿换成伸长着两腿的坐姿，开心地用掌心拍打着大腿。

“爸爸！”她尖叫起来。

“海伦，她很怕马桶。”杰克之后说。因为我把那麻烦东西拿起来，放到了一个小瓷盘上，那是他每天回家时放钥匙和零钱的地方。

“所以这个就是你治疗她的方式？用这种狗屎做的驴子？”

“是泥巴，而且那是条龙。”

那一阵子如果想跟他讲话，都得在租住的小屋的前门到洗澡间之间叫住他。他会在走廊上就开始脱衣，剥掉层层的围巾、帽子、连帽外套、背心和厚实的格纹羊毛衬衫，等他走进卧房，就穿得像个要坐下来吃晚餐的正常人了。

那天我把放在瓷盘上的塑像举得老高，一路从前门到卧房追着他。

“她喜欢吗？”到卧室时他才问。

他在高领毛衣外又套上一件劣质的混纺毛衣，底下还有保暖内衣和好几层T恤，每个昏暗的清晨，我都会看到他这样穿上。靴子往往在进门前就先脱掉了，至于下半身，那条在军队剩余物资商店买的旧军裤，以及肥大的羊毛袜都会穿进门，那羊毛袜看起来像仙人掌一样刺人，所以里面还需要一层来包住他多汗、容易冻伤的双脚。他手上什么都不戴，坚决说它们自己会适应寒冷，然后他也会变得更灵活，能够在外面站更多时间，做更精致的活儿。

“她当然会喜欢。”我说，即使事实摆在眼前我也不想让步。再怎么难带的孩子，看到用泥巴做的动物出现在半开化世界般的马桶基座旁，也会欢天喜地。

他转向我。他的双颊被风吹得总是通红的，因为他的羊毛帽最多只能遮到眉毛，而围巾也只能系到鼻尖的位置。他的眼睛遇到踢脚板散发出的暖气而显得水汪汪，看起来更水蓝了。

“那就是我想要给她的，”他说，“当她面对那样的事情时也能笑出来。”

我没有说我很忌妒，不是对小孩，而是对他开始做的东西，但我也没有求他继续画我。

他把所有的T恤和保暖内衣一次脱掉，全扔到床上，然后走进浴室准备开莲蓬头。我穿着衣服，跟着进入淋浴间。

“海伦，你要干吗？”他问道，但带着笑。

“上我。”我说。

我没有去想自己是怎么了。事实上我已经开始追着杰克，就像我曾亦步亦趋地追着我妈一样，我试着当一个他们想要的影子女孩。

我感觉到杰克正经过减速带，已快出韦斯特莫尔大门了。

“起来跟我说话，”他说，“我知道你没睡着。”

我用手臂撑起身体，就像在瑜伽课堂上准备从万用的休息式中起来。

他从后视镜里盯着我的眼睛。

“所以闷死你妈后，你决定勾引娜塔莉的儿子？是这样的先后顺序吗？”

“是。”

杰克摇摇头。“你这是在欺骗孩子。”

“他三十岁了。”

“嗯，我的是三十三岁。”他说。

“你的？”

“她叫菲恩。”

“菲恩？这是什么名字？”

“她爸爸给她取名菲尼亚斯，昵称菲尼，她顶多能改成这样。她在圣塔芭芭拉的艺术博物馆工作。”

“她人怎么样？”我问。

“我们不是应该谈其他事情吗？”

“北方监狱？”我说。

“我想的是我们要和莎拉说什么。”

他把车停到汉堡王对面的空地上。那里有家叫“四角落”的商店，但我从没进去过。

“你想要点什么吗？”他问。

我摇头。

我看着杰克替一个年轻妈妈开门，她一手推婴儿车一手抱着孩子，我想到那个春天，我妈把我的电话号码给了一个正在挖新下水道管线的男人。

“我说过了，别问都不问，就把我的电话号码给别人。”我说。那时那位下水道男士已经打了三次电话给我。

“你要悲惨过活是你的事，”她说，“但如果你不喜欢的话，你就不该如此。”

说说是容易。她就会站在厨房里，对我下猜猜看的战帖，想要为我的人生画下句号。她到底知不知道自己在说什么？

我不免想，我爸举起手枪的时候，他脑袋中响起的是什么节拍。他脸着地倒在楼梯间，血往上喷溅，血流像下滑的曲线沿着楼梯滴下。他是当着她的面举枪的。她是否曾像个交警似的指挥他的头脑，请求他住手，或者请求他往前走？

我下车，关上车门，看到杰克走出商店。

“买烟了。”杰克说，“都是你干的好事。上车。”

这次我坐在副驾驶座。

他关上车门。“早上从你妈家来这里的高速公路上，我看到旁边有座公园。我们需要找个地方谈谈。”

我点点头，他开始发动车子。

“莱弗顿太太原本会是证人。”等车子开上公路后，我说，“她昨晚看到我们两个在侧门外。那时我还没有用毛巾下手，只是和她坐在那里。”

杰克没说话。晚上的微风又吹来了。我眼前仿佛有树梢在风中摇晃，以及卡尔·弗莱契家后门外的灯光，也似乎听到从他收音机里传出的微小声音。他女儿玛德琳昨晚在那儿吗？她看到什么了？

“那里，就是我之前看到的公园。”杰克说。

我们下了高速公路，改走其中一条干道前往，没想到那里却是一个只有野餐桌与垃圾的破败小公园。嵌在水泥里的铁质烤肉架看起来已多年未用，我们在稍带坡度的空地上停下车，走出来。

“宾州真让人沮丧。”杰克说。

“我可能只能在这儿终老了。”我说。

杰克站在一片杂草丛生的地方，拆着骆驼牌香烟的玻璃纸。

“要来一根吗？”

“不，谢了。”我说，“以后我会有很多时间在格莱特福特监狱或什么女子监狱好好培养这个习惯。”

“天哪。”他狠狠地吸了口烟，好像抽的是大麻烟似的。烟都从鼻孔而不是嘴巴跑出来。“海伦，我想他们都知道了。我们得想想要怎么说。”

“你会和菲恩结婚吗？”我问。

“海伦，我们正在讨论我们将要被关进去的事。”

“是我。”

“想想窗户。我明显是共犯。喂？”

“真的没办法了，你可以告诉他们原因。”我说，“你就会没事了。”

“不行。”

“这很合理。”我说，“我才是杀她的人，你只是闯进来想确定我有没有事。”

“他们问我你的精神状态如何。”他心不在焉地看着烟，好像是别人放在他手里似的。

“你怎么说？”

“我说你正常得可怕。”

他靠过来用手揽着我，把我拉过去倚着他，我的肩膀还是像以前一样刚好倚在他腋下。

“你是这样。”他说。

“什么？”

“不可思议。一直都是这样。”

我们面前有株镇上刚刚种的小树苗，就在两个废弃的烤肉架中间。我记得我看过正反双方的争论，为学校种树美化对抗留下更多钱给学校。小树苗的树干用铁丝缠绕支撑，我想如果以后没人记得来剪掉，这树就会慢慢地被勒死。

“可怜的人。”杰克说。

“你是说我还是说树？”

“其实是你爸。你嫁给我时，没有没觉得自己是在嫁给他？”

“我需要的是你的呵护。”

“你得到了。”他说。

“只是很短的一段时间。”

“那是我的工作。跟你没有关系。”

他低下头，我们唇碰唇。这样的吻让我有那么一刹那超脱了过去，那岁岁年年只让纪律与冷静、胆量与决心载着我的世界。吻完后，他久久地看着我。

“我有必要告诉他们我知道的事。”

“应该的。”我说。

“孩子们怎么办？”

“我会告诉莎拉，”我说，“还有艾米莉。”

“你知道，艾米莉不会懂的。”

“你觉得她这么大的年纪有没有什么不同？”

“对艾米莉？”

“对警察。”

“就我所知，应该没有例外。不过我想这还是要看律师怎么辩护。”

“我不认识什么律师。”

“我们先别想这个，好吗？”

“我应该继续治疗的。”我说。

“你为什么没有？”

“他书架上都是艾萨克·辛格的书，桌上摆的雕塑还是那种熔模的大屠杀式铸件。都是被肢解的躯体，一些受折磨的人，不是身上缠着带刺铁丝网，就是被绑在柱子上。我谈论我妈时，一抬头就看到一个没有脚、没有手的人体迎面而来。”

杰克笑了。我们往小树苗那边移动，在它四周的杂草丛中坐下。他又点了一根烟。

“还有，他喜欢玩文字游戏。我跟他讲我爸的老家被淹没的事，他只是看着我，好像猫看到老鼠一样，眼珠都要爆开地说：‘嘶嘶嘶！’”

“嘶嘶嘶？”杰克说。

“没错。这样我还能怎么办？他拿了我好几千块，什么也没做，只会让我讨厌菲利普·罗斯。”

“有其他治疗师。”

我开始拔我身下的草。我以前告诉莎拉不许这样做。

“我有段时间也去看了谁。”杰克说，“给你一个提示：她穿着长袜子皮皮的紧身袜。”

“法兰西丝·瑞恩？你去找法兰西丝·瑞恩了？”我不可思议地看着他。

“你离开后是她在帮我。”

我们在麦大的时候，法兰西丝·瑞恩是还个研究生。每个人都知道她的招牌长筒袜。

“她现在还穿吗？”

“距我上一次见到她，也至少有十年了。我觉得四十岁后，长筒袜大概是没用了。”

“我觉得它们从未有用过。”

“至少比受苦受难的人像好。”杰克说着把烟递给我。

除了谋杀与勾引，其余小到一口烟，都被我认为是种罪。我感觉到一股冲动。我一直在治疗自我控制力的问题，然而有个周末我竟然在杂货店捶香瓜，捧着哈密瓜以为是捧着自己的脑袋。一直在摸索我内心的治疗师，只是把我的大脑变成了一团糨糊。

“现在要做什么？”我问。

“我们去接莎拉。只能走一步算一步。我想我们也只能这样，等他们联系我们吧。”

“或者直接现身。”

身后传来停车的声音。我们转过头去，是辆两侧都安了镜面玻璃的小货车，车里的人只关了引擎却没关收音机。是个谈话节目。敞开的窗户倾泻出深仇大恨。

“午餐时间到了。”杰克说。

我看着杰克抽完烟。我暗想，他拿烟的样子总是傻乎乎的，有点娇柔，好像他正在沙发床上诵读一样。

“那么，你会跟菲恩结婚吗？”

杰克想了一下。“可能不会。”他说。

“为什么？”

“她很有效率。”

“什么意思？”

“她很会办晚餐宴和旅行。”

“还有喂狗？”

“我早就把感情都转移到它们身上了。”

“米罗和格蕾丝？”

“其实就是所有的动物。”

“听起来不像你。”

“到头来我成了这样。”他笑着,“而且我太好胜,这你知道的。”

“可怜的家伙。”我说。

他看着我，眼睛竟如此陌生，好像它们曾因我的经历而被压扁、铲平一样。“海伦，我爱过你。”

我所做的一切，不只为我妈，也为每个人的，似乎一下子都没了理由。

我没来得及控制，一阵巨大而间断的号叫声传了出来，就像呕吐那般，继而，莫名的眼泪一涌而上。我鼻窦抽动，满嘴满鼻的涕泪。我无处可躲，只能双手抱头，侧着身想把脸往地里钻。

“海伦，没事了。”他说，“没事了。”

我能感觉到他在我身边跪下来，手轻抚着我的背和肩膀，我竭尽所能不让他抓住我。我觉得自己几乎没了呼吸，却又大口大口地吸着气。我边哭边咳，又用拳头一个劲拧着地上的土。

“海伦，别这样。”

他一把抓住我的手，我瞪着他。

“我毁掉了一切！”我说，“一切！”

货车里的人把收音机声音转大，传出呼吁禁止非法移民的播音。

“你要控制住自己,”杰克说,“为了孩子们,也为了我。天知道,也许根本不会有事。”

然而对我来说，事情不会更糟了。也许看不出我为我妈付出了什么代价，甚至杀了她还能侥幸脱逃。然而这一天的最后，我是如此狼狈。难道这就是在惩罚我吗？或者就因为这样，当我坐起来,杰克用袖子替我擦脸时,卡车移了三个停车位,停在了旁边。我想，他是不想边看着我们边吃午餐。我盯着他，却在卡车的镜面玻璃上看到了一个女人。那是我。我正坐在宾州一个废弃公园的地面上。一个娶过我，还跟我生了孩子的男人，则一直拉着我不放。我身后，是树苗、破烤肉架，以及高速公路的棱线。

14

杰克进门就在找伏特加。酒柜上的垫子被他掀起来，我才看到专线电话正闪烁着提示有好几通留言。

“按来听听？”

“好。”

连着几通是娜塔莉那天留的，之后是艾米莉的，说她在我另一部电话里也留了言。

“但打这部可能更合适，”她继续说，“记住，你正迈入人生的一个全新且令人兴奋的阶段。今天晚上等我把孩子哄上床后，再打给你。”

“她讲话总有一半在胡扯。”我说。

杰克走进厨房拿他的杯子。

下一通是莎拉的。原本安静的房子都是她一向中气十足的声音。

“妈妈？白痴，妈的，离我远一点。妈妈，对不起，就是有个浑蛋。听着，你另外一部电话一直占线。我正搭早班火车来宾州火车站，大概两点三十分到，可以吗？如果你不能来接我，那我就在对面恐怖的‘星期五’餐厅坐一下，大概是这样。也许吃一点芝士薯条。去死啦，浑蛋！我说真的。妈妈，抱歉。两点三十分，好吗？再见。”

我在酒柜前停下脚步，等着机器显示讯息的日期及时间。我想这代表了从前，那时我的孩子还不知道我杀了她们的外婆。

杰克站在餐厅门口，正用果汁杯子喝伏特加。

“你今天喝第二次了。”我说。

“这没有什么规定吧。”

我想到我地下室的箱子，里面放了我爸在我和杰克出国两个月时写给我的信。那时艾米莉才刚出生，杰克拿到大学的旅游补助，于是我们选择去了巴黎，一个大家都会去的地方。

当他去博物馆或和其他画家见面时，我就在胸前绑上一种中美洲的婴儿背带，带着艾米莉在街上四处走。我还记得那时天气有多热，自己有多孤单。我学着别人在咖啡店点一盘芝士和一瓶啤酒，要不就是去法裔美国人开的书店转。每天我都走过同样的十五条街，没有谁可以说上话，芝士、啤酒提不起劲，背带也弄得肩膀作痛。对我来说，重要的不是有机会去卢浮宫，或去乐蓬马歇百货淘宝，而是我爸会寄来那些描述日常生活的信，他会说他的香草园有什么进展，或者莱弗顿太太家和他们家之间的树林有一只还是一对猫头鹰，原来第一只已经有了伴儿。

“我们还有两个小时，”杰克说，“我要去冲个澡。你会怎么跟她说，海伦？”

“我不知道。”

“你最好想清楚。莎拉不是笨蛋，而且也不是在电话里讲。”

“艾米莉。”我说。

“回她电话。”

“我不行。”

“打吧。”杰克说完就走开了。

有一次我在西雅图，艾米莉要我看她把维生素从原来的罐子里改装到漂亮的瓷器中，然后放到厨房其中一个岛形吧台正中央的手工樱桃木转盘上。当时我蠢得可以，还问艾米莉孩子们怎么知道他们的咀嚼片在哪里，她回答说颜色比文字更容易让孩子记住，所以珍妮知道淡蓝色釉罐子里她的咀嚼片。

艾米莉从小就一直想在我面前表现。不等我放手，她已学会穿衣服、绑鞋带，而且迫不及待地定要自己来。如果我想读故事给她听或者帮她倒玉米片，她就会从我手里把《阿罗有支彩色笔》或玉米片盒子抢走，然后非常霸道地说：“我来！”

我听到杰克在楼上孩子们的浴室里。我记得他会直接把裤子扔在浴室地板上，我听着这个声音，听着皮带上的扣子、装着沉甸甸零钱的口袋撞上瓷砖地板。此时，我拿起长线电话拨了艾米莉的号码。

响了三声。

没有人说“喂”，但我听出那一头有呼吸声。

“珍妮？”

无声。

“珍妮，我是外婆。妈妈在吗？”

话筒像是掉到了桌上或地上，还传来小碎步走开的声音。

“喂？”

我稍微等了一下。

“喂？”我再叫一次。这次声音比较大。

头上的水管有水声，杰克正在冲澡。伏特加酒瓶没有放回原位。我想到四年前找遍整个房子后，才发现我妈蜷缩在壁橱里。

“你在干吗？”我问。

“躲起来。”她说。

她好像一头卡在房子底下的动物般被我拖出来。她左侧的身子在壁橱的底部蹭上一长串厚厚的灰尘。我拍她的睡衣，想把它弄干净。

“别打我！”她尖叫起来，“别打我！”

后来我不得不提醒卡斯尔太太把壁橱锁起来。

“我只在换桌布时才会去开。”

为什么我没这样告诉她，“你不会明白，我妈就会躲在那里”？

我把话筒贴近耳朵，听到了一些声音。是电视的声音。珍妮在西雅图都看电视，我想是 DVD 片。艾米莉和约翰把应该放书的架子全用来堆碟片了。当我问约翰他们的书摆在哪儿时，他耸耸肩说：“谁有时间看书？”

我听了一会，想象着房间的样子。从电视机的距离判断，珍妮接起来的应该是厨房的电话。不知道利昂在哪里。还有艾米莉。我知道约翰大概是在工作，正大谈塑料制品的无关乎环境的千百种好处。

“我在侧门把她闷死了。”我对着电话悄声说，但没有回应，“我剪下她的辫子，还带回了家。”

西雅图处处都是卡通音乐。一场追捕正在上演。

我挂上电话。我想起我一脉相承给利昂与珍妮的。比如很奇特，利昂和我有几乎一模一样的眼睛，而珍妮的下巴依稀有我爸的味道，笑声又跟我的有点像。她经常唱歌，每次都会让我忆起小时候我妈在安静的屋子里唱歌。

我上楼来到卧室。艾米莉还是个孩子时，我告诉她我们是田纳西默伦琴人的后裔。等她长大一点，就知道我只是在胡扯，不过有那么一段时间，我真的让她相信她出身于这个奇特、隐逸的部族，藏身于东田纳西山区与世隔绝之处。有一次经过浴室，我还看到她想在偏蓝的皮肤上找证据。她说，莎拉的额头和颧骨都很高，几乎像张东方面孔，但她怎么看自己都没发现。

地下室除了我爸的信，还有艾米莉初中时写的报告，上面有老师草草批下的不及格分数。我已记不得那女的是姓巴柏还是巴列特，总之是个 Ba 开头的姓。我还故意学别的妈妈，打扮一新，穿着灯芯绒背心裙搭一双娃娃平底鞋，到学校去找这个老师兴师问罪，结果虽然成功地让艾米莉得了 C，但她也求我别再这样。但我仍然觉得，这些捍卫孩子的时刻是我生命中的最美。

杰克在孩子房间那头漱口。把门锁上时，我隐隐闻到他麝香味的须后水。

我走进我长长的衣橱。大部分行李都放到房间另一头去了，衣橱里只剩下艾米莉来时会用到的衣服鞋子，于是我拿来放可能不会再用却又不想丢掉的东西。但我妈多年来做的许多尺寸不对又没有型的毛衣围巾，我都还放在衣橱里，用一只杰克的旧行李袋装着。它是军绿色的，放在挂衣架上方的架子上，于两个箱子顶摇摇欲坠。

我站到一把小脚踏凳上，这是莎拉在一家木工店里做的。我用右手拍拍行李袋，让它掉下来。其实我没有意识到自己在做什么。我知道我们要去火车站接莎拉，我知道警察知道很多东西却没有都说出来。杰克是对的，也许我还有一线机会可以全身而退，但就在早上的某个瞬间，我也明白有没有机会并不重要。坐下来审判我的会是我的孩子，她们俩最终会知道一切。我永远不可能欺骗她们，我不想这样。

我拉开帆布袋沉重的金色拉链，拿出我妈那一大堆糟糕的编织品。

“为什么她织出来的每样东西都让人觉得恶心？”有一年圣诞节莎拉问。孩子们正迈向成年，我妈破天荒地为她们一人织了一件毛衣外套。她用了各种纱线设计成条纹，原本想要有秋天的感觉，结果却可以想见，只是令人反胃。

我很快找到其中一件毛衣外套，把它放回袋里，其余则顺手塞进放在角落的档案柜中。然后我看着乱成一团的鞋子，挑了一双在打理花草时穿的破旧帆布鞋。过道里传来杰克走近的声音。我拿了三件衬衫，又到衣柜拿了保暖衣、内衣裤和一件羊绒毛衣。我身上已有一条很不错的牛仔裤，袋子里又另带了一条。最下面的抽屉里放着衬裙及一套有反光条纹的尼龙运动服，那时在商店里我觉得它看来很时髦。我把运动服塞进行李袋，拉上了拉链。

杰克非常轻声地敲敲我的门。

“海伦？你醒着吗？”

我把行李袋放在地上，关上衣柜的门。

“是。”我说。

我看到门把稍稍动了一下。

“门反锁了。”他说。

我一开门便见他两眼矇眬，身子有点往右歪。

“你是泡在伏特加里洗澡了？”我说着，拉他进房间。他跌坐在床上。

“躺下来，眼睛闭一会儿。”我说，“要去接莎拉时我再叫你。”

他点头如捣蒜。“我是累了。”他说。

“你当然会累。毒药呢？”

“别喝，海伦。”他告诫着，“你得保持清醒。”

我笑笑。

“我知道。我只是想把它拿走。”

“我们应该打电话给菲恩，菲恩能帮我们。”

我在他胸上一推，他往后倒在床上。

他抱着膝盖，蜷缩在没有铺好的床单上。

“你还是这么好。”我说。

“米罗和格蕾丝喜欢舔人脸颊，”他说，“菲恩不喜欢那样。”

我从床头抓了个枕头垫在他头下。“你睡一会儿吧。”我说。

没多久，他的呼吸便变成了轻微的鼾声。我伸出手摸摸他。我知道我忘了拿袜子，但我不想冒险吵醒他。我蹑手蹑脚地走到衣柜旁，抓起行李袋，偷偷走下楼梯，从后面过道进入车库。谁管那加拉加斯！我把袋子放到割草机和一些空塑料桶后面，它们是我上次油漆房子留下的。这里不会有人注意到。

莎拉出生前我预先打包了一袋东西要上医院。我花了整整一天时间，带了新牙刷、新睡衣，甚至一盒粉饼，因为我所有抱着艾米莉照的相，上面的我都是满脸通红汗流浃背。医师说了，我这种妈妈很少，生第二胎竟比头胎还难。

“我的大头。”莎拉勉为其难承认。

“你大而美丽的头。”我会更正。

我发现这星期初放在垃圾桶附近的捕鼠器不见了。我一动也不动地听着。不过不管老鼠把它拖到哪里，就算不死也大概去了半条命。

我又走回楼上莎拉的房间，伏特加酒瓶放在窗台，还剩至少三分之一酒。杰克总是很容易喝醉。我们第一次正式约会时，他因为被一位急躁的教授挑衅拼酒，结果不到一小时就滑倒在桌子下。

我尽力为莎拉准备好房间，这里几年来我一直保留着她要的薰衣草色，即便所有其他房间，包括艾米莉的，都早已漆上了纯白色。

我轻抚着深紫色的床罩，把褶皱的地方抚平，杰克肯定坐在这里穿鞋。我把闹钟拨快一小时，原本是想让白天长一点多做点事，却一直没有实际效果。然后我用毛衣下摆擦拭她放在梳妆台上的东西上的灰尘。

三年前就在这个房间，我有了一次暴力行为，我从没想过自己会这样。莎拉带了一个叫布莱斯的男生回家，我从在火车站接他们起就一直不放心。他是个极端的“黄蜂族”[①]，自称出身于康涅狄格州的一个大家族。不过这对我而言没什么意义，晚餐后他又大多在讲自己的事，我就索性回房间，让他们俩独处。

第一下巴掌很像远处的枪声。第二下，我就坐了起来。我听到莎拉拼命忍着不发出任何声音，但又控制不住自己。当下我就

---

① WASP，为 White Anglo-Saxon Protestant（盎格鲁－撒克逊族裔白人新教徒）的缩写，正好又是“黄蜂”（wasp）的意思。

身着睡衣，拿着我爸让我自卫用的棒球棒，穿过大半个屋子走去。

这事莎拉要我发誓保密，所以艾米莉和杰克永远都不会知道，莎拉竟挨了一个男生打。布莱斯连鞋也没穿就跑了，因为我挥着棒子，砰地朝门柱使劲打。

我在莎拉房间的地板上坐下来，又躺在了地毯上。我什么都没想，只是做着十五年来每天早上进行的一连串舒展动作。

一点半，我回到房间，杰克睡觉的姿势完全没变。我轻声叫他的名字，然而我已决定独自去。我在厨房流理台上留了便条，说我会跟莎拉一起回来。我把伏特加塞回酒柜，就在把专线电话与垫子也放回去时，我停了下来。我把电话线从墙上拉下来，带出去丢进了垃圾桶。

我盘算着要不要带走行李袋，最后决定不带。我还没准备好。如果可以的话，我想为莎拉煮顿晚饭，隔天早上煮一壶两人一起喝的热咖啡，然后叫她起床。

对于郊区固定的塞车点我从来没习惯过，那多是在学校放学、家长们在外面开车排长队的时候。在我必须接送孩子的那几年，拜绑架事件所赐，接送越来越普遍。往柠檬谷小学的所在地缓慢前进时，我会很高兴看到至少还有那么三四辆黄色公交车停在路边。

到新月路上，一个挂着白色肩带与口哨的交警示意我停下。我看着一大群在柠檬谷被称为“低年级”的孩子，像一阵涡旋从我车前经过，让我想到电视气象图上飘动的云朵。只有几个孩子独自低着头走，肩膀都快被背包压垮了。其余的跑着闹着，彼此扯外套、衬衫，有的连背包也掉在了地上，也有一些大喊名字，对迎面而来的人冷嘲热讽。

我继续前行。

我经过一家曾经的音乐专卖店，现在它改成了“顶级杯子”蛋糕店。我在这里买过一支艾米莉非常讨厌的单簧管。孩子们渐渐长大，会带着朋友来家里闹，从不觉得要我做三明治有什么。这个说喜欢蛋黄酱，那个又只要芥末酱。艾米莉有个朋友还对三明治很失望，跑到厨房说明她要的是果胶，但我给她的是果酱，这两种不一样。

对莎拉而言最方便的火车路线，是从曼哈顿到宝利，这样她就不用在费城转车，一路搭着美国铁路客运公司的火车。我看了看手表，还有几分钟，所以我没有过桥去乘客出来的那一侧，而是在星巴克外并行停车。

我迅速走进车站，到美国铁路客运公司的柜台要了一张到东北走廊的现行时刻表。经过当地东南宾州交通局的服务处时，我看了两三趟班车时间以备不时之需。我暗暗记下，就像我做舒展操，或者打包行李放在车库一样。我的头脑已分裂成两半了，一半还做着正常的事，比如到火车站接女儿，另一半想的是逃亡。

我回到车上，让车子掉头。这辆红色租车感觉很是醒目，不过它在车道上还真是碍手碍脚。我想起曾答应过哈米什今晚去见他，我怀疑我那时是不是疯了。我想象娜塔莉身着交警服，手拿停止标志挡我的路。

莎拉就站在站台阶梯的最上面，扫视着停车场。她穿着一件破羊皮外套，底下看来是我那双旧弗莱靴子，她上次来时拿走的。“现在很流行城市嬉皮复古风。”她说。“我真不敢相信你要穿这个。”当她显然是想拿去穿时我说。她回答：“嗯。但也没那么当真啦。”

她的头发编成两条直垂腰际的辫子，脑袋上不知别了有多少个仿钻发夹。她不认得这辆车，所以我开到了她身边，身子探向副驾驶座，喊她的名字。

“妈，哦，天哪，这车太炫了！”她边说边把袋子往后座一扔，然后上车坐在我旁边。

她靠过来亲亲我的脸颊。有静电产生，好像她一直在地毯上摩擦脚似的。

“对不起。”她说。

我们离开了停车场。

“路上怎么样？”我问。

“这个，就是中年危机吗？”她说，“出来弄部跑车？我以为只有男人会这样。”

“女人会去打肉毒杆菌。”我说。

“没错。那么这车怎么来的？”

“事实上，”我说，“这不是我的，是租来的。”

“这味道，我应该猜到的！你的车在哪里？”

车子在红绿灯前停下来，对面是罗斯科汽车和一家信件服务公司。汽车与邮件，我想着，以及火车。

“你的头看起来活像颗迪斯科霓虹灯。”我说。

“别回避问题。”

“我的车在车库，你爸正在我床上睡觉。”

我没办法不去逗她。这是我们从她小时候起就玩的游戏，看谁能赢对方，谁的话最夸张。我知道，莎拉希望把这一简单的技能转成艺术。她一直是个喜欢装扮、有个性的孩子。艾米莉本性冷淡，莎拉则拥有让每个人偏离谈话主题的能力。没有人真的想从她的行为中得到真正的答案。她上发声课时，就像一张空白支票。她唱得又好，又极具魅力（这个最重要），让我不免害怕她是不是有这个家族疯狂的初期症状。

“说说是怎么回事。”她道。

经过医院后，我开始加速。我能看出她心情不错，她的脸颊好像刚跑完步一样红扑扑的。但莎拉不跑步。她根本不运动。她认为我“被运动钉上十字架”了。她有时挨饿，有时暴饮暴食，烟酒都碰，并且我确信还不止如此。

“有太多要说的，”我说，“我还是先不回家了，反正你爸也需要休息。只有我们两个的话事情会好办一点。”

“我觉得很紧张。”她说。

“我们去别的地方，”我说，“然后我会告诉你所有你想知道的事情。”

“哇！”她回应，但没再说什么。

路过“乔的轻松小馆”时，我看到她的手在一一触碰每个仿钻发夹，用拇指、食指摸到发夹，然后确认没有松脱。

“为什么要扎辫子？”我问。

“噢，我不知道。头发湿湿的，喜不喜欢？”

“它们让我想到你外婆。”

“知道了。不喜欢。”

我知道要去哪里。这些年来，哈米什是第一个和我一起去的人。白天，农田尽收眼底，只是远处树梢之间的塔挡住了视线。

经过铁匠旅馆后，车子左转爬坡。莎拉重重地叹了口气。

“没有喜立滋？”她惆怅地说。

我都没看后视镜，就直接掉头冲向杂货店的那片空地。

“钱拿上，”我说，“动作快。”

“我真喜欢这个全新的你。”莎拉神采飞扬。她一把抓起我的皮包，冲了进去。这样就没有人能说，我宣布消息时，都没去确认对方有没有东西可作支撑。

我透过窗子看到她在柜台跟尼克·斯托福兹说话。她两手在头上画了一个大圈。尼克笑了，把六罐啤酒和零钱递给她。走到门口时，她转身挥手道别。

“怎么回事？”我问。

“我在跟他说梅西百货的感恩节游行。”

我倒车出来，回到马路上。她拉开了一罐喜立滋的拉环，啧啧地啜着泡沫。

“为什么会讲到那个？”

“我对他说我住在纽约。他一直想去那个游行。”

“你又不知道什么。”

我们从隧道的拱门下穿过，开往那一头。

“妈，有兴趣吗？你知道，尼克是单身。”

“不了，多谢。”我说。

“该死，”她说着拍了一下大腿，“我本来都能有自己的酒柜了。我们是要去那个眺望台吗？”她问，总算有点方向感了。

“是的。”

“反正都已上了贼船。”她说。这句话还是我教她的。

车子离开马路，上了碎石地。昨晚我和哈米什在我车上做爱，就是在这里。还好开的是租来的车，还好打火机飘的是树的精油味。

我关掉引擎。

莎拉小口喝着啤酒。“可以开窗吗？”

“何不来点更好的？我们下车。”我说。

“要啤酒吗？”

“不要。”

但她还是在外套口袋里多塞了一罐。

我站起来，两腿却伸不直，走路像眩晕般摇摇摆摆，于是我双手忙按着车顶稳住自己。莎拉冲了过来。

“妈，你没事吧？”

我看过一个电视侦探片，里面有个讲话冷酷的警察，他的招牌动作就是抓着嫌疑人的胸部撞向车顶，砰地就把他制伏在车旁。我和我妈一起看这个节目，每次出现这个动作，我们俩都会咯咯地笑。“他们叫那些人‘歹徒’。”有天晚上她说。我想，自在的时刻于我们如此稀少，以至连这样愚蠢的节目都让我感激。

“莎拉，我很差。”

“差？你想说什么？”

“一个差劲的人。”我说。

我调整好呼吸，已经开始了。

“我们去走走。”我说着穿过马路。我来这里这么多次，还没在弗雪小径上徒步走过。但我决意我和莎拉要走过这个地方，它是一条私人的单行道，又满是坑坑洼洼，有杂草破土而出。

“妈妈，你到底在说什么？走慢一点。”她追上来，手里还捏着打开的啤酒罐。

“如果要让你知道每一件事，我得一直走下去。”

“我讨厌你的狗屁运动，别想要我动筋骨。”

“我有道德缺陷。但我怎么样不能代表你和艾米莉也一样。这必须说在前面。”

莎拉超上我，转过来挡住我的路。喜立滋啤酒冒着泡，有几滴溅到了地上。

“别这样。”我说。

“妈，到底怎么回事？”

“走开。”

“不。”

我把她推开，朝左边挪了一下继续往前走。过了一会莎拉追上我。

“好，我听你说。”她说。

“我不知道从哪里开始。”

右手边，一群红雀从藏身的灌木丛仓皇而逃，满天翅膀拍击的声音。

“那就先说爸爸为什么会在这儿？”

“我叫他来的，昨晚从圣塔芭芭拉飞过来的。”

“为什么？”她准备喝一大口啤酒。

我说不出来，还不行。

“记得哈米什吗？”

“当然。”

“昨晚我在车上跟他做了两次。一次在他家的车道，一次在刚才我们停车的地方。”

“别说笑！”莎拉说。

“没说笑。”

“哈米什，那个金发笨蛋？”

“是的。”

“这就是你的道德缺陷？就算不是那么正常，但很好，好极了。”

我们往前走。原先从车上只能看到弗雪小径的一小段，再往下原来是一个陡坡。

“就这些？”莎拉问。

“不是。”

“那么，是什么？”

“你外婆死了。”我说。

“什么？”

“她昨晚死的，所以我打电话给你爸。”

莎拉抓住我的手。

“妈，这是大事。你当时在场吗？”

“我们停下来了。”我说。

“你在吗？”

“在。”

莎拉把我拉过去，想抱住我。即便有这样的血亲，她却始终是一个会主动接触别人的人。青春期时，艾米莉把她叫作“人面入侵者”，因为莎拉对过分靠近别人时总是浑然不觉。

“你真是皮包骨。”她说。

我稍往后退，看着她。我眼眶含泪，知道是忍不住了。

“你是我美丽的孩子。”我说。

“妈，没事的。你已经处处依她了。”她把手上的啤酒递给我，我摇摇头。

“莎拉，我杀了她。”

“真是爱说笑。她都把你榨干了。”

“没有。”

“抱歉。她死了我是难过，但拜托，你为她牺牲了你自己。”

“你不了解我。”我说。我抽出身，回头看车子的方向。我们已深入山谷，大路都看不见了。

田里不是小麦就是大麦。这是我生活周遭一直有的，但对我而言，它们只是不同颜色的土地，之所以美好是因为它们不是建造出来的。而我一辈子都不认识一个农夫。

“听好，我很抱歉。我知道你爱她，但艾米莉和我都认为，正是因为她，你从来不曾拥有人生。”

“我有我的人生，”我说，“我有你们两个。”

她顿了一下。“爸爸来就是因为外婆死了？”看来她想到了什么。

“没错。”

“但他讨厌她。”

“那不是原因。”我说。

“那是什么？”

“我正在跟你说，因为，”我指着我自己，顿了一下才说，“我把她杀了。”

一切开始越陷越深，我根本摆脱不了。这样的伤害，没有任何药片、药膏或喷雾可用。

“你做了什么？”

“我用毛巾闷死了她。”

莎拉往后退，啤酒罐掉在了地上。

“她早就不知人事了。”我说。我想到我妈抬眼看我的样子，门廊灯光下闪烁的红宝石戒指，以及她鼻梁折断的声音。“我甚至觉得她不知道是我。”

“别说了。”莎拉说。

“警方正在调查。今天早上莱弗顿太太被救护车送走，后来也死了。”

“妈妈，住口！你到底在说什么？”

“我杀了我妈。”

莎拉捡起啤酒罐，准备走回车子去。

“莎拉，”我说，“还有呢。”

她转过身。

“还有？”

我忽然觉得有点头昏。

“你外公是自杀的。”

“什么？”

“我爸，你外公，是自杀的。”

“你还笑得出来。”莎拉说，“你知道你看起来有多病态吗？”

“我只是很开心，终于能告诉你真相。”我走向她。她头发上有个蝴蝶发夹快松脱了。“你爸知道，但我们说好永远不告诉你和艾米莉。”我伸手要帮她整理发夹，她避开了。

“亲爱的？”我放下手。

她摸着发夹，把它扯下，还带着一撮头发。

“别这样。”我说。

“方式呢？”

“开枪。”

“所以你怪她？”

“刚开始是。”

“后来呢？”

“莎拉，她毕竟是我妈，而且有病。你知道的。”

“我什么都不知道。”她说，“你刚才还说到警察。”

“事情就是，”我说，“卡斯尔太太发现她的时候，她是，嗯……”

“我听着。”

“我替她擦洗过了。”

莎拉的脸扭曲了，嘴唇撅起来，一副快呕吐的样子。

“之前或之后？”

“之后。”

“哦，天哪。”她说。她又走开了，但这次是穿过坑坑洼洼的马路到另一头去，那里紧邻树林。

“会有壁虱。”我说。

她飞快地走回来。“外婆都被你杀了，你还担心她有莱姆症？”

“她把自己弄脏了。我知道她不会希望别人看到她那样。”

她瞪着我。好一会儿我才领悟。

“不是事后，”我澄清道，“她是那天下午就把自己弄脏了。我想在通知临终关怀医院到来之前，先把她弄干净。于是我才会拿毛巾。”

“我想见爸爸。”

“我想自己告诉你。我想这很重要。”

“你已经说了。”她扔掉啤酒罐，把它踩扁，然后塞进外套口袋。“现在我们走吧。”

她猛地转身，一下跌倒在地。看到她躺在那里，我想到我妈，想到小利昂从椅背弹了出去。

"亲爱的。"我俯身探向她。

"真是该死的脚踝。"

"伤了？"

"没，"她说，"除非你存心要我更惨。"

"莎拉？"

"开玩笑的，"她冷冷地说，"懂吗？哈哈。"

"你可以倚着我回车子。"我说。

"我不是很想让你碰我。"

我还是帮助她站起来，但跳了三四步后，我知道我们应该坐下来。

"你能到那块木头吗？我们先去那里休息一下。"

天很快就要黑了，我们身后的树林里，昼伏的动物都要起来活动了。我一向喜欢秋天，虽然白天比较短，但比春夏都更宜人。

我们俩坐在一株倒下的大树上，看样子它原本是挡住了路，后来才被移到路边。其实我有点想继续走，看看弗雪小径的尽头有谁或什么。

我们都没说话。莎拉拿出啤酒，打开拉环。她小口喝着，我则是看着我两脚之间的地面。

"艾米莉还不知道，"我说，"你爸只告诉她外婆死了，但没讲原因。我事后去了娜塔莉家，但她不在。她最近很认真地在约会，哈米什觉得他们可能会结婚。莎拉，他在，我又需要谁，所以我跟他做了。我不是在炫耀这些事情。"

我听着身边她的呼吸，想象如果她选择再也不跟我说话，我的人生会变成什么样。我想着我曾经让我妈遭受的痛苦。

"但我也不觉得可耻。我不知道要怎么解释。我知道你外婆的人生已经到尽头了，意识到这一点，这件事做起来就很自然了。她睁着眼睛，人却不在了，有的只是她像两栖动物的脑，光剩纯粹的求生本能。我知道这不对，但我不觉得抱歉。”

“条子们知道吗？”

“我想是的。”

“如果你想让我留下，我就留下来。”莎拉说。

“什么？”我扭头望着她，她也一直盯着地面。

“反正我在纽约也不太顺利。”

“你还要唱歌。”我说。

“我现在是一穷二白。我能在这里帮你点忙，不管是条子或别的事。”

再过一两天，我会溜出房子，把行李袋放到车上，倒车出去，并且自认很快会回来。

我脑中闪过自己走在外地某城市街道上的画面。穷困的孩子们拿着旧塑料袋向我要钱。其实宽松的衣服下，仿佛也有袋子在拍击我枯槁的身体。各式各样的袋子，装着我的体液，接收也送出，是臭气、屎尿、盐分与血液的出入系统，还有非法的药物——动物磨碎的骨头、在某人的钵与杵里混合了液体的核果果核，以及我再怎么喝也止不住渴的清汤。

“我想我们还不该作任何决定，”我说，“看看接下来几天的发展吧。”

我站起来伸出我的手，她握着它摇摇晃晃站起来。

“好点了？”我问。

“好多了。”

我们慢慢爬坡回去，我觉得背后像是被什么注视着，仿佛莱弗顿太太和千百个鬼魂正站在林子里，在我们离开时往前进，想看看这个女人，这个杀掉自己的亲生母亲就像关掉空房间的灯一样若无其事的女人。

“我从来就没真正认识过外公。”莎拉说。我们已经看到车了。

“我讨厌‘你永远不能克服它’这种话，但了解他于我真的很难。至今如此。”

“外婆呢？”

“她丧失了与世界的联系。”我说，“而我取代了这种联系。”

“不，我的意思是，你爱她吗？”

过马路前，我们先停了一下。

“这也是个难题。”我说。

“就当你必须得回答，”莎拉说，“就当你在法庭上被盘问。”

我不知道，我想。“我会说是的。”我大声说。

我带她到车子旁，打开副驾驶室的门。我听到了音乐声。

“是我的。”她说着从外套口袋里拿出手机。

“你外婆以为我送的手机是颗手榴弹。”

“我知道。”

我绕到另一边，上了车。

“是爸爸。”她坐上车后说。

“一条短信。”

她把手机拿高让我看屏幕。我没看她的脸，只看杰克的留言。

“海伦——搜查令。”短信说。

我想象杰克站在楼下浴室里，怕被听见而不说话。

莎拉把电话放回口袋。“我们应该回家去。”

“你觉得你能开车吗？”

“如果脚踝没受伤的话可以。”

“对哦。”

我发动车子，掉头往铁匠旅馆的方向走。我起初想，让莎拉在那里下车，但我要怎么跟她说？说我想独自面对警方？她不会买账的。我太了解她，知道她不会让我离开她的视线，哪怕只是那么一瞬。而这么做原因让我害怕，这会给她招来厄运。只因为我是她妈，我又需要她，她便会像胶水一样黏着我。

娜塔莉在约克，这意味着哈米什是独自一人。杰克曾告诉我他有朋友在瑞士一个叫奥里根诺的小镇，他一直拼不出他的名字。不过我的护照几年前就过期了。

“你在绕远路。”莎拉指出来。

“我一向这么走。”我说。

“你害怕吗？”她问我。

我没回答，她就替我说：“我怕。”

我们经过一栋新的建筑，造景的草坪才铺上一块块棋盘状的草皮。现在这个做得比孩子们小时候那会好多了，大环形引导道路四周放的不是金属箱子，而是用卡车载来的大树。

人们走出大楼去开车。我可以等夜深了，趁四下除警卫别无他人之时把车停到那儿，然后神不知鬼不觉地离开。弗吉尼亚·伍尔芙是走进乌斯河，而海伦·奈特利则是走进切斯特企业中心的人工池塘里。

我并不想离开孩子们，我还是很爱她们。她们是我的光彩，也是我要保护的人，是我要捍卫，却也在捍卫我的人。

我看到前方有个熟悉的霓虹灯。

“我得去上个洗手间，”我说，“我要在这儿停车。”

“乔的轻松小馆”挤满了来享受折扣酒的银发族，他们喝了一肚子的廉价酒精，都尝不出食物的味道了。像我这样年纪的人来，旁边没有爸妈，就已引人注目，后面跟着的莎拉更是让全场安静下来。这儿完全不是机车族来的酒吧，但也让你觉得不受欢迎。不过我知道“乔的轻松小馆”的洗手间旁有个公共电话，后面还有个出口。

我帮莎拉坐上其中一把绒布面的凳子，对面是一面镜子与成排的酒。

“我可能要一会儿，我需要让自己镇定下来。”

“我可以点东西吗？”

我打开钱包。现在身上所有的钱我都需要，但我永远不会对我的小女儿吝啬。

“一张二十元够吗？”我问。

“你要点什么吗？”

“我只想洗洗脸，一会儿回来找你。”我说。我把杰克的车钥匙放到柜台上。

“妈？”

“莎拉，我爱你。”我说着伸手摸摸她的头发与脸颊。

“一切都会没事的，妈。我爸在可以帮上忙。”

“嘿，那个蝴蝶发夹还在吗？”我开心地问。

她在口袋里找到了，伸长手递给我。

“求好运。”我拿起来这样说。我知道我会哭，所以转身飞快地绕到酒吧角落。

我投了零钱，开始拨电话。

“哈米什，我是海伦，”我说，“你能来接我吗？”

“哪里？”

我很快想了一下，走到那里对我并不难。

“先锋企业。二十分钟后。”

“你知道，”他说，“我妈已告诉我你妈的事。”

我把头靠向电话光可鉴人的表面，紧紧贴着退钱的旋钮。

“好。先锋。可以吗？”

“不见不散。”

我挂上电话。身后的用餐区声音越来越大。

我没有回头，继续沿着后廊向前，来到“小母牛”与“公牛”洗手间，好像这样稍加转化女人就不容易被当成奶牛了。后门用一个竖放的旧时灰色牛奶箱撑开，我把门再稍稍打开，小心地跨过去。后面散乱地停了一些破车，是厨房人员的，我想。空地和草地、树丛的交界处则有个大垃圾箱。爬上后面的小山丘，我看到垃圾箱最上面是个大纸袋，没有封口，里面是一条条的面包，也许是过期一天的。我第一次想，我要怎么活下去？我好像看到一个月、两个月后我抓着这样的纸袋东翻西找的情景。

我停在树丛的边缘，我似乎看到莎拉独自住在我的房子里，在日历上打叉，等着我服满故意杀人或意外致死的刑期回家。她会需要工作，而我的工作可能会要有人填补。也许头一天娜塔莉会开车载她过去。有新货上门，学生们会很开心。她也会在休息时间和杰拉德聊天。“我妈死了。”他会这样说。“我妈就这样滚蛋了十年。”她可能这样回答。我很了解莎拉，所以知道她喜欢用奇奇怪怪的词，就像没价值的安慰奖。

但我脑海中的这些画面还不是最让我害怕的。真正让我害怕的，是我回到家后，我们俩一起生活，她不仅要跑腿，还得为我搁在皮革脚凳上的双脚按摩。她会把清汤端到床上给我，在我肩上围上披肩，用湿布擦掉沾在我嘴角的食物。然后我会开始不记得她，对她尖叫，对她的身体、感情生活和大脑说三道四。

我在地界线旁的树木间开出一条路，进入一块路边的林地。地面满是垃圾，往前甚至还有当天刚扔的啤酒罐与安全套。每次不小心踩到，总让人畏缩。

我忘了侧门的红色缎带，把它留给"坏小子"去玩了，而且厨房每个地方都有我的指纹。有几个孩子会在地上替妈妈洗澡，还剪开衣服，或者把她拖到外面呼吸新鲜空气？根本没有什么地方留有曼尼·萨弗洛斯的痕迹。

在我家里桌灯的灯绳上，也挂了一条我妈的发带，同样是红色的。但是还有其他的缎带，以及磁铁猫、一具墨西哥亡灵节的头骨、一个蜗牛小雕像，外加我妈寄的圣诞节毛绒饰品。我屋子里的东西是一件更比一件引人注意。

早上我没在马桶里喷漂白剂，她的头发可能还沾在那里，也可能四散在浴室的地板砖上，只是我不知道罢了。如果拿去化验，会查得出日期时间吗？

我到了榆树区，后面的路时有时无，我花了点时间才冲出林子来到另一头，又潜入另一片荒凉的树林。

警方能轻易地发现足够的证据。一旦面临直接的问题，我知道我会供出真相。不管怎样，想到回家和莎拉在一起，我能预见的下场只有一种，是她的定数，不是我的。

我到了陡峭的路堤，爬过这儿就能同哈米什碰面。我往下看到先锋三面都设有碎石路肩，这地方看来只能让你想到高压电厂。底下空地用一片高耸的金属围篱和碎石路肩隔开，里面有一整排闪亮的黑色休闲车，都是顶级的。我会用一个呼吸的时间穿过。

为避免受伤，我用坐姿一路像螃蟹爬行似的下陡坡，皮包的背带绕过脖子、用左肩挎着，放在肚子上。我知道，这不会是最后一次。我多希望能用我的纪律和莎拉年轻的恢复力交换。我小女儿即使病倒了，第二天仍可以去上班，如果她有班可上的话。

到了下面，我非常奢侈地停了整整五分钟，无惧于先锋的人从架高十英尺的波浪状围篱的另一边测到我散发出的体热。这里一片贫瘠，连一只蚂蚁或一片草叶都没有，连根杂草也不见，有的只是碎石，以及更多的碎石。沿着围篱安设了一些探照灯，点亮这片无际的灰色海洋。

我不想哈米什到处找我，所以我让自己起身，沿着墙快步往停车场走。

在两百英尺开外的门口处，我看到了哈米什的车。他本人则在建筑物边一个发光的大“V”旁徘徊。

我迅速走过人行道，钻进车子。

“我们离开这里。”我说。

“好。”哈米什说。

来到马路上，我看见一个守卫绕到建筑物对面，用狐疑的神情扫向我们这里。我应该在先锋或迷你仓储外面等的，但我当时没顾及到这点。

“你的车呢？”哈米什问。

我闻出他比平常用了更多诱惑男士香水，也记起弗瑞斯特曾给我爸的西班牙古龙水，闻起来像大麻。我爸用完后还把空瓶不小心留在了衣橱，他饮弹后隔天我才发现。

“莎拉借走了。”我说。

他似乎还算满意。十字路口，他停车低头要吻我。我往后退，但他却勇往直前。

“我们应该去哪里？”他问。

巴黎丽兹酒店，我很想这么说，也想到一首伤感的歌，唱一个三十七岁的悲伤女人意识到她永远不会在欧洲的某个大城市开着敞篷车跑。如果被剥夺的只是这些，那她还算是个幸运的家伙。

“有件事，”我的手一直放在大腿上，并避开他的目光，“我需要借辆车。”

他踩油门加速。“就这样？”

“我处境诡异。”

“因为你妈？”

“对。”

“他们知道是谁干的吗？”他问。

“知道吧。”我说。我想说了也毫无危害，“有个男孩过去常来帮我妈做点事，叫曼尼。”

“就是那个在你以前房间胡来的人？”

“对。”

“我妈跟我说过。”

我们经过采石场，那里有成堆的碎石、泥板等着卡车来载，它们在低垂的氩气灯下发着微光。这里到处都是这种灯。

二十年前，有个和莎拉同龄的男孩爬上倾倒在街尾的大碎石堆玩官兵抓强盗，挥舞着前一天晚上爸爸做的木剑，很快就陷了进去。

“你记得理基·德莱尔吗？”我头靠着窗。我看着自己疲倦双眼的影子，它们正望着我，然后消失。

“那个死掉的小孩。嘿，我已经几年没想到这个人了。”

“哈米什，我们去你家吧。”我说，“我们喝一杯，说说话。”

“这还差不多。”他说。我知道他正看着我，但我没有扭头看。“你不需要借车。我会带你去任何你想去的地方。”

用车换我的身体，我觉得这是他理所应得。

我们抵达了他家。我已确定娜塔莉这期间不会走进来。哈米什也说她跟承包商在一起。

“她现在好像完全有另一个人生了，”他说，“而且里面没有我。”

我是铁了心了。以前不想做爱却也尝试了，而哈米什是个可爱的棒男人。我没法用“男孩”这个词。

我欲望缠身。我想着那前奏、那动作、那情话绵绵，完事后的虚情假意，以及预料中的清理现场。还有最后，最后我终将驱车离去。

他拉着我的手，带我走上铺着厚重地毯的楼梯。砰，我爸的身体就是这样跌下来的。我进门的时候，我妈正抱着他的头颅。到处是血。

哈米什的房间我经过无数次了，因为楼上洗手间在那头。孩子们还在读高中时，娜塔莉带我进去过一次，之前还要我深深吸一口气。

“这是家里最另类的房间，”她说，“我实在避不掉，他又从不开窗。”

“荷尔蒙吧。”我当时说。

她笑了。“好像跟个要爆炸的炸弹生活着。”

青春期情欲的气味已经没了，取而代之的是房间角落里轰轰作响的空气净化器。原来的双人床也不见了。

“你带女孩子来过吗？”我问。

“带过几个。”他说完用手抚着我的头。我们接吻。

“海伦，我只想让你感觉好一点，”他说，“我不期望得到什么。”

我记起杰克有次说的话，让自己倒下吧。因为艾米莉出生后，我一直无法放松。

我们往后倒在床上，我闭上眼。我一直用自己生命的一举一动，替他人作嫁。每每感到辛苦时，我都会想到地下室与储存室里那些出自五湖四海的韦斯特莫尔学生日渐模糊的炭笔画，他们中有几个已是今非昔比的艺术家。

费城美术馆有一幅朱莉亚·费斯克的画。我三十三岁时，她找我去摆了一组坐姿，画了一个活力四射、呼之欲出的裸体像。只是身为模特的我看出费斯克作了自由发挥，让我多一分健美，少点精瘦感。

与哈米什做爱的我，想着费斯克的画。以后孩子们还是会再看到它吧。杰克会带着她们去，或者莎拉也许会记起我带她们俩去看过。那时她可是瞪眼看着我大腿与下腹那些蓝色、绿色和橙色，而艾米莉则是要求告退去礼品铺。

费斯克的作品让我得以不朽。事实上，没有头的它从没困扰过我。

哈米什忽然停下来。

“海伦，你要给我点什么吧。”

我伸手握住他的阴茎，希望还能从我肚子上擦干精液，假装扫兴。

等到他开始兴奋了，他按住我的手。

“我不是只有老二，”他说，“摸我。”

我能感觉到我的眼睛变得又小又满是绝望。“别对我要求太多，哈米什。我现在没办法给太多。”

“你这样做是为了车。”

我没有反驳。

事情自此有了变化。他把我的双腿分得过开，粗暴地对待我，好像我只是他小时候铺满一地的人偶中的一个。

我还是试着帮他。我尽力对他说话，一些只有真正兴奋时，才会从我嘴里蹦出的话。我盯着他锁骨下方小小的龙文身，为他模拟从前的自己。

最后，就在我大腿内侧肌肉感觉绷紧到极限时，他来了，然而我臀部接缝中的那一道滚球轴承干燥得像我妈那个年纪的女人一样。

他颤抖着，全身重量压在我身上，我几乎无法呼吸。一瞬间我想到阿瑟·萧克斯车上的妓女，想到她接下来三天都在玩快速球。

我推了推哈米什的胸膛。

“车子。”我说。

“你也真是好炮友。”他不痛快地说。

他拉上裤子的拉链，我注意到是条休闲裤，而不是他平常穿的牛仔裤。我在想我怎么能毁掉这些事情。

“给我几分钟去处理一下。”他说。

我没去穿衣便躺在床上，听着他下到一楼，穿过客厅，出门走到了车库。

我一动也不动。空气净化器开始运转，有风吹到身体，我于是侧过身，左臂支撑着起来。我坐在床角，开始穿衣。盯着他衣橱的百叶门，我想到那东西。我想因为这房子不是他的而是他妈的，他一定把每件重要的东西都往房间里放。我迅速站起来打开门，我的判断是那东西不会放在下面，或是轻易拿得到的地方。他不是会那样炫耀的人。我拉出一个装满CD的牛奶箱，每个地方都翻，就为了偷东西。架上除了衣服，还有一条备用毯、一个睡袋以及一只鞋盒，里面是双发亮的牛津鞋，在他父亲出殡那天穿过的。我没找到我要的东西。

此刻的我陷入疯狂。做爱时我几乎没流一滴汗，现在却冒出满头汗。我实在无法预测,哈米什会弄多久,什么时候会回来找我。我扫视他的房间，寻思着。他会把那东西放在哪里?

我马上想到了，他认为自己是房子的男主人，他不是寄生虫，而是他母亲的保护者。东西就躺在他床头柜的抽屉里，依旧放在我外公的皇家威士忌袋子里，旁边则是一盒没用过的子弹。我拎着辫绳拿起袋子，抓过子弹，准备关门。

我看着一团乱的床。原本整齐的床单已被我们弄得四个角都上来了，在床中央皱成一团软趴趴的水母。换个时间我一定会把它铺好，一个我不去计划着抛下我所熟悉的一切的时间。

我慢慢走下楼梯，大腿生疼，我知道明天会更疼，也不知到时自己会是在何处。莎拉跟杰克会在一块儿吧，也许还看着警方在我房子里搜查。无论如何，我希望莎拉在到洗手间找我前，对酒吧的酒还算喜欢。我得在哈米什看到前，把皇家威士忌的袋子放进我的皮包里，但我在楼梯最下面坐了下来。我的皮包在厨房。我知道得走了，却又没法动。

我想到莱弗顿太太家不会有人。她儿子总是避着那儿，如果他真的在，车道上他的奔驰也会很醒目。我可以到那儿休息，我相信她一定储存了食物，可以让我躲好几天。

我费力地站起来，穿过过道到厨房。皮包还在餐桌上，我把枪塞进去，然后吸了口气。

娜塔莉改装过后墙，如今厨房有一大片窗，就在流理台上方。“他说服了我，”她曾这样说，“要打造出室内外兼具的感觉，就要让橱柜与流理台成一体。”她称这人为巫师。他到底叫什么名字?

我在玻璃上看到自己的影子。我转身背对自己光线下的骷髅般的身影，走近冰箱。我饿了，就像那天晚上一样，我这才想起除了娜塔莉的早餐，我一整天都没吃别的东西。

我随手抓了看上去最简便且最富含蛋白质的热狗与吉士条，不疾不徐地一根接一根塞进嘴去。我无意识地进食，模模糊糊看着娜塔莉贴在冰箱上的东西。有一张我不认识的人的喜帖。她还没回，小卡片、信封同帖子一起压在磁铁下。婚礼是在圣诞节，我想娜塔莉和承包商不一定会去。如果他有参加仪式的想法，或真如哈米什所说她希望如此，他们现在该在那儿了。

旁边则是我和娜塔莉的合照，是一年半前在一个韦斯特莫尔的派对上拍的。那一天我还记得，因为艾米莉、约翰、利昂与珍妮前一天就走了，比原定计划提早了三天。我亲着利昂额头上没有包纱布的地方道别。我想抱抱艾米莉，但她肩膀僵硬、抗拒着，也让我想到我自己。

不过照片里看不出这一切，或者我是跟我妈争执过后，才原路折回去接娜塔莉。她看起来容光焕发，而我，我觉得看起来总是个尽职的伙伴。

我把最后一点热狗推进嘴里时，哈米什进来了。他走向我，把我转过去正对他。我两颊都是食物。

“刚才的事很抱歉。”

我咀嚼着，挥挥手表示没关系，那没什么。

“这只是因为你能做到这么冷漠，我知道你内心并非如此。我一直都知道。”

我看着他，吞下东西时眼睛往前凸。

“不是曼尼，对吧？”

我看到电话机就挂在餐桌旁的墙上，想着如果哈米什拒绝，我能找谁帮忙。皮包就立在一个格纹餐具垫的中央。我为什么要拿枪？我到底想做什么？

“这很好猜。我刚刚出去弄车时就在想，她来这里做什么？她为什么要借车？我妈对我说过杰克来了，然后你说莎拉也在。你没有跟他们在一起只有一个原因，他们根本不知道你在哪里。”

“你今天很机灵啊。”我说。

“这是完事后的天才吧。”他转身开冰箱，“此外，一切都太巧了。你昨晚来找过我妈。”

他抓了瓶巧克力牛奶，把它放到流理台上，然后弯下腰拿玻璃杯。

“你准备说吗？”我问。

他倒完牛奶后，又转过来面对着我，身子往后靠在流理台上。

“你昨天问我，我是否想过杀掉我老爸。是的，我想过。我想很多人都想过。”他说，“他们只是不愿坦承。你是真的这么做了。”

他从口袋拿出一串银色钥匙，朝我扔过来。钥匙掉在我脚边。

我蹲下去捡。

“我妈不会原谅你的，”他说，“她过了中年就变成了一个十足的卫道士。”

我感觉我很快就会出去了，然后我就可以用手中的钥匙发动引擎，倒车离开。

“也许我注定要和莎拉在一起，”他说着喝了一大口牛奶，“然而，我爱的是她妈妈。”

我一副当腹一棒的样子。他也看到了。

“过头了，”他说，“我知道。”

“哈米什，我得走了。”我希望自己能留下什么好话。

“去哪里？”

“我也还不知道。”我说谎，“我会把车留在某地，然后打电话告诉你位置。”

他转过身。我从桌上抓起皮包，跟着他走过厨房、客厅。我看到一个好多年前我送给娜塔莉的花瓶，里面插满了买来的花。

车库后是哈米什停放他其余车辆的地方。他进入一辆已看不出原型的八十年代末的福特，示意我等等。他启动引擎，倒车直到车头对着街道为止，下来时引擎没关。

我唯一看见的只剩下这辆敞开门等候的车，我唯一想的只是每道别一次，这些没被牵扯进来的人就不因我受害。

“我希望我可以做到让你留下。”哈米什说。他抱着我，有一瞬间好像他是我爸，而我是他孩子。

他轻抚我的头发，然后最后一次紧紧抱着我。我感觉到前臂上皮包的重量增加了。

“只要你需要我，我都在。”

我点点头。这是第一次词穷。

“保重，”他说，“我会等你电话。”

“电话？”

“车子啊。”

“谢谢你，哈米什。替我向你妈说再见。”

我钻进驾驶座，把皮包塞在身边。听着车门最后咔嚓一声关上，我知道自己能走了。

这一次我没再看他。我挂上挡倒车，从哈米什车子的右方经过，直接开到了草地上。一上马路，我就打开了广播。是摇摆乐，但此刻我期待的是重金属和另类摇滚。听到隐隐的喝彩声后，我就把它关了，然后正色收起下巴，往凤凰城而去。

15

夜色朦胧，仪表盘的时钟显示七点零八分。从娜塔莉家出来，沿路的交通都让我无法掉以轻心。汽车不是停在路边，就是吐出拿着杂货袋与干洗衣物的男男女女。楼下窗户的灯已经亮起，大屏幕的电视机闪着蓝色的光。

过了这新兴区，走上依旧荒废的路往老家前进，我才感觉镇定了些。这里的土地开始像肉一样被切割售卖，但树林之间仍可见到破败的房舍，或更凄凉的临近马路的房子，即使窗户紧闭或有白噪声发生器，也永远避不开人潮的喧哗。这些旧房子的住户甚至不会知道什么是白噪声发生器，对他们来说，隔绝噪音的头戴式耳机和扩充型货舱都是陌生的概念。我父母这辈人，就会坐着忍受到死。我现在年纪到了，也隐约明白为什么宁可维持现状。

有个凡事都自力救济的人，用煤渣砖盖了一道十英尺高的围墙将房子围起来，还定期在上面放一啤酒瓶的碎片，因为它们总会滑落。不管市政府说要开罚单还是威胁要强拆，他就是不拆墙。这场官方与屋主的战争历经十年还是不见结果，而且虽然他的名字经常上当地报纸，照片却从没被刊出过。我开始把他当作是人体模型，他身上有着所有现代人的恐惧。他没有照片，因为他就像我们每一个人。他的恐惧让他成为幻影，在他的围墙后变化着形体。他是我妈，藏在衣橱里；他是我爸，在一块块胶合板上造着剪影；他是害怕孤独的娜塔莉，也是偷零钱的莎拉。他就是我，星期五晚上七点二十三分路过此地，去向莱弗顿太太家的我。我期许，当他大声怒斥、反击每一个诉讼或主张时，他都能撑过来，倘或不能，那至少要痛快地死，在我们灰飞烟灭后还久久流传。

我开进了旧城，这是真正的凤凰城，这里复兴的商业依然下午五点就关门了，街道空荡荡的，只有一个个封闭的住宅社区周边有些小规模群体活动。倒是“对跖点”雕塑品艺廊灯火通明。它是这一区域附庸风雅者的中心，我不止一次去过那里。那也是我和坦纳上次约会醉酒的地点。他和老板被比他们小很多的年轻人围绕着，忙于哗众取宠。

“这是我很长一段时间以来看过的最可悲的展览。”我说。那时我们俩正蹒跚地走上人行道。

“噢，别说了！”他大叫，“那你又做过什么？”从此我们便更加臭味相投。

“对跖点”今晚明亮却安静。我从后面看动静，里面有个展览。前面路上，每天晚上都会来的手推车书报摊被从人行道上撞倒在马路上。摊主是个老妇人，正弯着腰捡东西。她一定很后悔为了吸引下班后的顾客，多停留了一些时间。

开到空地上，我下了车，在路上拾起一大堆四散的破旧小说，封面上的大胸图片经长期日晒已经褪色。但真正吸引我注意的是一叠发霉的诗集，因为一本粘着一本，掉下来时以为只是一本书。

从名字看像是俄国人。我瞥了一眼书名，随即意识到，这些书是弗瑞斯特先生三十年前捐给当地图书馆的。“他们俄文方面的东西不够。”他当时这样对我说。

我说了声“对不起”，然后递过去两摞整齐的书，似乎吓到了她。

她对我啐了一口，唾沫喷到了我的手和书上。

“我放这儿了。”我说完把书放到一辆基本款的林肯大陆车的尾箱上。

走回车时，我听到她还在咕哝个不停。我读过诗人茨维塔耶娃的作品，也知道她用挂衣钩上吊的事。这怎么可能？我当时这样想。吊在天花板的固定件或树上，可行。但门把或衣帽钩？

曾有人告诉我，对头部开枪自杀的人都是留有讯息的，我爸留下了什么讯息？我搜遍整个屋子找纸条，抽屉甚至枕头底下都找了，但最后我只能用旧抹布清洗整个楼梯，下决心抹去他留下的唯一印记。

离我妈家那一带不远了，一股恐惧的热流开始刺穿我的背脊，沿着肩胛骨游走，然后转为鸡皮疙瘩。虽然无法解释为什么，但我想我根本不应该经过这地方，更别提过夜。此外我也累了。过去二十四小时，徒劳与衰败夺走了我的心与四肢，以及内心的温度。把身体里奇怪的变化归咎于绝望的精疲力竭毕竟比较容易，如此便不用去想，我只是个失控的机器人，经过多年的尽忠职守，不出所料地回归到它被制造的地方。

只有少数屋子还没等到主人而仍是一片黑暗，大多数都已亮起一两盏灯。我妈家附近有些养着孩子的年轻夫妻，他们和娜塔莉家那边买豪宅的夫妻完全不同。他们会自己打扫，房子坏了也自己修理，周末更换发烂的屋顶木瓦给烟囱上漆，或修剪树木、洗车。孩子们也会帮忙，换取作为奖赏的冰淇淋或特别电视节目。

我沿着弯道朝我妈与莱弗顿太太家的方向开时，会经过托勒弗太太家。那里也没有开灯，我不免想托勒弗太太是不是离开了。我还记起有个夏夜，站在草地上的托勒弗先生忽然间捶打胸部，对着她尖叫。

“他像根盐柱般倒了下去，”我妈说，“砰！洒水器变了方向，但没有人想到去关掉。结果他全身湿漉漉地被送到医院。”

过了大半年我才又见到托勒弗太太，那时我和艾米莉、杰克一起回我爸妈家。我们在购物中心购物，她一看到艾米莉就非常开心。

“好棒啊！”她说。我记得她从没有过如此生气勃勃的样子。她在熟食区看到我非常激动，手里提着一袋无骨鸡肉，不停地做手势。

我问起她和她家，以及她当时的感受。

“一切来得太晚了。”她这么说，“你不一样。你还不会太晚。”她看看杰克，笑了笑，不过笑得有点畏首畏尾，好像害怕被打似的。

我还在失神回想托勒弗太太时，透过那扇巨大、窗帘还没拉上的窗户，我看到了他。弗瑞斯特先生还是一样坐在客厅里，要让全世界看见。我把车停到他对面的马路边，我甚至没去注意我右侧有没有房子、马路或是出来散步的牧师。

我摇下窗户，老家夜晚的气息跟着涌进来。我呼吸着，闻到了草地与柏油的味道，也听到轻微的音乐从弗瑞斯特家飘出来。他正在听巴托克。

我爸死后的几个月，他跟我妈有过争吵。因为没有葬礼，弗瑞斯特觉得这种省便不能原谅，他才不管我妈能不能离开屋子。“还有，海伦，为什么，”他问我，“这些枪还要留着？”

我想都没想就下了车，快速穿过马路，爬上有坡度的水泥路。他从来都不喜欢植物，几十年来草地上几乎没有灌木丛或树木，唯一的例外是两株肆意生长的圆黄杨木，它们就立在门口台阶的两侧。

但我终究没走过去，才到一半就停了下来。我看到弗瑞斯特的大腿上有东西，是只动物，他正在抚弄它。有一刻我想到是他的那些狗，但后来我发现那是“坏小子”，那只“橙色果酱”公猫。它仰卧在弗瑞斯特的大腿上，让他搔痒。

我想弗瑞斯特多聪明啊，一直单身真是了不得的聪明。

我感觉自己的膝盖好像是用中空的玻璃做的，我以为我会倒下，但我并没有动。

对于我爸喜欢弗瑞斯特的原因我未有过怀疑。他分担了我妈这个重担。他就是能让她看见自己的魅力，让她信任；而他的谈吐更像一杯被举高的、冒泡的鸡尾酒。在他眼里，我妈一直是那个穿着衬裙、受到冷落的嘉宝，永远年轻。

我猜想着他会不会抬起头，看到我就站在这里。壁炉上挂着他向朱莉亚·费斯克买的画，作于为我画像的同一年。弗瑞斯特看上的则是看得到脸又穿着衣服的女人。她双眼闭着，身体往左倾，像是正往下对着壁炉架。我的视线停在这里。上面一字排开我爸做的三个几近完美的木地球。他后来着迷于用千篇一律的球体展现极致的精细木工。生命的最后几年，他整日待在工作屋，当我忙着生孩子、当杰克的太太参加红酒派对时，他就长时间地打磨这些球体。只有在晚上，等屋子里的灯熄了，他才进来，安静地穿过后院走进厨房，爬上陡峭的木梯，回到那个放枪的房间。

我怪过我妈，我什么事都怪她。这很容易，因为她是疯子，是弗瑞斯特说的“心里有病”。

因怪责这样一个本质上无助的人，我多年来一直在赎罪。我会加热婴儿食品，用从“三一冰淇淋”偷来的粉色长汤匙喂她，会载她去赴预约好的医生的诊疗，起先用毛毯，后来用毛巾，让她避免被任何人看见。我甚至站在那里看着她失手让我外孙掉下去。

我不会去打扰弗瑞斯特先生，也不会跟他要钱或者坦承罪行。就让他的画、木地球以及抓我妈脸颊的“坏小子”在一起。

我转身回人行道，去车子里取皮包。我没有回车上。我无法想象出现引擎声，破坏我听到的音乐，以及漆黑、荒芜的草坪此刻的静谧。我拔出车钥匙，绕过来走到另一边，要把它们放到手套箱里。

我把手伸进副驾驶座打开的窗，迅速打开手套箱塞进哈米什的钥匙，关上后一手抓起皮包。从辫子到子弹，我想。这搞不好会让我不幸的治疗师满意，他可能会以押头韵为乐，直到我想骂他笨蛋。也许我应该找个时间打电话给他。从地狱来的铃声。

巴托克的音乐停了。我紧紧地将皮包挂在肩上。我这就要去莱弗顿太太家，进去，然后——冷静地对自己开枪。可能吗?

停下来时，我发现弗瑞斯特熄了灯，“坏小子”从草坪上蹦跳而过，然后是前门关上的声音。我转身，用我认为正常的速度，往街道的尽头走去。

我不看我妈的房子，它从来不是我爸的，虽然这是用他赚的钱买的。他赚的钱也扶持了我，让我能够靠做模特与一点秘书工作就拉扯大一双女儿。我离开家、结婚生子、有了自己的家、工作，但就像我爸，即使明知我妈的需求像噬人的浪，还是投身而去。虽然杰克认为，即使我跳下去了，仍可以选择回头。

心理疾病很独特，它会世代相传。会是莎拉吗？还是小利昂？莎拉似乎是最有望的候选人，但这也不能代表什么。而且一向，一向，也只能存而不论，好像艾米莉进行的那套地理治疗法足够了似的。我自己就试过。我以为到威斯康星麦迪逊就能逃得了，但事实不是这样。结婚、当母亲，或者杀人，通通不行。

我又一次穿过马路，看到我妈家前门的阶梯已拉起警戒带，它一路弯弯扭扭而上，穿过铁栏杆。我继续往前走。刚搬进来时我爸种的冬青树，已在房子的一面蔚然成荫，但即使如此，我还是知道那三块石板的位置。我爸还在时，他都会把灌木往内修剪，好带着大块的胶合板回工作屋。现在石板都被盖住了。比利·默多克死后几个月，那天在院子里，弗瑞斯特就是踏着这些石板撤退的。我弯着腰，凭记忆挤出一条路进入扎人的篱笆，小而硬的树枝打在我的双手与脸上。

长大后我相信，我爸留下了无数的讯息。我想到我妈和我数着日子盼他回来。最后是娜塔莉让我明白，那应该是个精神疗养院。

“你记得什么？”她催着我。

“他在工作屋伤到自己，然后要去医院很长一段时间。”

娜塔莉望着我，直到我理解这意味着什么。事情根本不是我想象的那样，造成意外的不是螺丝、起子和电锯，而是他自己。

“还有枪。”我喃喃地说。

娜塔莉只是对我点点头。

耳际又响起我爸那句老话：“甜心，今天日子难过了。”

当时是下午。我妈还穿着睡衣，我爸则已从皮克林水厂退休，成天窝在家，但每天都会出门至少一次，不管是有事，还是没事找事，他觉得这样与外界保持联系很有帮助。

他买邮票，也停在“希克莱斯特的店”买报纸，或在快餐部喝杯带咸味的咖啡。房子里随时都存有不少清洁用品与肉汤、果冻，以及某个阿米绪家庭经营的农场出产的蛋。“乔的理发店”沿墙放置的木头板凳上，也有他耐心等待的身影。他会跟乔闲聊报上的事，到不得不走时才回家。

他饮弹，肯定是明白了每天出门还不够。就像他可能发现了，为了获取维生素而每天站在太阳底下的十五分钟，其实一点效果也没有。

我妈从厨房走出来。她下午会吃点胡萝卜、棉花糖酱裹芹菜条，想吃糖便用蔬菜合理化。我爸那天早上出去过，但很快就回来了，进门后就上楼把自己锁在客房里。

“我起得晚，”我妈对警方说，“起来时他都在房间里，我则是读我的东西。我们大多到晚上才说话。”

我看到警察沉默地点点头。问到一半时，弗瑞斯特来了，然后是卡斯尔太太。

他站在楼梯最上面的台阶，我妈说，他叫了她的名字三次。

“我正在读《尤斯塔斯钻石》，只剩最后两段，我对他说再给我一分钟。”

他等待着，等到她把书放到高背椅旁的圆桌上，走到楼梯下方。

“你完了吗？”他问。枪已经在太阳穴上。

“我伸长着手，”我妈告诉大家，“但是他……”地毯上掉了根芹菜条，上面的棉花糖酱已从白色变成粉色。

我赶紧抱住颤抖的她，自己也颤抖着。她最后是不是说了什么去诱使他，我没允许自己去猜想。她的头贴着我的胸口，我的头则抵着她的肩。我发誓从那一天开始都要这样抱着她，照顾着她。因为只剩下我们俩相依为命了。

警方后来问，她是否指定哪个殡仪馆。弗瑞斯特先生提了二十九区的葛林布里尔，我点点头。那个时候，我还不能理解到底发生了什么事。我爸已下台，上场的我发现长久挑着我妈这个重担，不仅是我的责任，可能也是我爸死后我能给他的最好礼物。

就在路经家门而不入时，我明白到这房子是我妈的，也是我爸的。而他病了，就像她一样，只是大家更关注她。日复一日，她就是如此存在着。我爸对她的挑三拣四一直抱着同情，用温暖融化她的冰冷，最后自己却落得比她更孤寒？她一向一哭二闹三上吊，但我们俩还不是就这样一起好多年过来了？

昨晚我扔下她在地下室腐烂，现在她应该已经被验尸，放到某处的金属柜里了。莎拉知道。即使还没人告诉艾米莉，她知道也是早晚的事。而杰克，他甚至还下去过地下室，连尸体都看到了。

莱弗顿太太家的车道上没有奔驰，只有定时器的光在草坪上闪着，照着前面的人行道以及房子的四个角落。既然她不在，何不就直接喊她的名字？贝弗莉·莱弗顿和她不在人世的丈夫菲利普，是我妈五十年的老邻居。

我妈家用的仍全是单片玻璃，我只要拿适当大小的石头在四个角敲敲，就能轻松弄破。但莱弗顿太太家不一样，她儿子帮她装了厚厚的隔热玻璃和触发式警报器，只不过被她切断了。那个长期帮忙打扫的牙买加人阿莲会把钥匙放在一个水泥兔宝宝的篮子中，就在后面的一株松树下。我经常站在我妈家后院看到阿莲小心地弯下腰把钥匙放好。我最近甚至发现，这对她来说越来越困难了。这些服侍的人也随着女主人越来越老。

兔宝宝的钥匙还在，就在一枚没有固定住的水泥蛋下方。我左右张望，树丛那头，我爸工作屋的屋顶几乎看不到了。其实跑到邻居的院子里很是奇怪，这里一直住着完全不同的人，但现在已是人去楼空。

说到底，即使护照还能用，我也永远不会逃去杰克在瑞士奥里根诺的变形磨坊，甚至连搭便车往西部去都不可能。我以前告诉珍妮说，格陵兰土地辽阔，除了绿地别无其他，那里有绿色的人住在绿屋里，在绿色的桌椅上吃着绿色食物。然后我们转移到冰岛，那里一切都是冰；而中国，从人到地方都闪着瓷器的光泽。当我这样转着地球仪，总是能让她尖声大笑。“在阿曼，”我说，“那儿人人走路都很慢，澳大利亚的人都好大好大，印度，当然是每个人都有硬硬的肚子！”在马达加斯加，我想……

我打开纱门，转动钥匙开锁。警报器没有响。我想我是在莱弗顿家的厨房，一片漆黑让我脚步踉跄。四周看得出许多隐约的轮廓，其中电话还容易辨认，它旧式的电话线一直拖到了地上，茨维塔耶娃用它肯定很容易上吊。我脑中浮现阿莲擦柜台、炉子、水槽的样子，每个礼拜都往来于别人的家，了解这些人的饮食与起居与习惯。至少，我想，她有拿这个薪水的伶俐劲。

我知道我不能开灯，所以得花点时间适应。我这样想时，外面传来一阵猫叫，我差点跳了起来。

我拿起皮包走进厨房旁的半套卫浴间，关上门。在无窗的空间开灯感觉安全多了，但我完全没准备好见这个人。

我就在镜子里，有些垂头丧气，皮包的挎带深陷进肩膀。自从下了车，每走一步，枪好像就更重一些。我看着自己的脸，因为缺乏睡眠而浮肿，头发乱七八糟。嘴唇干燥，上面的皱褶紧绷又僵硬。我看向镜中，仿佛见到了十三岁的海伦。在一度沉没的房子里，我轻触着墙面上的胶合板人像，看着父亲坐在木马上，也看见地板上孤独的床垫。

“我们的内心都有秘密的空间。”我曾这样对治疗师说。

“相对而言,不是什么坏事。”他说。所以剩下的我就没再说了。在我家我们从来不离开这些空间，我爸妈只想在那儿待着，别的哪儿都不去。

我盯着自己的眼睛，小而黑，后面有个我一辈子都在逃避的空间。

我想我爸妈在等我，而在莱弗顿太太家铺着壁纸的小小洗手间里，如果我想，我可以崩掉自己的脑袋。我爸杀了他自己，我杀了我妈，我可以两者兼有。如果我快一点，也许还能和我妈彼此头靠脚葬在一起。我们是混乱版的“庞贝的恋人”。

我迅速把灯关掉，放下皮包，在漆黑中洗着手与脸。我用手掌捧水泼着皮肤，水龙头流出的水像冰一样冷。我仿佛看见艾米莉,她追上正在营队泳池边的我。她拿出一个东西给我,开怀笑着。

“我的飞鱼徽章，”她说，“我拿到了！”就在我爸死前的几个星期，她拿到了鲽鱼徽章。

我没有再开灯，只是站在水槽边，呼吸沉重。我迫使自己把门打开，拿起似陌生人的保龄球包般的皮包，摸黑回到厨房，走向圆餐桌，在一把柳背椅上坐下。我的手在桌子光滑的纹理上来回移动，莱弗顿太太的晚餐没有留下碎屑。

我想起了孩子们。

艾米莉和莎拉还小的时候，有一次我们三个一起来我妈家。我们去了新装了一个攀爬架的公园，回家的路上，孩子们兴奋得疯了。莎拉还冲到莱弗顿太太家门前的人行道上，用力踩着水泥地。

“你看！这跟外婆家的不一样！”她大喊。

“莎拉，回来。那是别人家。”

她盯着我看，有点发窘。“我知道。”她说。艾米莉抬头看我会怎么办。

莱弗顿太太刚好在。她敲敲前面的玻璃（那时还是单面的），我赶紧和艾米莉上前拉回我乱闯的孩子，没想到前门开了。

“为什么不进来呢？”她说，“女儿就是可爱。”

尽管我妈讨厌她，她也不喜欢我，我们还是进了门，坐在每隔一周的星期五有阿莲来打扫的客厅里。我们吃着罐头饼干，莎拉对她说，她外婆家前面马路上有个地方底下是空的。

“走上去时，声音有点不一样。”艾米莉讲得更清楚。

“妈妈说那是小人们住的地方。”莎拉说。

“是吗？”莱弗顿太太看看我，努力挤出笑容。一块酥饼的碎屑沾在她的嘴角。

“一整个村子呢，”莎拉兴奋地说，“是吧，妈妈？”

我没说话。

“就像《格列佛游记》，”艾米莉说，“莎拉就喜欢幻想这些东西。”

我想，当时才九岁的艾米莉已经是比我强的妈妈。因为有她，莎拉才没注意到我蒸发了。我曾经想，是不是所有妈妈对特别活泼的孩子都有相同的恐惧。

我双手紧握。

“神啊，原谅我。”我轻声说。

皮包放在旁边地上，我弯下身子把它拿到桌子上。我把椅子往后拉开一英尺左右，然后把手伸进去。我先摸到了毛毡，然后找到金色的细辫绳。拿出皇家威士忌的袋子时，它撞到桌子发出咚的一声。接着我取出了子弹盒，放在袋子旁。我盯着这紫色的毛毡，即便只是拿出一把枪，都显得深不可测。

我站起来。

莱弗顿太太家的水槽上方挂了个时钟，是个仿造的吃饭钟，周围有一圈蓝色的霓虹灯。“乔的轻松小馆”里有一座真的麦考伊时钟。

才七点四十五分，却如凌晨三点一般。终于，我想，我抵达了没有未来的未来。

我看着炉子上的茶壶，决定泡杯茶。这无疑是拖延战术，但合理与否早就和我无关。连母亲都杀了，还有什么不合理的？如果放弃生命是你的第二天性，什么事就都会合理起来。

我不愿思考。我便按部就班。我把茶壶装满水，确认壶嘴上的蓝色警报鸟拿掉了。将我爸穿着毛圈料睡袍、我妈包着墨西哥结婚毯一路跌落地下室的样子，通通抛到脑后。

我把水拿到炉子上，打开火。我不能就这样离开。我想，不能连封信都没有，就像我爸没有留下只字片语给我和我妈。我选择到莱弗顿太太家是有理由的。除了它没人在外，也因为我知道这里他们永远不会进来，他们不用看到我头被炸开的场景。

我一连开了两个柜子，在第二个才找到茶杯。莱弗顿太太没有用钩子挂杯子与茶壶，原来她每天用的是上好的骨瓷。我妈也觉得用大杯子很讨厌，如果她们俩更熟的话该多好，可以互相串门，除了特定时间寄卡片，孙辈出生或谁过世时也能做点什么。不过我妈也说过她们的状况，“不是因为我们都是老人，就能变朋友。”

我知道，跟我妈的一样，莱弗顿太太屋里一定也有一个抽屉放文具，可能还是一整面的抽屉。这是女人年老了的一个依靠。在九十六年的岁月中，莱弗顿太太送出过多少围巾、多少箱的信笺？“现金，”杰克提过他爸死前曾说，“如果不是现金，我才没兴趣。”他跟杰克开玩笑。说他想在死的时候双手各抓一张千元大钞。“我实在懒得告诉他，早就没有千元钞票了。”杰克说。

我让水沸腾着。即使房子被烧掉，又能怎么样？

我走向通往客厅的门。在客厅的墙中间立了个高脚抽屉柜，墙角的夜间感光装置微微亮着。我往左边看，那儿也有。在各处的电源插座上，都有这样的绿色圆盘突起，好让莱弗顿太太或哪个幸福的小偷，在楼下各个空间顺利走动。

我爸妈有一次为了电费吵起来。我妈坚持即便阳光充足，屋里每盏灯也都要开，甚至我在学校或我爸出差时也不例外。

“为什么？为什么要开所有的灯？”他质问，又在她面前挥挥账单。我妈坐在沙发上，正在拆衣服锁边的线头。

“我不是银行。”他说完，抓起帽子与外套出了门。

后来我跟他说，这搞不好与她的乳房切除手术有关。她以为照明能帮助治疗，所以如果有耐心，我相信她会回到之前只在自己待的房间开灯的情况。四个月后，她果然这么做了。我从不清楚真实原因，不过我总是能编出谎言，让事情看起来真的就是如此。

我在一张折叠桌下面的抽屉里找到了文具。第一封信，要写给艾米莉，这是她应得的，一直很想要却从来没得到过的东西，为什么，在她眼里，我会这个样子是自找的，有这么多机会，却从来没能看我把握住。

我无法分辨纸张的样式与颜色，也不想把遗言写在印有霍利·霍比娃娃的纸上。我从小抽屉里抓出三盒文具，用另一只手拿好，然后用屁股把抽屉推进去。我笑了。开下一个抽屉。有一边是柔软的东西，感觉像一团毛线，也许曾经是一条围巾或毛毯。左边有更多大大小小的盒子，我拿起其中一个，原来是克里比奇纸牌，于是又放回去，另一个也是一副纸牌，玻璃纸还没拆，也被我放了回去。下一个显然是她孙子留下来的，一盒一百支有橡皮擦的“绘儿乐”蜡笔。我拿了这个。

我没法再回厨房。

带着战利品，逐一辨认着老爷钟与半圆形桌子隐隐的轮廓，以及各种不同形状的物体，我小心翼翼地穿过过道。我仿佛听见我妈在说："女人有个名字就叫小玩意儿。"

楼梯最上面有盏小灯，我想写字够用了，于是往上爬。这里的楼梯全铺着厚地毯，我很想干脆脱掉鞋子走，但所谓的"退场机制"告诉我不能这么做。

我把几盒卡片与蜡笔分散在楼梯顶靠近嫁妆箱的地方，箱子上有个黄铜阅读灯充作照明，我在前面跪着。箱子的表面一字排开的都是美国退休协会的过期杂志，只穿插有几本《妇女日》或《女仕家》。我觉得自己好像跪在一个异国祭坛前，想象自己被鞭打，然后固定在巨大的粘鼠板上。

我需要一支笔。我不可能用蜡笔写给艾米莉，给莎拉倒可以，五颜六色的东西似乎还挺适合她，但给艾米莉可不行。我需要圆珠笔。在嫁妆箱后面的窗台上，有一个淡蓝色的杯子，就是我妈皮金福尔碗的蓝色，里面有指甲刀、胎压器和三支比克牌圆珠笔。

我抽出一支，抓了一本退休协会的杂志，往后挪三英尺拿盒子与蜡笔。我以杂志为书桌，坐好，两脚往下伸至第二个台阶。我很快就挑了张淡褐色镶金边的纸（优雅风格适合艾米莉），准备动工。

亲爱的艾米莉：

我该如何对你开口解释你已经知道的事？在这个世界上，最让我感到骄傲的就是你和你妹妹，但我想我已走到尽头，别无选择了。

我停下笔。我知道她是如何细致的人。她会几个小时待在镜子前，找出身上所有缺点。房子也整理得干干净净。她有一次还特别提到，找清洁工的最大好处是，她们先做好她口中的“第一波”工作，让她有更多时间去关注一些小地方。

我清清喉咙。声音回荡着。

当你拿到这封信时，我已不在人世。我希望你可以无需看到我。我当时不得不看到我爸，那场景从来就没有离我而去。莎拉应该告诉你了，你外公是自杀的。他不是从楼梯上跌下来，而是开枪自杀的。

我还是不知道他为什么要离开我。

你知道吗，外婆是为了外公才一直留长发的？他爱这头长发，每天晚上都要梳无数次。回头想想，我开始认为这是他们夜晚的百忧解。当然，我明白，我明白，冥想不是药物[①]，理论上我同意，但有时候……你不这样认为吗？

我想让你知道的是，我杀她不是出于仇恨，甚至也非出于同情，只是因为它是对的。我也毫无预谋。如果有，显然我早就该想好现在去什么地方。但今天一整天，我脑海里都是你和你妹妹。

不能原谅的，是我如此逼你长大，在你爸离开的时候，要填补那个空缺位子陪在我身边。

我为你的人生喝彩。这是我的真心话。

如今你有自己的房子与家庭，又住得远，就请保持这样，永远不要回来。等我两眼一闭，也没什么好让你回来了。这也是我想送给你妹妹的。艾米莉，千万别让她住进这房子或

---

① “冥想”（meditation）与“药物”（medication）读音相近。

者挥霍生命。把两处房子都卖掉。你爸会帮忙。

我停了下来。我想到那天我的房子签署文件时，我爸就坐在旁边。他很笃定，要尽其所能让我站起来，还提到遗嘱与其他重要文件都放在银行的莫尔文分行，也告诉我钥匙藏在哪里。后来我才明白，为什么他要如此刻意地让我把每件事都重复一遍。

我继续写着。

每当我眼睛闭得久一点，就像刚刚做的，我就会看见我爸，但下一个就是你了。还记得那天在营队吗？我好为你骄傲，飞鱼徽章呢！

此刻我在莱弗顿太太家，外面是一片漆黑。我得写留言给你妹妹了。照顾好珍妮与利昂，上天保佑我还留下了不错的回忆，好让你对约翰有所交代。你记得莎拉有多喜欢绿色吗？我记得。

不管怎样，我爱你，艾米莉。

这比一切都要重要。

我往后靠，笔从手上滑落，无声地滚动，然后静止。他死后有好几年，每当我看着艾米莉与莎拉，想到自己送她们上学或看她们玩攀爬架，想到我和他错失的时光，总让我忌妒难平。只有那么一两次，他曾坐在操场边陪我，这是我仅有的。我亦牢记在心，但当试着回想我们说了什么，却总是徒劳。我曾想留下什么在身边。听到殡仪馆的人从前面走近时，我妈趁机剪下他一撮头发。

我看着她把头发塞到衣服里，吓坏了。

“他是我老公。”她轻声说。

门铃响时，我意识到帮助他们完成工作是我的任务，也就是把我爸抬到轮床上，牢牢绑好。

不过事实是，在殡仪馆工作人员的怂恿下，我请求离开了。我把我妈带到餐厅，站在靠近厨房的一个大角柜旁。我们俩挤在一起，不全是在抚慰彼此，而只是因为刚好无助地站在对方身旁。

“对你们痛失至亲，我们很难过。”殡仪馆的工作人员拿着文件走上台阶时说。他们被训练要这样说。

比较年轻的那个才刚到殡仪馆工作，说了，“我也是”，然后握握我的手。

有个东西戳到我。它尖尖的，等我感觉时，才意识到它已经捅着我好一段时间了。

我往后靠，把手伸到牛仔裤的口袋里。是莎拉的蝴蝶发夹。我把它拿出来放在掌心，让嫁妆箱的光线照着它的蓝色、绿色，以及不会动的触须与腿上薄薄的金色仿钻。

将近九点了。不知道莎拉和杰克是不是在找我，或者有没有想到去找哈米什谈谈。也不知道哈米什什么时候才会打开他床边的抽屉。

我紧紧握着仿钻蝴蝶，想着这些年来从扔东西中感受自由，但我没扔掉艾米莉送我的哭泣佛像。我也不会扔掉这个蝴蝶。

我站到平台上，把发夹已经变钝的别针穿过我黑色毛衣的编织线，然后固定住。扣上时发出“啪”的一声。

弗瑞斯特已经睡了吧，我想，或者正在用他珍藏的博士音响听音乐。一两年前我们遇到时，还曾讨论过。

“它有绝好的音色，我都可以躺在床上听。我有一种特制的天鹅绒眼罩。以前如果想听音乐，就得坐在客厅里。”

我弯腰拿起给艾米莉的信和蜡笔盒，把它们夹在腋下。最后一刻，我竟然是在别人家。莱弗顿一家和他们的假期旅游、圣诞节布置的精致“唐德与舞者”驯鹿，以及精心安排在后院的露天烤肉，隔着树丛与草坪都听得见他们家客人的笑声。不过这一切已永远落幕。

我知道我想去哪儿，于是我朝一条短短的过道走去，在我妈家这通往楼上的浴室，但在莱弗顿太太家，这会通到另一个大厅，旁边有个卧室。昨晚她就是站在那里看到我和我妈在外面。

房间角落里的加湿器还开着，空气里有浓浓的薄荷润喉糖味道。床边有张桌子，木桌面上有片大小刚刚好的厚玻璃罩着，上面放了好几排处方药瓶、用回形针将全部纸条别在一起的记事本，以及被咬过的铅笔。这些似乎都在没完没了地提示我结果自己。

我把给艾米莉的信与蜡笔放到床上，在桌边坐下。记事本上写了一些东西，我顺手拿起来。

她的字特别细瘦，像蜘蛛腿一样。

我发现几乎所有页面都写得满满的，列的不是家务和需要的杂货，而是总统的名字、五十个州的首府、曾经为她治疗的医生和护士的名字。我一页页翻看。在她状况好的时候，笔迹较有力，而且记得肯塔基州的首府是法兰克福，缅因州的是奥古斯塔，怀俄明州的则是夏延。状况差的日子，她的字抖得厉害，而且还跳过约翰逊直接到了老布什。我的知识倒相形见绌。我根本没听说过拉瑟福德·海斯。

我开始失去控制，眼泪都快掉下来。但就在这时，我看到她画的一个非常潦草的女人像，我知道是女人，是因为她穿着裙子，旁边都是她媳妇的名字，字迹在挫败与恐惧中颤抖着，全都是写错的。雪丽尔、雪丽拉、薛丽拉、雪莉尔与薛丽尔，没有一次写成正确的“雪瑞尔”。

我不知道雪瑞尔对她的想法，我只见过她一两次。她是莱弗顿太太喜欢的人，还是为了迁就儿子而不得已友好对待的人？

我继续看着莱弗顿太太画的人像，以及旁边她媳妇名字乱七八糟的涂写。每一天，我想。是每一天，莱弗顿太太都会一再写这些东西，不让自己与外界脱节，不论有多孱弱，她都不放弃自己的努力。

我明白是什么在支配我了。

我在蜡笔旁找到写给艾米莉的信。我纵向撕了一次，又撕了一次。此刻我决定要尽我所能对我的孩子们解释，而且承担自己犯下的错误所带来的羞耻。

我任凭五彩碎纸散落一地，不安地想起炉子上还有水在烧。我笑着想起酷爱穿绿衣服的莎拉一直被杰克喊作我的“小卡扎菲”。我可以把蜡笔放在平底锅里熔化成一块块，在我从没去过或不可能去的国家上，标示出它们的首都。绿色是努克，我想，格陵兰的首都，那里什么都是绿的。我也可以在监狱开艺术课程。然后有一天，我被释放了，我会站在韦斯特莫尔的田野，教老人们画那株老朽的老橡树。

我站起来。虽然厨房里，桌上放着枪，炉子上还燃着火，但我还是先走到角落的平开窗前，其中一扇就对着房子后面，另外一扇则对着我妈家。

自从我爸死后，这些年树木长得更茂密了，不过秋天来得早，很快就是落叶缤纷的画面。这里看得到我爸的工作屋，除此之外，还有沐浴在月光下的房子。我看到自己卧室的窗户，想象外面的蔓藤爬上来，我妈的上半身就悬在窗外，我爸抱着稳住她，而我则安静地坐在床上。

就在眨眼之间，我看到了光。蓝色的光，似乎是从屋子正前方打出来的。蓝的光，也有红的。

我不曾了解，甚至也不确定是否会了解，我妈的恐惧到底是什么，为什么我爸觉得他必须用这样的方式离开我们。还有我为何有幸得到一双女儿，以及一个，应该是两个（哈米什也得算上）不光能用“好”来形容的男人的爱。

我站在窗边，慢慢脱掉鞋子，光脚踩进厚地毯中。我微微打开窗，一阵凉风涌入，给这密闭房间带来丝丝清爽。我倾听，树枝在风中瑟瑟作响，然后是人声，从我妈家传来，还看到一些拿着手电筒的幽暗身影，四散于我家草坪，也进了我爸的工作屋。

我想，我会拿出看家本领，我能等。总之，这只是时间问题。

“她不在这里！”我听到一位警察大喊，“没有证据。”

图书在版编目(CIP)数据

近月/〔美〕西伯德著；史宽克译.
—海口：南海出版公司，2011.5
ISBN 978-7-5442-5312-3

Ⅰ.①近… Ⅱ.①西…②史… Ⅲ.①长篇小说－美
国－现代 Ⅳ.①I712.45

中国版本图书馆CIP数据核字(2011)第010196号

著作权合同登记号 图字：30-2009-035

近月
〔美〕艾丽斯·西伯德 著
史宽克 译

出　版 南海出版公司 (0898)66568511
海口市海秀中路51号星华大厦五楼 邮编 570206
发　行 新经典文化有限公司
电话(010)68423599 邮箱 editor@readinglife.com
经　销 新华书店

责任编辑 刘灿灿
特邀编辑 袁　静
装帧设计 金　山
内文制作 田晓波

印　刷 三河市三佳印刷装订有限公司
开　本 850毫米×1168毫米 1/32
印　张 8.75
字　数 170千
版　次 2011年5月第1版
印　次 2011年5月第1次印刷
书　号 ISBN 978-7-5442-5312-3
定　价 25.00元